Das brennende Gesicht

Horst Seidenfaden

DAS BRENNENDE GESICHT

Der Kassel-Thriller

B&S
SIEBENHAAR VERLAG

Für die einzigen Mäuse

Die Nacht endete mit einem hellen Blitz in seinem Hirn. Zumindest fühlte es sich so an, er schreckte hoch, schweißgebadet. Wie immer nach diesem Traum. Seit zehn Jahren. Er blickte in die Finsternis des Zimmers, atmete durch. Er wusste, was jetzt zu tun war. Der Mann stand auf, ging über den Flur ins Badezimmer, machte das Licht an und blickte in den Spiegel. Sein Gesicht war feucht vom Schweiß, und das Brennen, das er zu spüren glaubte, hatte keine äußere Ursache. Er wusste auch, dass da nichts war, dennoch drehte er den Wasserhahn auf und wusch sich das Brennen von der Gesichtshaut. Dann sah er wieder in den Spiegel. Seit zehn Jahren dieser Traum. Tausend Mal. Doch es würde ein Ende haben. Sein Plan stand fest. Er würde die Ursache vernichten. Tödliche Rache für tausend Träume. Zum ersten Mal blickte er sich in einer solchen Nacht im Spiegel an und lächelte dabei. Es konnte beginnen. Er war bereit.

Erster Weihnachtstag, 25. Dezember

Insgeheim beneidete Karlheinz Vasseroth Menschen wie seinen Portier. Rudi Himmelmann war 61, arbeitete täglich von 8 Uhr bis 14.30 Uhr, war mit sich und der Welt komplett im Reinen und hatte mindestens einen Tag über's Weihnachtsfest frei. Der Mann hatte eine Macke, keine Frage. Jeder, der 45 Berufsjahre in einem Hotel am Empfangstresen zugebracht hatte, konnte nicht mehr normal sein. Wenn angetrunkene Gäste pöbelten, ihre neue weibliche oder männliche Eroberung nicht nur auf's Zimmer, sondern auch noch kostenlos an's Frühstücksbüfett zu schleppen versuchten, wenn Menschen in ähnlichem Zustand randalierten, nicht zahlen wollten, am frühen Morgen vor die Rezeption kotzten, wenn sie Rechnungen prellten, das Bier aus der Minibar verschwiegen – mein Gott, nach 45 Jahren kannte man jeden. Konnte erraten, ob sich hinter der coolen Maske ein cooler Typ oder einer mit uncooler Unterhose befand.

Karlheinz Vasseroth trug uncoole Unterhosen, und er war sicher, dass Himmelmann das ahnte. Oder wusste. An diesem ersten Weihnachtsfeiertag jedenfalls ärgerte er sich im Vorfeld schon über das gesunde, wache Auftreten seines Empfangschefs. Vasseroth hatte vor fünf Jahren das Hotel Kurfürst Wilhelm direkt neben dem ICE-Bahnhof Wilhelmshöhe gekauft. Signifikantes Merkmal: Oben auf der Spitze eines Turms ragte ein festgeschweißtes Drahtbett in die Höhe. Signal für freie Betten oder was auch immer – war auch egal, in Kassel kannte jeder das Haus mit dem Bett auf dem Dach.

Vasseroth parkte seinen Wagen am frühen Morgen des 1. Weihnachtsfeiertages auf dem Parkplatz vor dem Bahnhof und stieg aus. Es war ein Weihnachtsmorgen, den man am besten im Bett oder vor der Glotze verbrachte. Es schneite seit Stunden, der graue Weihnachtshimmel schien die Dächer der Stadt umarmen zu wollen. Vasseroth stapfte durch den Schnee, ließ den Blick schweifen, ging ins Hotel, bog ab zur Rezeption, plauschte mit Himmelmann, ging ins Büro, startete den Rechner – und stutzte plötzlich. Irgendetwas war ihm aufgefallen, irgendetwas passte nicht in Bild. Vasseroth grübelte. Himmelmann? Alles okay. Der Frühstücksraum? Saß halt noch keiner drin um 8 Uhr 30 am ersten Feiertag, obwohl das Hotel gut belegt war.

Irgendwas war draußen gewesen. Vasserodt wusste, dass dieses Gefühl der Unruhe ihn nicht verlassen würde, wenn er sich nicht Gewissheit verschaffte. Wie bei Urlaubsreisen. Es war fast immer so: Der Wagen war gepackt, alle saßen drin, man fuhr los, und nach fünf Minuten beschlich ihn das Gefühl, Heizung oder Herd oder Waschmaschine nicht ausgestellt zu haben. Er drehte stets um, sah nach – und natürlich war nie etwas. So ein Gefühl war das auch heute. Er zog die Jacke wieder an, ging vor's Hotel und blickte sich um. Er schaute die Fassade entlang, alles wie immer. Der Blick ging nach oben und ihm stockte der Atem. Auf der Spitze des Turms war auf dem Bett ein Mensch. Am Kopfende hingepackt wie ein menschliches Bündel. Nackt bis auf eine Unterhose. Offenbar festgebunden. Vasseroth wollte rufen, schreien – stattdessen kotzte er auf seine Schuhe und in den Schnee.

Vasserodt wischte sich über den Mund, blickte sich um. Kaum jemand auf den Straßen. Nur die Ruhe bewahren, sagte er sich und zitterte. Ruhe bewahren, schön wär's, dachte er sich und ging an die Rezeption. »Himmelmann, rufen Sie mal die Polizei an, dringend, oben auf dem Bett hat einer einen Menschen festgebunden.«
»Wie bitte?« Der Portier starrte ihn fassungslos an.
»Ja«, flüsterte Vasserodt, »ich kann es auch nicht fassen, aber wir müssen jetzt was tun.« Himmelmann nahm den Hörer ab und wählte die Notrufnummer. Vasserodt eilte in die Herrentoilette und wischte sich mit einem Papiertaschentuch ein paar Brocken Erbrochenes vom Schuh.
»Die Streife ist gleich da«, sagte Himmelmann, als Vasserodt zurückkehrte. Das Revier war wenige hundert Meter Luftlinie entfernt, und tatsächlich standen nach zwei Minuten zwei Beamte in der kleinen Hotelhalle.
»Wir haben das draußen gesehen, die Kripo ist informiert und sicher gleich da. Auf jeden Fall darf niemand mehr den Zugang zum Turm betreten«, sagte der ältere der beiden Polizisten zu Vasseroth.
»Ich passe selbst auf«, meinte der und drückte den Fahrstuhlknopf.
»Moment, ich komme mit, wir müssen mal schauen, ob der lebt oder tot ist«, sagte der ältere Polizist.
»Wir brauchen mehr Kollegen, wenn sich das rumspricht, ist hier die Hölle los«, meinte der jüngere aus dem Streifenwagen und funkte den Beamten vom Dienst an.
Mittlerweile hatten einige Passanten entdeckt, warum die Polizei hier war und schauten entsetzt nach oben. Einer zückte sein Handy – bald würde es hier vor Menschen wimmeln. Wilfried Hartmann, der ältere Streifenbeamte, ein leicht rundlicher Mittfünfziger, stand derweil auf dem Dach und mühte sich, an den Körper am Bett ranzukommen. Der Schnee machte das unmöglich, der Wind

tat sein übriges, außerdem war das Dach des Turms zu steil, mindestens vier Meter, ohne Sicherung nicht zu bewältigen. Alleine schaffte er das nicht, das stand fest. Er schaute sich den Mann, augenscheinlich war es einer, an, merkte sich die paar Details. Er fuhr wieder in die Halle und ging auf den Hotelvorplatz. Neben ihm hielt ein Auto, Polizeihauptkommissar Bernd Stengel stieg aus und ging auf den Kollegen zu.

»Frohe Weihnachten Wilfried«, sagte er und gab Wilfried Hartmann die Hand.

»Alter Zyniker. Grüß dich Bernd, schau' mal nach oben.«

»Hab' ich schon aus der Entfernung gesehen. Habt ihr Verstärkung angefordert?«

»Jürgen macht das gerade. Ich wollte schauen, ob der Bursche auf dem Dach noch lebt, aber allein kommt man an das Bett nicht ran. Der Hotelboss sorgt dafür, dass niemand mehr den Zugang zum Turm betreten kann. Glitschige Angelegenheit da oben.«

»In doppeltem Sinn wahrscheinlich«, sagte Stengel. »Kannst du sonst noch was sagen?«

»Ist ein Mann. Hat Würgemale von einer Schlinge oder so was um den Hals. Meine ich zumindest. Und ziemlich gefroren. Bin mir sicher, dass der tot ist.«

»Da kommen die Jungs von der Spurensicherung. Bei dem Fall beame ich den Präsidenten mal an. Da muss er selbst vor die Presse.«

Fünf Minuten später stieg Stengel den schmalen Zugang zum Turm hoch. Oben arbeitete bereits das Team der Spurensicherung. Gesichert wie die Bergsteiger. Der Arzt kam ihm entgegen und schüttelte den Kopf. Wie erwartet: Exitus.

Markus Wimmel, Chef der Spurensicherung, begrüßte Stengel.

»Das ist eine einzige Scheiße hier, wenn es mal Spuren gegeben hat, dann entschwindet uns das alles im Schnee. Wir sammeln den jetzt ein und hoffen auf Rückstände im Tauwasser. Fotografiert haben wir den Burschen schon, wir machen den so schnell wie möglich ab.«

»Besser ist das. Wenn ihr keine Abdrücke im Schnee gefunden habt außer denen von Wilfried Hartmann, dann heißt das, dass er vor Beginn des Schneetreibens auf seinen Ausguck befördert wurde.«
»Wenn ich dich nicht schon so um die 15 Jahre kennen würde, dann würde ich denken, dass du gefühlskalt wie der Eiszapfen am Bettgestell bist, Bernd«, meinte Wimmel. »Aber es sieht so aus, als ob das hinkommt. Wo ist eigentlich dein Double?«
»Anke hat Weihnachten eigentlich frei, aber der Präsident sagt, wir sollen das von Anfang an im Team machen. Ich rufe sie gleich an.«
Bernd Stengel hatte sich bisher um das Telefonat herumgedrückt. Es war 9 Uhr 15 am ersten Weihnachtsfeiertag, und eigentlich wollte er seiner Kollegin zumindest den Weihnachtsmorgen noch gönnen. Stengel seufzte, es half ja alles nichts, suchte die Nummer und drückte den grünen Knopf zum Wählen auf seinem Handy.

Anke Dankelmann hatte eben die Augen geöffnet und bemühte ihre Festplatte um Daten des Vorabends. Neben ihr lag ein Typ, es war Pedro, der Zapper aus dem Ulenspiegel. Alter Bekannter und gelegentlich schon mal nützlich, was ihren Hang zur Neigung für Sex à la carte betraf. Eine saubere Angelegenheit, keine emotionalen Verpflichtungen, und er sah das genauso. So also hatte der Abend geendet. Und allmählich kehrte die Erinnerung zurück.
Begonnen hatte der Heiligabend mit der traditionellen Fahrt nach Borken, wo ihre Eltern wohnten. Auf der einen Seite freute sie sich immer auf das weihnachtliche Familientreffen, ihr Bruder mit seiner Familie würde da sein, mit denen sie sich gut verstand, die sie aber seit einem Jahr nicht mehr gesehen hatte. Auf der anderen Seite würde es wieder ein trauriges Fest werden, sie alle würden dem Vater helfen müssen.
Peter Dankelmann kam einfach nicht über diesen Schicksalsschlag hinweg, und an den emotional bedeutsamen Daten in seinem Leben versank er stets in tiefste Traurigkeit und Melancholie. Dabei war es jetzt bereits über 15 Jahre her, seit sich das Unglück ereignet hatte. Peter Dankelmanns Zwillingsbruder Hans war beim

Grubenunglück im Mai 1988 unter Tage geblieben. Anke Dankelmann erinnerte sich zu gut an diese Tage. Ihr Vater war einen Monat zuvor nach zwei Bandscheibenvorfällen vom Dienst unter Tage befreit worden und arbeitete jetzt in der Personalabteilung der Preußenelektra. Hans fuhr weiter ein, und es war das erste Mal, dass die beiden Brüder so voneinander getrennt wurden.
Wenn es so etwas gab wie die typischen eineiigen Zwillinge, dann waren es Peter und Hans Dankelmann. Alles hatten sie zusammen gemacht, Urlaube verbracht, sogar am selben Tag geheiratet – und die Frauen waren auch noch Schwestern. Die Lokalzeitung HNA hatte damals über diese putzige Hochzeit berichtet, und Peter und Hans sahen sich jeden Tag. Als die Nachricht vom Grubenunglück in Stolzenbach kam, war es um Peter Dankelmann geschehen. Er wollte allein hinab in die Grube, aus der Rauch und Staub nach oben drang. Dieses Wechselbad der Gefühle in der Familie, Hoffen und Bangen, dann die Erkenntnis, dass alle Hoffnung aussichtslos sein würde. Plötzlich aber die Nachricht: Tage nach dem Unglück hatte man Klopfzeichen gehört, es gab Überlebende – eine sensationelle Nachricht, das Wunder von Stolzenbach. Nach wenigen Stunden wurde die Namen derer nach oben gegeben, die kurze Zeit später gerettet werde würden. Hans Dankelmann war nicht dabei, und Anke erinnerte sich an diesen Moment, als ihr Vater neben ihr auf dem Grubengelände weinend und schreiend zusammenbrach. Hans Dankelmanns Leiche wurde nie geborgen. Das machte die Sache nur schlimmer.
Am Geburtstag und an Heiligabend gingen sie zur Gedenkstätte in Stolzenbach, an einer eher unauffälligen, an Schlichtheit kaum zu überbietenden Gedenktafel legten sie Blumen nieder und stützten den Vater. Anke Dankelmann war froh gewesen, als sie gegen 22 Uhr den Heimweg antreten konnte. Sie brauchte jetzt ein Bier und landete kurz vor 23 Uhr im Ulenspiegel im Stadtteil Vorderer Westen, und wie immer an Weihnachten waren die Kneipen brechend voll. Komischer Trend, dachte Anke Dankelmann rückblickend. Man besucht die Eltern und haut sich anschließend die Birne voll.

Sollte sie selbst, was bei ihrer Lebensplanung zwar unwahrscheinlich war, einmal Kinder haben, würde sie beobachten, ob die das dann genauso machten.
Naja, und irgendwann war sie mit Pedro abgezogen, nach Festtagsbraten und Verdauungsbieren war er sozusagen Käse, Kaffee, Likör und Patisserie in einem – als Abrundung des Menüs, mehr nicht. Die Frage, ob er auch als Frühstück dienen könnte, blieb unbeantwortet. Ihr Handy klingelte.

Anke Dankelmann schloss die Wohnungstür und hetzte das Treppenhaus hinunter. Sie hatte nur ein paar Minuten gebraucht, um dienstfit zu sein. Nach Stengels Anruf hatte sie einen Moment ungläubig ins Leere gestarrt und dann das Programm gestartet: Pedro entsorgen (wecken, kurz die Lage erklären, ihn in seine Klamotten scheuchen und ungeküsst auf die Straße entlassen hatte etwa vier Minuten gedauert), duschen, schminken, anziehen, Abflug – nun suchte sie ihr Auto. Scheiße, das stand natürlich vorm Ulenspiegel, wo sie zu ihrer eigenen Überraschung tatsächlich einen Parkplatz gefunden hatte. Also ab zum Taxistand, nur wenig Schritte von ihrem Haus im Kirchweg am Kiosk an der Straßenbahnhaltestelle.
»Zum ICE-Bahnhof Wilhelmshöhe«, rief sie dem Taxifahrer entgegen. Der guckte säuerlich. Das waren nur etwa eineinhalb Kilometer – und dann am Bahnhof hinten anstellen, die Aussicht auf ein Meer von gelben Taxen vor einem und kein Gast in Sicht.
»Tolles Weihnachtsgeschenk, eine super Tour«, grummelte er.
»Pass' auf Kollege, ich bin von der Kripo«, sagte Dankelmann, hielt dem Fahrer den Dienstausweis vor's Doppelkinn und klopfte ihm auf die Schulter. »Ist 'ne tolle Story drin, so zum Weitererzählen, guck' mal auf das Dach vom Kurfürst Wilhelm.«
»Hab' ich schon im Funk gehört, dachte die wollen mich verarschen.« Er ließ den Motor an und startete auf dem dicken Schneebelag mit Vollgas, fegte bei gelb um die Kurve auf die Wilhelmshöher Allee und gab Gas bis zum Anschlag. Dankelmann wurde

schlecht. Dieser Jubiläums-Aquavit – schmeckte super, zog aber am nächsten Tag Blasen.
»Allradantrieb, Lady, keine Angst«, sagte der Fahrer und lächelte arrogant wie Michael Schumacher im Streitgespräch mit einem Autoscooterbesitzer.
»Hauptsache, du hast überhaupt einen Antrieb«, sagte Dankelmann, als das Auto vor dem Bahnhof hielt. Sie gab ihm zehn Euro, nahm die Quittung und stieg aus. Bernd Stengel kam auf sie zu.
»Oh no, kein Auto und der Riech-nicht-an-meinem-Mund-Blick. Das kenne ich doch bestens« sagte er. »Knösel, Fez oder Ulenspiegel – oder etwa in der Reihenfolge?«
»Ulenspiegel und mit F war auch noch was. Ich bin ganz okay, erklär' mir die Lage«, sagte sie und blickte nach oben. Dort wurde gerade etwas, das aussah wie eine schlecht bekleidete Schaufensterpuppe, vom Drahtgestell des Bettes entfernt und abgeseilt. Wie zwei Bergsteiger, fest mit Seilen gesichert, schwebten zwei Kollegen über dem Dach des Hotels.
»Sieht mau aus, die Nachrichtenlage. Der Chef hat ihn heute morgen von hier aus gesehen. Die Leiche ist fast nackt, ziemlich steif, kein Wunder bei der Kälte.«
»Wissen wir, wer es ist?«
»Die Durchsuchung seiner Unterhose ergab keinen Hinweis, weder Personalausweis, Handy oder Kreditkarte. Auch keine Tätowierungen mit persönlichen Daten.«
»Der Herr sind mal wieder zu witzig. Hätte ja sein können, dass du ihn kennst, aus der Sauna vielleicht.«
»Unwahrscheinlich. Da trägt keiner 'ne Unterhose.«
»Also, Bernd komm, was liegt an?«
»Alles befragen, was hier erschrocken rumläuft. Nimm du den Himmelmann, das ist der Portier, der hatte heute morgen Dienst. Ich mache den Nachtportier ausfindig und befrage den. Der Typ ist vor Beginn des Schneetreibens da oben angeleint worden. Wenn einer im Hotel was gemerkt haben sollte, dann er.«

»Keine Fußspuren? Hm. Dass der da so stundenlang rumhängt und keiner entdeckt ihn ...«
»Es war diesig, erinnerst du dich? Ach so, natürlich nicht. Und dann hat es geschneit wie Hulle, man sah die Hand vor Augen nicht mehr. Also, mach' dich an den Himmelmann ran.«
»Wo isser denn?«
»In der Rezeption. Oder hast du gehofft, er steht an der Theke?«
Anke Dankelmann trottete davon. Es waren mal wieder für sie typische 24 Stunden in ihrem Leben. Gestern Nachmittag noch die bewegenden Minuten an der Gedenkstätte in Stolzenbach, als der Anblick ihres vor dem Gedenkstein kauernden Vaters ihr Herz zu sprengen drohte, das Weihnachtsgeschenk ihres Bruders, eine Kreuzfahrt mit ihm, sieben Tage Karibik (»Ich habe dich dieses Jahr so vermisst, da hilft auch kein Telefonieren. Lass' uns mal verreisen«). Die Liebeserklärung des großen Bruders an seine Schwester hatte sie weinen lassen in seinen Armen, der Absturz im Ulenspiegel, die Nacht mit Pedro, der Anruf, die Leiche. In knapp 24 Stunden war mehr passiert als im ganzen Leben eines Katasteramtsbeamten. Irgendwie waren ihr Bruder Frank und sie auch wie Zwillinge, halt wie zweieiige. Was für ein Weihnachtsgeschenk. Und was für ein Geschenk im Leben. Für's Leben.

Hinter dem Desk stand ein hagerer älterer Mann mit einer Lesebrille, die mit einem Goldkettchen um seinen Hals baumelte.
»Sind Sie Herr Himmelmann?«, fragte sie.
»Hallo, Sie sind die Kommissarin, die Herr Stengel angekündigt hat«, tönte es von der Seite. Ein Mann, Mitte fünfzig, kam, die Hand ausgestreckt, auf sie zu. »Mein Name ist Vasseroth, ich bin der Hotelbesitzer und habe die Leiche entdeckt. Und das ist Himmelmann, mein Portier, um ihre Frage zu beantworten.«
Anke Dankelmann hasste Menschen, die bei der Nennung ihrer Mitarbeiter das »Herr« oder »Frau« vergaßen. Und die dann noch von »mein Portier« oder »mein Buchhalter« sprachen. Am schlimmsten war ihr mal der ehemalige Handwerkskammer-Prä-

sident Welch aufgefallen, der bei der Vorstellung seines Geschäftsführers im tiefsten Kasseläner Dialekt gesagt hatte: »Das hier, das is min Berghofer, stimmet's Berghofer?«
Aber diesem Vasserodt würde sie weiterhelfen können.
»Ich würde mich gern mit Herrn Himmelmann allein unter vier Augen unterhalten. Wo ist ihr Büro? Und Sie können doch sicher solang Herrn Himmelmann an der Rezeption vertreten, oder soll er Ihnen noch die Telefonanlage erklären?«
»Nein, da kenne ich mich bestens aus. Hier herein bitte!«, antwortete Vasserodt und öffnete die Tür zu seinem Büro.
»Danke. Und hier heraus auch wieder, wenn Sie so freundlich sein würden.« Dankelmanns Stimme war eisig. Die Tür schloss sich hinter Vasserodt.
»Mal im Ernst, Herr Himmelmann, ist der immer so?«
»Das ist sicher noch nicht der Beginn des dienstlichen Gesprächs, oder? Herr Vasserodt ist durch den Wind. Hat schon ein Statement für's Fernsehen abgegeben.«
»Na gut, fangen wir mal an. Was haben Sie gesehen, gefühlt, erahnt, analysiert?«
»Ich habe um acht Uhr angefangen. Da war es noch dunkel, ich war schon gegen 7 Uhr 30 hier. Mache ich immer so an solchen Tagen. Trinke dann an der Rezeption einen Kaffee, um die Zeit sind ja praktisch keine Gäste unten.«
»Und halten ein Schwätzchen mit dem Nachtportier.«
»Klar. Kalle Fritz und ich sind ein Jahrgang. Wir waren in derselben Schulklasse, im selben Ausbildungsbetrieb, eigentlich arbeiten wir seit 45 Jahren zusammen und sind eng befreundet. Aber nicht so, wie Sie vielleicht denken. Wir sind beide glücklich verheiratet. Äh, ich meine mit einer Frau, ... äh, ich meine: jeder mit einer anderen.«
Anke Dankelmann musste an ihren Vater und ihren Onkel Hans denken, und ein Stich durchzog ihr Herz.
»Nein, tue ich ja gar nicht. Ich muss mich ja auch noch vorstellen, tut mir leid, war etwas hektisch heute, und eigentlich hätte ich ei-

nen freien Tag gehabt. Anke Dankelmann«, sagte sie und streckte dem Portier die Hand entgegen.
»Naja, wie ich heiße, das wissen Sie ja.«
»Ja klar. Also, Herr Himmelmann. Ist Ihnen an Ihren Gästen irgendetwas aufgefallen? Um mal ganz allgemein anzufangen.«
»Nein, wie denn auch. Seit Dienstbeginn war hier gar nix los. Alle schlafen aus, und wer will denn bei dem Wetter schon raus, wenn er nicht zum Zug muss oder so.«
»Und da hat in der Zeit niemand gefrühstückt oder ausgecheckt?«
»Doch, ein Paar mittleren Alters, die mussten zum Zug. Ich weiß aber nicht wohin.«
»Na im Zweifel nach Hause«, sagte Dankelmann. »Haben Sie die Heimatadresse? Und wie haben die bezahlt?«
»Heimatadresse müsste auf der Anmeldung stehen, bezahlt haben sie mit EC-Karte.«
»Hm. Sind Sie ...«
Die Tür flog auf und Bernd Stengel blickte ins Zimmer.
»Anke, ich muss dich mal dringend sprechen.«
»Okay, Sie entschuldigen mich bitte, Herr Himmelmann, bin gleich wieder da.«
Sie schloss die Tür und blickte ihren Kollegen fragend an.
»Es fehlt ein Gast.«
»Wie, es fehlt ein Gast ..., da fehlen mindestens zwei, ein Pärchen hat schon ausgecheckt und ist unterwegs.«
»Die habe ich schon abgerechnet. Alle anderen sind noch da, wir haben sie im Frühstücksraum versammelt, informieren sie über die Lage, nehmen die Personalien auf und fangen mit der Vernehmung an. 32 Gäste waren insgesamt registriert, 29 sind unten versammelt. Einer fehlt – und auf dem Zimmer gibt es kein Gepäck.«
»Das ist ziemlich merkwürdig. Wissen wir denn, wer es ist?«
»Laut Meldebescheinigung ein Ernst Philipp aus Fulda, unter der Adresse gibt es aber einen solchen Mann nicht. Quatsch, in Fulda gibt es überhaupt keinen Ernst Philipp. Entweder der Mann hat einfach die Zeche geprellt, oder wir haben hier einen Verdächti-

gen. Ich lasse gerade den Nachtportier von einer Zivilstreife holen, der wird ihn beschreiben können.«
»Okay, dann mache ich mit Himmelmann weiter. Wenn der Nachtportier kommt, sag' mir bitte Bescheid, ich wäre gern dabei.«
»Hätte ich sowieso getan. Noch ein Fisherman's Friend? Kleiner Tipp: Nimm besser zwei.« Bernd Stengel drückte ihr die Tüte in die Hand und verschwand im Hotelflur.
»Alsdenn, Herr Himmelmann, machen wir weiter.« Die Kommissarin schloss die Tür. »Hat irgendein Hotelgast außer dem Pärchen das Hotel verlassen in der Zeit, als Sie an der Rezeption waren?«
»Nein. Niemand.«
»Haben Sie mit dem Gast Ernst Philipp zu tun gehabt?«
»Nein. Kein Stück.«
»Okay, das war es erst einmal, Sie sind ja hier erreichbar, bitte schreiben Sie mir aber ihre Rufnummer auf, unter der Sie außerhalb der Dienstzeiten zu kriegen sind.«
Himmelmann nahm einen Filzstift, riss einen Zettel vom Notizblock seines Chefs ab, kritzelte eine Handynummer drauf und reichte ihn Anke Dankelmann.
»Irgendwie haut mich das ziemlich um«, sagte er.
»Ich kann auch nicht behaupten, dass ich so was als Dauerbestandteil der Weihnachtsfeiertage haben möchte«, sagte Dankelmann und schob Himmelmann hinaus.
Vor der Rezeption fand sie Bernd Stengel.
»So, Anke, so geht es weiter. 14 Uhr Meeting mit der Spurensicherung, 15 Uhr 30 Pressekonferenz. Das will der Chef selbst machen. Ich gehe mal raus und sag' den Pressefuzzis Bescheid. Ein paar belanglose Fakten brauchen die für ihre Rundfunk- und Fernsehnachrichten sowieso. Komm am besten mit.«
Anke Dankelmann begleitete Stengel vor die Tür. »Liebe Kolleginnen und Kollegen von der Presse, ich bitte mal um Ihre Aufmerksamkeit.« Kameras wurden angeworfen, schwenkten auf

Stengel, ein Dutzend Medienleute drängte sich um das Kommissarenteam.
»Um 15 Uhr 30 gibt es im Polizeipräsidium eine Pressekonferenz, der Leiter der Mordkommission wird Sie informieren. Im Augenblick gibt es noch keine Fakten. Der Hotelbesitzer hat den Mann oben auf dem Bett heute morgen entdeckt. Wir wissen noch nicht, wer die Leiche ist. Wir kennen die Todesursache nicht und wissen auch nicht, wann er gestorben ist. Es gibt noch keinen Tatverdächtigen. Bitte haben Sie Geduld bis nachher, ich kann Ihnen noch nicht mehr sagen.«
»Okay, Bernd, aber wann können wir mit dem Hotelbesitzer reden?« Hans Leicht, Polizeireporter der HNA, kannte Stengel seit Jahrzehnten und war, wie nur wenige andere, mit ihm per Du.
»Sobald wir die Hotelgäste und das Personal vernommen haben, könnt ihr rein. Ach, und das Team der Spurensicherung muss noch durch.«
»Wo ist denn die Leiche jetzt?«, wollte einer wissen, weder Stengel noch Dankelmann kannten ihn.
»In der Mikrowelle. Sonst kann man nicht an ihm rumschnippeln. Aber das nur als Hintergrund.«
Stengel wandte sich zum Gehen, die Pressemeute lachte, und der Unbekannte war blass im Gesicht.
»Komm Anke, lass' uns mal den Tatort und das Zimmer anschauen.«
Sie fuhren im Lift bis in die höchste Etage. Von dort führte eine Tür nach oben, von einem Nebenraum ging es durch ein Fenster auf das ziemlich steil abfallende Dach. Das Fenster zeigte nach hinten, war von der Straße aus nicht zu sehen.
»Vasserodt sagt, diese Tür sei immer abgeschlossen. Aber schau' mal genau auf's Schloss.«
»Sieht nach Profiarbeit aus. Astrein aufgebohrt.«
»Genau, an der Tür zum Dach dasselbe. Und dann verliert sich alles. Lass' uns mal rausschauen.«
Sie blickten durch das Fenster auf den Turm, wo die Kollegen der

Spurensicherung einen höchst schwierigen Job erledigten. Die Leiche war mittlerweile entfernt worden, abgeseilt durch ein anderes Fenster. Es war ein richtiger Bergsteigerjob.
»Ist mir ein absolutes Rätsel, wie der die Leiche da hochgekriegt hat. Nachher wissen wir mehr. Gehen wir ins Zimmer.«
»Mit dir ins Zimmer?«, sagte sie laut, so laut, dass es zwei Polizisten, die vor der Tür standen, hören konnten.
»Ja klar«, sagte Stengel genauso laut, »aber nicht für 200 Euro. Das ist mir zu teuer.«
Dankelmann gab ihm einen Hieb mit dem Ellenbogen und kicherte vor sich hin.
»Wir sind wirklich pietätlose Gesellen«, sagte sie. Und beide freuten sich darauf, was die stille Post in Form von Klatsch und Tratsch bei der Polizei aus dieser Geschichte machen würde, die die beiden Beamten garantiert weitererzählten.
Im Zimmer ging Dankelmann ans Fenster. Blick auf den Bahnhofsvorplatz mit dem Riesendach. Irgendwer hatte ihr erzählt, die riesigen dicken Säulen sollten an den Reinhardswald erinnern. So ein Quatsch. Bernd Stengel setzte sich aufs Bett.
»Komisch, oder? So hat die Spusi das Zimmer vorgefunden. Nichts benutzt, bis auf den Stuhl am Schreibtisch. Da gab es ein paar Spuren, sonst gar nix. Das Waschbecken, die Toilette, die Dusche – alles unberührt. Fingerabdrücke en masse, aber ich wette, dass von dem Typen nix dabei ist. Es sieht so aus, als sei der ins Zimmer und habe gewartet. Und gewartet und gewartet.«
»Was bringt einen dazu, in ein Hotel zu gehen – he, Moment: Wie hat der überhaupt den Mann hier reingekriegt? Waren die verabredet, so eine Art Mini-Schwuchtelkongress am Heiligabend? Der Kerzenständer funktioniert nicht, und schon muss einer büßen?«
»Anke, wenn der Präsident nachher dabei sein sollte, musst du die Kneipen-Diktion vergessen. Eigentlich gibt es bisher nur Fragen: Wie kam die Leiche rein? Oder besser: Wie kam der Mann, tot oder lebendig, hier rein? Wie bugsierte der Täter oder die Täterin – der Präsident sagt immer: Man muss immer alles in Erwägung

ziehen, bis zum Ausschluss der Eventualität – das Opfer auf's Dach?«

»Naja, gestern Abend werden nicht allzu viele Leute hier im Hotel gewesen sein.«

»Aber der konnte doch nicht einplanen, dass dieses Schneetreiben einsetzt.«

»Vielleicht doch. Es gibt mittlerweile sehr präzise Wetterprognosen. Wir müssen dringend mit dem Nachtportier reden. Aber lass' uns sehen, dass dieser Hoteldirektor nicht vorher mit ihm spricht. Der macht den nur kirre.«

»Hab' ich auch so gesehen, die Streife bringt ihn her und holt ihn erst aus dem Wagen, wenn wir sie anrufen.« Stengel zückte sein Handy, wählte und sagte dann: »Okay, Kollegen, schafft ihn rein, wir sind an der Rezeption.«

Als Dankelmann und Stengel an der Rezeption ankamen, brachte die Zivilstreife gerade einen sehr müde aussehenden älteren Mann herein.

»Hallo, Sie sind sicher Herr Fritz. Das ist meine Kollegin Anke Dankelmann, mein Name ist Bernd Stengel. Wir beide leiten die Ermittlungen in diesem Fall. Kommen Sie, Herr Fritz, wir gehen ins Büro von Hern Vasserodt. Anke, kleinen Augenblick, ich hole den Recorder.«

Dankelmann und Fritz gingen voraus, eine Minute später kam Stengel nach.

»Sagen Sie bitte einfach Ihren Namen, und dann geht es los.«

»Mein Name ist Karlheinz Fritz, aber alle nennen mich Kalle.«

»Bitte nochmal, ich muss ja erst das Ding anstellen«, meckerte Stengel. »So, kann losgehen.«

»Mein Name ist Karlheinz Fritz, aber alle nennen mich Kalle.«

»Okay, Herr Fritz. Es geht in erster Linie um einen Gast namens Ernst Philipp. Erinnern Sie sich an den?«

»Nein.«

»Wieso?«

»Der hatte schon eingecheckt, als ich anfing. Und heruntergekommen ist er die ganze Nacht nicht.«
»Er muss aber heruntergekommen sein«, sagte Anke Dankelmann, »weil er das Haus ohne zu bezahlen verlassen hat. Und das, bevor Ihr Kollege Himmelmann seinen Dienst begonnen hat.«
»Dann muss er entweder aus dem Fenster gesprungen sein oder er ist raus, als ich mal auf dem Klo war.«
»Fenstersprung halten wir für unwahrscheinlich. Wann waren Sie denn au dem Klo?« Stengel guckte gestresst.
»Ich schaue nie auf die Uhr, aber wissen Sie, als Nachtportier gewöhnen sie sich einfach bestimmte Dinge an. Pinkeln kann ich nie vor zwei Uhr, da erst lässt der Betrieb nach. Also gehe ich, egal, ob ich muss oder nicht, um kurz nach zwei. Und dann nochmal gegen fünf Uhr, danach kann es mit dem Betrieb losgehen.«
»Okay, das sind die Optionen. Wer hatte denn vor Ihnen Dienst?«
»Haben wir schon geklärt, Anke. Das ganze Personal ist um 11 Uhr 30 im Frühstücksraum. Wir brauchen jede Aussage, jeden Hinweis.«
»Ich bin stolz auf dich. Wir werden Sie noch einmal befragen, Herr Fritz. Wir wollen nur dieser dringlichen Spur nachgehen. Bitte bleiben Sie im Hotel.«
Bernd Stengel schaute auf die Uhr. 11 Uhr 20. Dann ein Blick auf seine Kollegin, die trank gerade einen Schluck Wasser. Stengel war hin und her gerissen. Sie war die einzige Frau, die er kannte, die saufen konnte wie ein Schweinetreiber und es manchmal auch tat. Und sie war die disziplinloseste Disziplinierte, manchmal bewunderte er, wie sie sich quälen konnte. Eine tolle Frau. Nix für eine Beziehung, dachte er sich. Aber zum Pferdestehlen. Und zum Lösen von Mordfällen, denn Anke Dankelmann hatte ein brillant kombinierendes Hirn. Wenn sie wach war.
»Komm, wir gehen in den Frühstücksraum, das Personal wartet, ein paar haben schon gemeckert, weil sie heute noch was vorhaben.«
»Man muss eben Prioritäten sitzen. Da hängt ein Halbnackter tot

am Bettgestell und der Kollege muss heim, weil der Weihnachtsbraten sonst vom Rest allein gefuttert wird.«
»Nun halt an dich, Anke. Wer leitet das Gespräch?«
»Mach' mal, du warst eher hier, hast auch einen besseren Überblick.«
In dem kleinen Frühstücksraum des Hotels waren die Bediensteten versammelt. Die Mannschaft des Vortages, das Team des Restaurants.
»Guten Morgen, das fröhliche Weihnachten verkneife ich mir. Mein Name ist Bernd Stengel, das ist meine Kollegin Anke Dankelmann, wir sind das ermittelnde Kommissarenteam. Danke, dass Sie es möglich gemacht haben, heute morgen zu kommen. Sie konnten es ja jetzt nicht mehr sehen: Aber heute morgen hat Herr Vasserodt auf dem unten Ende des Bettgestells auf dem Dach eine festgebundene männliche Leiche entdeckt. Festgebunden mit Tape, das ist ein Plastikklebeband. Welche Spuren es gibt, kann ich noch nicht sagen. Bevor wir vage nach Beobachtungen angeln, habe ich eine Frage: Auf Zimmer 14 war ein Gast namens Ernst Philipp aus Fulda eingecheckt. Wer von Ihnen hat ihn gesehen, und wer von Ihnen hatte an der Pforte gestern Dienst?«
Eine untersetzte, leicht füllige dunkelhaarige Frau, bemerkenswert elegant gekleidet, meldete sich.
»Ich hatte vor Kalle Fritz am Empfang Dienst. Der Mann hat bei mir eingecheckt, ich meine: Bei mir hat er sich angemeldet.«
»Sagen Sie uns Ihren Namen?«
»Carlotta Engelhardt.«
»Wie lange arbeiten Sie schon hier im Hotel?«
»Seit etwa einem Jahr.«
»Können Sie uns den Mann beschreiben?«
»Ja, klar. So etwa eins achtzig groß, dunkler Wintermantel, dunkle Handschuhe, dunkler Hut. Darunter mittellange blonde Haare, dunkle Brille, so ähnlich wie ein altes Horngestell, Bart.«
»Was für ein Bart?«

»Auf Oberlippe und am Kinn. Er kratzte sich ständig dran, das fiel mir auf.«
»Frau Engelhardt, wir würden uns gern mit Ihnen im Büro von Herrn Vasserodt weiter unterhalten. Meine Kollegen hier«, Stengel deutete auf Klaus Mohr und Erwin Brandt von der Kripo, »werden die anderen weiter zu Ihren Beobachtungen befragen. Es kann sein, dass wir Sie während der Feiertage noch brauchen, bitte hinterlassen Sie uns Anschrift oder Telefonnummer, wo man Sie ständig erreichen kann. Ich danke Ihnen noch einmal.«
Dankelmann, Stengel und Engelhardt gingen in Vasserodts Büro. Stengels Handy klingelte.
Er schaute aufs Display. »Der Präsident«, sagte er zu Dankelmann, »Geh' schon mal vor.«
Anke Dankelmann schloss die Tür hinter sich und Carlotta Engelhardt.
»Sie haben einen tollen Geschmack, was Kleidung angeht«, sagte sie und schaute Engelhardt freundlich an.
»Danke. Das ist ein Spleen von mir. Ständiger Streitpunkt zwischen mir und meinem Mann.«
»Na super. Der sollte froh sein, dass seine Frau nicht im Küchenkittel mit Lockenwicklern rumläuft.«
»Ihm geht es um's Geld. Er meint, ich gebe zuviel für Klamotten aus. Ist aber auch nicht mehr, als er in der Kneipe lässt.«
»Und was würde er sagen, wenn Sie schlampig rumlaufen und stattdessen die Kohle in Kneipen in Bier und Schnaps umsetzen würden?«
»Na, Sie ham' eine Logik. Sind Sie verheiratet?«
Dankelmann schüttelte den Kopf.
»Wissen Sie was, Frau Dankelmann? Es dauert Jahre, bis eine Beziehung so weit wie möglich geregelt ist. Bis man akzeptiert, was unnormal ist am anderen. Weil der stundelang Zeitung auf dem Klo liest. Weil der andere am Heiligabend mit Freundinnen Wandern geht statt den Baum zu schmücken. Und, und, und. Aber

wenn der eine im Stinknormalen versinkt und der andere sich am Besonderen freut, dann gibt das immer Stress.«

»Tja. Besser ich heirate nie«, sagte Anke Dankelmann, wohl wissend, dass genau sie selbst irgendwie beides in sich vereinte. Das Stinknormale und das Besondere. Und den Stress. Den sowieso.

Bernd Stengel kam zurück. Er sah Anke Dankelmann an und zog die Augenbrauen hoch. Was soviel hieß: Der Chef ist ungeduldig. Dann musste er halt ungeduldig sein, dachte sich die Kommissarin und wandte sich Carlotta Engelhardt zu.

»Zurück zu unserem Gast, ich meine den Philipp. Was hatte er dabei? Checkte er mit Gepäck ein?«

»Ja, das war das Auffälligste. Er hatte einen ungeheuer großen, schwarzen Trolley dabei, der wohl auch schwer bepackt war. Das Ding fiel ihm um, und er hatte alle Mühe, es wieder hinzustellen.«

Anke Dankelmann blickte Bernd Stengel an. Denkst du, was ich denke, hieß der Blick – und da Stengel die gleiche Message auszusenden schien, waren sie sich offenbar einig.

»Wie groß war das Ding?«, fragte Dankelmann.

»Das kann ich schlecht sagen, also nicht in Zentimetern oder so. Aber, na, so etwa ...«

Carlotta Engelhardt zeichnete grob die Umrisse mit den Händen in der Luft.

»Also etwa die Größe von zwei aufeinandergestapelten Umzugskisten. Gut. Schwarz war das Ding, sagen Sie. Der Griff war ausgefahren?«

Engelhardt nickte.

»Farbe?«, hakte Stengel nach.

»Schwarzer Griff, und ich glaube das Gestänge war silbern.«

»Hatte er sonst etwas dabei?«

»Nein. Nur den Trolley.«

»Ist er im Fahrstuhl nach oben?«

»Ja klar, das Ding schien zu schwer zu sein.«

»Was haben Sie denn gedacht, was da drin sein könnte?«

»Naja, wissen Sie, es war Heiligabend. Ich dachte, der Koffer ist voller Geschenke.«
»Wann hat er denn eingecheckt?«
»Das müsste aus dem Computer zu ersehen sein, wenn Gäste kommen und sich anmelden geht das über den PC, und der notiert die Zeit.«
»Hm. Wenn wir jemanden bitten, ein Bild nach ihren Angaben zu erstellen – ginge das?«
»Frau Dankelmann, ich arbeite an der Rezeption eines Hotels. Ich muss mir Gesichter merken können. Von mir aus können wir loslegen.«
Bernd Stengel erhob sich. »Wir müssen erst einmal den Kollegen dafür aktivieren, ist ja schließlich Weihnachten. Schreiben Sie mir bitte Ihre Handynummer auf diesen Zettel, lassen Sie das Handy bitte ständig an, wir melden uns so schnell wie möglich und holen Sie ab.«
»Das fehlte mir noch, 'ne Polizeistreife vor unserer Wohnung am Feiertag. Ne danke, ich komme dann mit dem eigenen Auto.«
»Wie Sie wollen, danke Frau Engelhardt, Sie können jetzt gehen.«
Als die Rezeptionistin gegangen war, sagten die beiden ein paar Sekunden gar nichts.
»Was hast du eigentlich zu Weihnachten bekommen?«, fragte Anke Dankelmann.
»Du mit deinen Gedankensprüngen.« Stengel schüttelte lächelnd den Kopf. »Ich stelle mir gerade den Kofferinhalt vor, und du denkst da an meine Geschenke. Meine Frau hat mir ein GPS-Teil zum Wandern geschenkt, die Kinder neue Wanderschuhe. Und einen Wanderstock ...«
»Hast du denn schon Abzeichen dafür?«, wollte Dankelmann wissen, »Wasserkuppe, Rininsland, als ich klein war hatte mein Opa so einen Stock. Hat mich immer fasziniert.«
»Der hätte dir lieber mal gelegentlich ...«
»Vorsicht, Kollege, Vorsicht. Das Band läuft noch«, sagte Anke Dankelmann grinsend und hielt das Aufnahmegerät hoch. »Kann

ich jetzt auf Stopp drücken oder planen der Herr noch weitere verbale Ausfälle in Sachen Erziehungsmethoden auf dem Land? Danke«, sagte Dankelmann, drückte die Stopptaste und sagte: »Ich könnte wetten, dass dieser Typ die Leiche mit ins Hotel gebracht hat. Der hat das geplant, Tag, Ort, Methode, Wirkung – perfekt inszeniert. Und hat sich ein neues Äußeres verpasst. Aber wer ist der Tote?«

»Mal sehen, was die Kollegen so alles erfahren haben. Dann ab ins Präsidium und ...«, Stengel blickte auf die Uhr, »... wir müssen uns sputen.«

»Richtig, was wollte der Präsi denn?«

»Du wirst es nicht glauben, der hat sich verwählt. Aber da ich nun mal gerade dran war, haben wir ein wenig geplaudert. Da fiel ihm dann ein, dass er ein Wort zu den Ermittlungen sagen musste, und er meinte, er erwarte, dass wir Dampf machen.«

»Gute Idee. So wird man Präsident. Mit guten Ideen!« Anke Dankelmann öffnete die Tür und ging voran.

Im Frühstücksraum waren Brandt und Mohr noch da und unterhielten sich.

»Und Jungs, was gab es noch?«

»Bei den Gästen nichts mehr. Den Philipp hat wohl keiner gesehen, zumindest nach der Beschreibung von Frau Engelhardt. Aber das Mädel von der Bar meint, ihn draußen kommen gesehen zu haben. Die hatten bis um 15 Uhr die Bar geöffnet, dann hat sie noch sauber gemacht und ist gegangen. So gegen 16 Uhr 15. Interessant dabei ist: Der kam aus der Landgraf-Karl-Straße zu Fuß.« Dankelmann überlegte. Das war die Straße praktisch hinter dem Hotel. Wenn dem so war, dann war er wohl weder mit Taxi noch mit Straßenbahn noch mit der Bahn gekommen.

»Checkt mal die Zeit im PC an der Rezeption, wann er hier reingekommen ist«, sagte sie. »Wenn ihr das habt, gleich ab ins Präsidium, wir haben gleich Lagebesprechung. Bernd und ich fahren schon mal vor.«

»Ich fahre«, flüsterte Stengel. »Und du haust dir noch ein Dutzend Fisherman's rein, bevor wir mit dem Präsi reden.«
Stengel steuerte seinen Wagen vorsichtig über die spiegelglatte Wilhelmshöher Alle. Anke Dankelmann schaute aus dem Fenster. Eigentlich schön, so ein Tag nach frischem Schneefall. Aber sie hasste den Winter, die dunkle Jahreszeit, die kurzen Tage, das Depri-Wetter mit grauen Wolken im Kasseler Kessel, tage-, manchmal wochenlang konnte man die Sonne nur erahnen.
»Wieso schlägt der an Heiligabend zu? Ob das einen Hintergrund hat? Wenn es einen Hintergrund hat, wenn er das so geplant hat, dann muss er doch damit rechnen, dass wir, wenn wir da eine Idee haben, auch gleichzeitig eine erste Spur haben. Was soll das bedeuten?«
»Das geht mir zu schnell. Kann ja auch eine Frau gewesen sein.«
Stengel blickte in Richtung Beifahrersitz und sah in Dankelmanns ungläubiges Gesicht. »Ich meine ja nur ...«
»Super-Idee, Mr. Holmes. Ich kenne massenhaft Frauen, denen es wie von leichter Hand gelingt, so einen eineinhalb Zentner schweren Bruder mal kurz auf's Dach zu wuchten, ihn mit einer eleganten Kugelstoßerbewegung fünf Meter hoch auf ein Drahtgestell zu werfen und sich dann zu verdrücken. Wir sollten mal die örtliche Anabolika-Szene checken und fragen, ob Frau Godzilla kürzlich um Nachschub gebeten hat.«
»Anke, deinen Instinkt in Ehren, aber wir können Eventualitäten erst ausschließen, wenn die Fakten oder Indizien das erlauben.«
»Na, wenn das kein Indiz ist. Ich habe heute morgen einen aus dem Bett geworfen. Aber mit Worten nur kriegste keinen toten Mann auf's Dach geworfen.«
»Ich hab's gewusst. Mein Anruf hat dich vor einem Heiratsantrag gerettet.«
Stengel parkte den Wagen vor dem Präsidium, beide schlitterten in Richtung Eingang und waren froh, als sie endlich die Wärme des neuen Gebäudes am Kasseler Kulturbahnhof umschloss. Früher hieß das Gelände mal »Das goldene Loch«. Das Grundstück war

auch ein Loch gewesen – golden wahrscheinlich wegen des Bodenpreises. Es war ein architektonisches Meisterstück. Unscheinbar gigantisch, zumindest für Kassel.
»Mann, ich hab' praktisch noch nichts gegessen«, sagte Dankelmann.
»Wir haben noch ein paar Minuten, kannst dir im Bahnhof ja was holen.« Die Kantine hatte nur Automatenfraß im Angebot, am Feiertag gab es keine warme Küche.
»Bin gleich wieder da.« Im Bahnhof gegenüber gab es ein Burger King. Ein Whopper, genau das richtige für den Jubi-Aquavit-geschädigten Magen, dazu eine Cola – perfektes Katermittagessen. Die Stadt war wie leergefegt. Kaum Autos unterwegs, Fußgänger noch weniger, und es hatte wieder angefangen zu schneien. Als sie im Plastik-Ambiente der Burger-Bräterei saß und ihren Whopper verzehrte, wanderten die Gedanken automatisch zurück zum Fall. Was macht der Typ jetzt? Hört er Nachrichten? Schaut er fern und wartet auf seine Inszenierung? Warum Heiligabend? Warum das Risiko, auf dem Dach auszurutschen, warum das Risiko gesehen zu werden? Und warum von hinten an's Hotel marschiert? Und wer kann es sich leisten, als Einzelperson an Heiligabend in ein Hotel zu gehen? Jeder normale Mensch hatte Verpflichtungen, entweder in der Familie oder im Freundeskreis. Weder bei Familie noch bei Freunden würden falsche Alibis durchhalten können. Wie sollte das funktionieren? Liebe Familie, ich kann Heiligabend nicht bei euch sein, ich bin unterwegs, gehe ins Kino? Haut niemals hin, dachte sich die Kommissarin. Liebe Freunde, kann Heiligabend nicht wie sonst, ich gehe – ja, wohin geht man da, wenn es glaubwürdig sein soll?
Ein Einzelgänger? Ein einsamer Wolf oder eine einsame Sau?
»Wir brauchen Fakten«, sagte sie, stand auf, packte ihr Tablett in den Sammelwagen und schlenderte zurück ins Präsidium.
Als sie in den Sitzungsraum kam, waren bis auf den Präsidenten alle anderen Kollegen, die mit dem Fall beschäftigt waren, schon da. Spurensicherung, das Kripo-Team, der Arzt schälte sich gerade aus

seinem Mantel – es konnte beginnen. So ein Meeting war Routine, der erste Akt eines Ermittlungsdramas ging dem Ende entgegen. Routine – und dennoch prickelnde Spannung. Und außerordentlich ungewöhnlich, dass der Präsident selbst an so einer Sitzung teilnahm. Doch er wollte unbedingt.

Die Tür ging auf und herein kam der nordhessische Polizeipräsident. Dr. Arndt Clüver, 46, dem man das SPD-Parteibuch nie anmerkte, ein großer Mann mit schütterem blonden Haar, galoppierend wachsendem Bauchumfang und einer angenehmen Art, nie den Chef heraushängen zu lassen. Clüver arbeitete mit, genoss hohes Ansehen als Jurist und auch als Kriminalist. Man war froh, dass er da war. Es hätte schlimmer kommen können, war Dankelmanns Ansicht. Aber gerade sie verstand sich mit Clüver gut, der diese Kommissarin mit ihrem hemdsärmeligen Wesen, ihrer Schnodderschnauze und dem brillanten Verstand ausgesprochen schätzte.

»Wir müssen uns ein wenig beeilen«, sagte Clüver zur Begrüßung. »Die Presse wartet, und wir müssen erst einmal zusammentragen, was wir haben. Brandt, notieren Sie am Flip Chart rechts die Fakten, in der Mitte die offenen Fragen, links die Vermutungen und die To-Dos. Also, wie immer. Wer fängt an?«

Stengel trug den möglichen Ablauf vor. Nach der Schilderung des Leichenfundes und der Ergebnisse der Befragungen ergänzte Mohr das Ganze: »Die Schilderung der Dame aus der Bar kann hinkommen. Philipp hat genau um 16 Uhr 25 laut PC eingecheckt. Sie kann ihn also da gesehen haben.«

»Gut, notieren wir das, bewerten können wir später. Doktor, jetzt mal das Allerwichtigste. Außer Ihnen hat noch keiner den Toten richtig gesehen. Haben wir Bilder?«

Dr. Hartmut Pianka, der Mediziner, setzte seine Lesebrille auf, ging zum Laptop, tauschte die CD aus und fing an. Er war ein hagerer Endfünfziger, Freund belebender Getränke der hochprozentigen Art – Anke Dankelmann fand immer, dass jemand, der seit 30 Jahren nur an Toten herumschnippelte, keine andere Chance hatte, als zu saufen. Pianka hatte ihr vollstes Verständnis und ihr aufrichtiges Mitgefühl. Bevor er anfangen konnte, ging die Tür auf und Pit Vogel, der Pressesprecher, kam herein. Ein kleiner, gemütlich dreinblickender Mann, den alle wegen seiner Initialen nur Pivi nannten.

»Sorry, musste gerade noch einen vom Kölner Express am Telefon abwimmeln.« Clüver nickte ihm zu, und Pianka startete seinen Vortrag. Stengel ahnte, was auf sie zukam, der Doc sagte nur das Notwendigste, sprach gelegentlich in Rätseln – und das erste richtige Verhör in einem Mordfall war immer das mit dem eigenen Mediziner.

»Wir brauchten eine Weile, um ein gescheites Bild zu machen, er war einfach zu eingefroren. Hier ist es«, sagte Pianka und drückte auf eine Taste des Laptop-Keyboards. Auf der weißen Wand erschienen Kopf, Hals und ein Teil des Rumpfes einer unbekleideten Person, blondes Haar, ein beinahe bartloses Antlitz.

»Kennt den jemand?«, fragte Clüver. Dankelmann schüttelte den Kopf und blickte in die Runde. Niemand hatte eine Idee, wer die Person sein konnte.

»Na, dann los, Herr Kollege!«, forderte Clüver den Doktor auf.

»Leiche, männlich, etwa 40 Jahre alt. Tod durch Erwürgen mit einem Schal oder etwas ähnlichem, kein Seil, keine Schlinge. Aber vorher hat er einen Schlag auf den Kopf bekommen, der ihn vermutlich bewusstlos gemacht hat. Vermutlich so etwas wie eine Porzellanvase oder -kanne, jedenfalls gibt es Porzellanpartikel in der Wunde. Der Mann hatte ursprünglich auch ein Tape über dem Mund. Außerdem wurde er gefesselt.«

»Um ihn auf's Dach zu bugsieren?«, fragte Pivi.

»Ne, Pivi. Da war der schon tot. Er wurde definitiv gefesselt, als er noch lebte.«

»Sonst was Besonderes?« Clüver blickte ungeduldig auf die Uhr.

»Blinddarmnarbe, sonst gar nichts. Der ist offensichtlich auch als Kind nie hingefallen. Der Mann ist sehr klein, 1 Meter 68, ist definitiv kein Handwerker, die Handflächen und die Finger sind weich wie ein Kinderpopo. Offensichtlich trug er nie eine Uhr am Hand-

gelenk. Keine Krankheiten feststellbar, organisch alles in Ordnung, seine letzte Mahlzeit steht im Bericht, einverstanden?«
Anke Dankelmann nickte erleichtert. Nie wieder Whopper vor einem Bericht des Gerichtsmediziners, schwor sie sich.
»Pivi, können wir im Zweifel ein Kopfbild der Leiche herausgeben, damit wir wissen, wer das ist?«, fragte der Präsident.
»Bei diesem Fall bringt das jeder Journalist«, sagte Pivi und machte sich am Laptop zu schaffen. »Ich zieh' mir das mal auf meinen Stick und gebe das nachher in den E-Mail-Verteiler. Chef, wir müssen uns beeilen, die Meute wartet.«
»Dann muss sie halt warten, wir haben einen Mordfall zu klären und nicht die Zeitung zu füllen. Sie machen das schon, Pivi. Los, jetzt die Spurensicherung.«
Markus Wimmel blickte von seinen Unterlagen auf.
»Also, im Telegrammstil. Im Zimmer praktisch nichts, das heißt: jede Menge Fingerabdrücke, auf einem Sessel ein paar Fusseln von Textilien. Wenn der Trolley so groß gewesen ist, wird er ihn nicht auf die Kofferablage gehievt haben. Wir haben aber keine Abdrücke im Teppich gefunden, den kann man wahrscheinlich sowieso vergessen, der ist steinalt, das Zimmer soll Anfang Januar renoviert werden. Interessant wird es auf dem Dach.«
Alle schauten bei dieser Gesprächspause noch gespannter auf den Spusi-Mann.
»Die Türen wurden aufgebohrt, ich vermute mit einem Handbohrer, vermutlich so ein Modell, wie man es in jedem Baumarkt kriegt. Krach hat das sicher nicht gemacht – aber da oben sind auch keine Zimmer mehr. Der hatte alle Ruhe und alle Zeit der Welt. Ich nehme an, dass er erst vor dem Fenster die Leiche aus dem Trolley – gehen wir mal als erste Hypothese von dieser Variante aus – geholt hat. Dann muss er wie ein Bergsteiger vorgegangen sein. Er muss erst allein hoch zum Bett, eine Art Flaschenzugvorrichtung installiert und dann den Burschen hochgezogen und festgezurrt haben. Wir haben jedenfalls am Bett, das seit Jahren nicht mehr gereinigt worden ist, klare Schleifspuren entdeckt. Keine

Fingerabdrücke, keine Fußabdrücke – absolute Fehlanzeige. Er muss alles wieder eingepackt haben und ist dann verschwunden. Eine Spur deutet darauf hin, dass die Leiche bis zum Schluss eingepackt gewesen ist – wahrscheinlich um für den Fall, dass man ihn sieht, den Eindruck zu erwecken, man befestige dort oben symbolträchtig ein Weihnachtsgeschenk oder so. Zwischen Leiche und der Kante zum Kopfende haben wir Weihnachtspapier gefunden. Wenn ich das alles so überlege, dann hat der etwa fünf bis sechs Minuten auf dem Dach gewerkelt. Dass das keiner gesehen hat ...!«
Wimmel griff unter den Tisch und zog einen Papierfetzen hervor. »Das ist das Weihnachtspapier. Wir stellen fest, wo es herkommt. Viel Hoffnung habe ich nicht, dass uns das weiterbringt. Hier sind ein paar Bilder vom Tatort mit Leiche.« Es wurde still im Raum. An der Wand erschien ein Bild vom Dach des Kurfürst Wilhelm, das Bettgestell, und am Kopfende der Tote, in merkwürdig gekrümmter Haltung festgebunden. Mit einem schwarzen Tape, wie es aussah.
»Ist das Tape?«, fragte Stengel.
»Stimmt. 08/15-Ware. Nix besonderes«, sagte Wimmel. Vom Gesicht des Toten war kaum etwas zu sehen.
»Das darf nicht wahr sein«, sagte Anke Dankelmann. »Da turnt einer nachts mitten in der Stadt wie Reinhold Messner am Nanga Parbat auf diesem Dach 'rum und legt da mal kurz 'ne Leiche ab, als wenn es ein Päckchen von UPS wäre. Keiner hat was gesehen, und keiner weiß, wer der Tote ist ...?!«
»Nun warte mal, Anke, wenn das richtig publik wird, meldet sich vielleicht doch noch ein Zeuge.«
Die Tür ging auf, Hans-Werner Öhm, der Beamte vom Dienst, steckte den Kopf ins Zimmer. »Tschuldigung, aber es könnte wichtig sein. Da hat ein ..., Moment«, er schaute auf einen Zettel, »... Werner Kiesling angerufen von der St.Michael-Gemeinde hier in Kassel. Das ist eine katholische Gemeinde. Sie versuchen seit gestern, ihren Pfarrer zu erreichen. Im Pfarrhaus scheint niemand zu sein, über's Telefon erreichen sie ihn nicht. Der hätte zwar keinen

Dienst an Weihnachten, aber er hatte fest versprochen, die Messen zu besuchen. Außerdem war er heute Mittag bei ihm zum Weihnachtsessen eingeladen und ist nicht gekommen.«
»Ja und?«, fragte Pivi, »vielleicht ist er ganz einfach mal kurz verreist.«
»Naja«, sagte Öhm, »ich habe mal um eine Personenbeschreibung gebeten. Der Mann ist 39 Jahre alt, etwa 1,65 bis 1,70 Meter groß und hat ziemlich dünnes blondes Haar. Er heißt Alf Dietrich.«
An der Wand war noch das projizierte Bild vom Dach des Hotels.
»Stengel brauche ich bei der Pressekonferenz, Frau Dankelmann, können Sie mal hinfahren, nehmen Sie ein Bild der Leiche mit. Pivi, können wir das schnell irgendwo ausdrucken?«, fragte der Präsident.
»Kommt sofort.«
Anke Dankelmann schaute Stengel an und nickte. Pressekonferenzen waren eh nicht ihr Ding. Stengel nickte zurück. Wahrscheinlich wäre er lieber mitgefahren. Auf dem Gang teilte sich die Gruppe. Clüver, Stengel und Pivi und der Chef der Mordkommission, Plassek, gingen nach rechts zum Fahrstuhl, um zwei Stockwerke nach oben zur Pressekonferenz zu fahren. Anke Dankelmann entschwand mit Klaus Mohr ins Treppenhaus, Öhm im Schlepptau. »Sag' mal, Hans«, rief sie nach hinten, »haben wir irgendwas Privates von ihm? 'Ne Freundin, war er verheiratet?«
»Nicht, dass ich wüsste, müsst ihr vor Ort checken«, antwortete Öhm und blieb abrupt stehen, als er Mohr im Laufen kichern hörte.
»Anke! Also so was. Du bist unmöglich.«
Mohr und Dankelmann entschwanden durch die Tür in Richtung Parkplatz.
»Weißt du, Klaus, das ist für mich einfach Stress-Kompensation. Und dieses Leichen-Schauen macht mich immer fertig.«
»Schon gut, Mädel. Wir kennen dich ja mittlerweile. Benimm' dich wenigstens bei den Katholen. Soll ich fahren?«
»Jau, wir kommen ja direkt am Ulenspiegel vorbei. Da habe ich

meine Kiste gestern stehenlassen, da können wir ja dann mit zwei Autos weiterfahren.«
Mohr blickte prüfend zu Dankelmann.
»Auto stehenlassen, aha. Musstest tanken, oder?«
»Nee. Kolbenfresser auf der Rückbank. Plattfuss auf dem Reserverad und starker Belag auf dem Tankdeckel. Der ADAC konnte auch nichts machen. Es gibt Schicksale ...«
Mohr lachte.
»Du und deine Borkener Schnauze. Festhalten, ich starte den Boliden.«
Vier Minuten später stieg Anke Dankelmann vor dem Ulenspiegel aus und fuhr mit ihrem eigenen Wagen weiter. Mohr hatte von unterwegs Kiesling angerufen, der Mann erwartete sie vor der Kirche an der Ludwig-Mond-Straße. Es war kaum Verkehr auf den Straßen, drei Minuten später parkten die beiden Autos vor der Kirche, einem gelb verputzten Zweckbau mit Innenhof aus den sechziger Jahren. Ein etwa 60 Jahre alter Mann stand, in einen dunklen Wintermantel gehüllt, auf dem Bürgersteig.
»Sind Sie Herr Kiesling?« Der Mann nickte.
»Mein Name ist Anke Dankelmann, das ist mein Kollege Klaus Mohr, Kripo Kassel. Mal eine Frage vorweg: haben Sie heute Nachrichten gehört oder gesehen?« Beide zeigten ihre Ausweise.
»Nein, wieso, sollte ich?«, fragte Kiesling und lud sie mit einer Handbewegung ein, zur Kirche zu gehen. Eine Tür stand auf, die offenbar in eine Art Gemeinderaum führte. Sie traten sich die Schuhe ab, gingen hinein und setzten sich auf ein paar Stühle, der Raum war bestuhlt in U-Form, offenbar fanden hier regelmäßige Treffen statt.
»Ein paar Fakten haben Sie ja meinem Kollegen bereits am Telefon erzählt«, begann Anke Dankelmann. »Eine konkrete Frage: Haben Sie ein Bild von Ihrem Pfarrer?«
»Puh, sicher, aber nicht dabei. Halten, warten Sie: Nebenan hängt ein Bild von der letzten Kommunionsgruppe, da müsste er mit drauf sein.«

Sie gingen in den Nebenraum, Mohr und Dankelmann betrachteten das Bild und sahen sich an. Es gab kaum noch Zweifel.
»Herr Kiesling«, Anke Dankelmann wandt sich dem Gemeindevertreter zu, »wann haben Sie Herrn Dietrich das letzte Mal gesehen?«
»Gestern morgen. Heiligabend. Wir trafen uns im REWE um die Ecke, in der Sternbergstraße. Er kaufte ein, ich kaufte ein, und er verabschiedete sich mit den Worten: Bis nachher zur Messe. Und: Ich freue mich auf das Weihnachtsessen.«
»Hat Herr Dietrich Verwandte?«
»Ja. Soweit ich weiß, wohnt seine Schwester in Hann. Münden. Sie ist verheiratet und heißt Schreiber. Seine Eltern sind früh gestorben.«
»Wohnt er hier im Pfarrhaus?«
»Ja.«
»Haben Sie einen Schlüssel?«
»Ja. Ich habe einen Generalschlüssel für das gesamte Anwesen.«
Anwesen, dachte Anke Dankelmann. Netter Begriff für diese städtebauliche Bankrotterklärung.
»Dürfen wir Sie bitten, uns in die Wohnung zu lassen?«
»Naja, ich weiß nicht ...«
»Aber Sie machen sich doch Sorgen, oder? Und wie es aussieht, haben Sie allen Grund dazu.«
»Okay. Auf Ihre Verantwortung.«
Kiesling schloss auf und machte Anstalten, die Wohnung zu betreten.
»Oh no«, sagte Dankelmann. »Ab hier ist das ausschließlich unser Job. Sie bleiben draußen. Komm Klaus.«
Beide gingen vorsichtig in die Parterrewohnung. Sie war eher ein Anbau, der Zugang war von der Straße kaum einzusehen. Ein Flur mit Wandgarderobe und Spiegel. Weiße Raufasertapete, Laminatfußboden. Kein Teppich. Vom Flur gingen drei Türen ab: Eine in die Küche, eine in ein Gästeklo und eine in ein großes Zimmer, im Halbdunkel als Kombination von Wohn- und Esszimmer aus-

zumachen. Dankelmann streifte sich ein paar Plastikhandschuhe über und drückte den Lichtschalter.
»Ach du Scheiße«, entfuhr es Klaus Mohr. An der Heizung unterhalb des Fensters lagen ein paar zerrissene oder zerschnittene Reste eines Tapeverbandes, der Teppichläufer lag unordentlich am Rand, Reste einer Porzellanvase lagen auf dem Boden verstreut.
»Ruf' die Spurensicherung an. Ich übernehme den Kiesling.«
Mohr zückte sein Handy, Dankelmann ging nach draußen. Es hatte wieder zu schneien begonnen.
»Herr Kiesling, ich hoffe Sie haben gute Nerven. Ich zeige Ihnen jetzt ein Bild. Es ist das Bild eines Toten, den wir heute morgen gefunden haben, und ich vermute, dass es ihr Pfarrer ist. Trauen Sie sich das zu?«
Kiesling wurde bleich, nickte aber. Dankelmann zeigte ihm das Bild. Kiesling schlug die Hände vor's Gesicht und flüsterte »Nein. Heilige Mutter Maria, gib', dass das nicht wahr ist.«
»Ist es ihr Pfarrer?«
»Ich bin mir ziemlich sicher.«
»Okay, vielen Dank. Bitte betreten Sie die Wohnung nicht, kommen Sie bitte gleich mit zum Präsidium. Schaffen Sie das?«
»Leicht ist es nicht. Aber – wie ist er denn gestorben?«
»Er wurde getötet. Und wir wissen nicht, wer der Täter war.«
Dankelmann zückte ihr Handy und drückte die Nummer von Bernd Stengel. Sie schaute auf die Uhr – wahrscheinlich war die Pressekonferenz noch im Gang. Egal.
»Was ist?«, flüsterte Stengel ins Handy. Bingo, dachte Dankelmann, die Meute wird noch gefüttert.
»Es ist wohl der Pfarrer. Kiesling hat ihn auf dem Foto erkannt, in der Wohnung gibt es Kampfspuren. Die Spusi ist im Anmarsch. Kommst du nach der PK?«
»Ja. Bis gleich.«

Klaus Mohr stand vor dem Kirchenareal, und sein Job bestand darin, Schaulustige abzuhalten. Ein leichter Job. Denn Schaulustige gab es nicht. Zumindest noch nicht. Das würde sich wohl ändern, wenn hier das ganze Programm abgezogen wurde. Spurensicherung, der Staatsanwalt würde gegebenenfalls vorbeischauen. Mittlerweile saß Anke Dankelmann in der Wohnung auf der Armlehne eines Sessels. Sie war todmüde. Über Stunden hinweg hatte dieser Fall ihr genug Adrenalin in den Körper gepumpt, um gar nicht die Chance zu haben, an Müdigkeit zu denken. Doch jetzt war es soweit. Hoffentlich kommt Bernd bald, sagte sie sich. Das rettende Ufer für sie würde der Moment sein, in dem sie das Präsidium verließ und nach Hause fahren konnte.

Oh Mann, dachte sie, ich müsste zuhause anrufen. Sie blickte auf die Uhr, nahm ihr Handy und wählte die Nummer ihrer Eltern in Borken. Ihre Mutter war nach dem dritten Klingeln dran.

»Dankelmann.«

»Hier auch, Mama. Ich wollte nur wissen, wie ihr den Ersten Feiertag verbracht habt.«

»Schön, dass du anrufst, mein Kind. Ganz normal, ganz ruhig. Aber was ist das denn mit diesem Mord bei euch da oben? Du hast ja frei, aber hast du irgendetwas mitbekommen?«

»Ja, Mama. Ich hatte frei. Bin jetzt im Dienst, aber ich kann dir noch nichts sagen. Wie geht es denn Papa?«

»Der hat sich eine DVD eingelegt. Und rat' mal welche?«

»Das Wunder von Lengede, oder?«

»Na klar. Aber wir gehen gleich nochmal los, irgendwo was essen.«

»Genau. Hol' deinen Mann mal aus seinen Gedanken. Mama, ich melde mich morgen nochmal. Hab' dich lieb, sehr sogar.«

»Ich dich doch auch, meine Süße. Pass' auf dich auf. Und – Anke?«

»Ja?«

»Dein Papa liebt dich auch. Über alles. Ich könnte eifersüchtig sein.«

Anke Dankelmann lächelte.

»Gib' Papa einen Kuss von mir. Ich melde mich!«

Sie beendete das Gespräch und schüttelte nachdenklich den Kopf. Ihr Vater – der erste Mann in ihrem Leben und irgendwo immer noch der wichtigste. Weil er der verlässlichste ist. Und weil er dich liebt, das sind die Gründe, dachte sie. Die Tür ging auf und Bernd Stengel kam herein.

»Na, wie war es? Habt ihr von der Identität der Leiche was gesagt?«

»Nee. Es lief ganz gut. Die waren alle nur geil auf den Tatort. Da oben auf dem Bett – ich sage dir, wenn wir Pech haben, dann sind morgen alle Teams der Boulevardzeitungen hier und RTL und Vox und alle, die so was mit Gewinn verkaufen.«

»So wird es sein. Schau' dich mal um.«

Bernd Stengel inspizierte die Wohnung des Pfarrers.

»Vom ersten Eindruck her passt das. Ob wir hier einen Hinweis auf den Täter finden, Fingerabdrücke, irgendwas von der Kleidung, eine winzige Spur?«

»Vergiss' es«, sagte Anke Dankelmann. »Der Typ hat den Mut, mitten in der Nacht diese Bergsteigernummer am Hotel abzuziehen. Der ist cool bis zum Mittelstrahl. Hier gibt es nichts. Fehler macht jeder – aber der? Bin gespannt.«

Als die Spurensicherung kam, verließen sie das Haus.

»Lass' uns im Düss einen Kaffee trinken«, schlug Dankelmann vor.

Sie gingen in den Düsseldorfer Hof, genau gegenüber. Eine Kneipe, in der Wirt Kostas, stets bayerisch gekleidet, Deftiges servierte. Bier aus Kassel und Malsfeld – und der Laden brummte.

Kostas war kein Grieche, sondern Ur-Kasseläner – und zudem blond. Es war eine irrsinnige Mischung: Der Düsseldorfer Hof als bayerische Kneipe mit einem Wirt, der Kostas hieß, blond und Kasseläner war.

Sie saßen in einer Nische und schwiegen.

»Wenn die Spusi durch ist, muss ich einen Break machen«, sagte Anke Dankelmann.

»Ich auch«, meinte Stengel. »Das Team für die Mordkommission wird übrigens gerade zusammengestellt. Der Fall ist so schlagzeilenträchtig, da brauchen wir Ergebnisse. Und zwar schnell. Wir sollen mitmachen.«

»Dann weiß ich ja, wie ich die ruhigen Tage zwischen den Jahren verbringe.« Anke Dankelmann gähnte. »Komm, wir gehen rüber, mal schauen, was die rausgekriegt haben.«
»Was ist denn da drüben in der Kirche los?«, fragte die Bedienung, als sie kassierte.
»Keine Ahnung«, sagte Stengel, steckte das Wechselgeld ein und ging mit Dankelmann hinaus. Es schneite nicht mehr, dafür fegte ein eisiger Wind um die Häuser.
Ich hasse Morde, sagte sich Anke Dankelmann. Vor allem im Winter. Im Pfarrhaus gegenüber war es zwar wärmer, aber Tatorte bei Gewaltverbrechen verbreiteten ihre eigene Temperatur, eine gefühlte eisige Kälte. Davon schien das Team der Spurensicherung wenig zu spüren.

Man sah dem guten Markus Wimmel an, dass er schon einen langen Tag hinter sich hatte. Anke Dankelmann bot dem Chef der Spurensicherung ein Fisherman's Friend an.
»Anis, macht munter«, sagte sie, da Wimmel sie etwas ratlos anblickte.
»Kann ich gebrauchen, danke Anke.«
»Noch nie gehört den Spruch, geistreich wie immer«, polterte sie.
»Is' ja gut. Also: Nichts besonders Erwähnenswertes. Sieht so aus, als sei er hier überwältigt worden. Wir haben Blutspuren gefunden auf dem Boden, könnte von der Platzwunde am Hinterkopf herrühren. Das Tape, Heizung, Türgriffe, die zerbrochene Vase, überall Fingerabdrücke, aber ich wette, die sind nicht vom Täter.«
»Und die Tür? Aufgebrochen?«, fragte Bernd Stengel.
»Nullinger. So wie es aussieht, hat er seinem Mörder aufgemacht – oder der hatte einen Schlüssel.«
»Das sieht doch alles so aus, als sei das perfekt geplant gewesen. Wisst ihr, was fehlt?« Anke Dankelmann blickte in die Runde.
»Na, der Mann wurde nackt gefunden. Irgendwo müssen die Klamotten sein, der wird doch nicht nur in der Unterhose durch die Wohnung spaziert sein. Habt ihr was gefunden?«

»Nein. Nur Kleidung im Schrank. Alles ganz normal.« Markus Wimmel gähnte. »Wenn wir hier durch sind, dann machen wir Feierabend. Alles andere morgen, okay? Wann treffen wir uns?«
»10 Uhr, würde ich sagen. Der Doc hat vielleicht auch noch was beizutragen, bis dahin steht auch fest, wer noch alles in der Mordkommission mitmacht.« Bernd Stengel hob die Hand zum Gruß und ging Richtung Auto. Anke Dankelmann folgte.
»Sag' mal«, sie blieb abrupt stehen, »hat eigentlich jemand mal gecheckt, ob da Sex im Spiel war?«
»Der Doc hat nichts gesagt, aber man muss ihn ja eh immer fragen, ich rufe mal an.«
Zwei Minute später wussten sie das Ergebnis: »Weder aktiv noch passiv«, meinte Stengel. Dankelmann grinste. Solche Dinge zu formulieren, das ging ihm jedes Mal gegen den Strich.
»Ach so, noch was: Die Schwester von Dietrich kommt morgen nach Kassel. Kannst du das übernehmen?«
»Okay, aber nun lassen wir es mal gut sein. Ich haue mich heute Abend früh hin.« Dankelmann gab ihrem Kollegen einen Klaps auf die Schulter, setzte sich in ihr Auto und entschwand.
Sie wollte nicht die lange Ampelphase am Wehlheider Kreuz abwarten und wählte einen Umweg. Der war zwar länger, aber sie musste nicht lange anhalten. Sie fuhr durch die Sternbergstraße am Friedhof vorbei, bog vom Kleinen Holzweg auf die Kohlenstraße. Ihre Gedanken waren ungeordnet, das Radio blieb aus, und es wurde Zeit, die Beine hochzulegen. Sie fand im Kirchweg einen Parkplatz direkt vor dem Haus, und in der Wohnung gab der Kühlschrank genug her für ein knappes Abendessen. Brot, ein paar Tomaten und ein Glas Rotwein. Bier war alle. Sie setzte sich auf ihren Lieblingsplatz vor dem Fenster zum Wehlheider Platz, hatte ein zweites Glas Rotwein auf dem Schoß, an dem sie manchmal nippte. Und erlebte den für sie seltenen Fall, dass sie in Sekunden eingeschlafen war. Der Tag endete friedlich. Auch weil das Glas, als es umkippte, bereits leer war.

Er schaltete den Fernseher aus. Das war die fünfte Nachrichtensendung, die er heute gesehen hatte. Er war zufrieden. Alles war perfekt gelaufen. Er hatte den richtigen Zeitpunkt abgepasst, um bei diesem Pfarrer zu klingeln. Zwei Stunden hatte er ihn observiert, ganz abgesehen von den vielen Wochen, in denen er seinen Feldzug ausgearbeitet hatte. Dietrich hatte die Tür geöffnet und ihn, nachdem er sich als Bote des Kollegen von St. Kunigundis vorgestellt hatte, der ein Päckchen abzuliefern habe, eingelassen. Der Rest war Formsache: Schlag auf den Kopf, entkleiden, die Klamotten in einen Plastiksack, das Opfer an die Heizung binden. Die einzige Panne: Er hatte ihm wenig sagen können. Priesterseminar Fulda, so weit, so gut. Als er gemerkt hatte, dass der Mann am Ende war, hatte er die Kordel genommen und ihn erwürgt. ER hatte keine Emotionen verspürt. Er musste lächeln. Emotionen? Die hatte er nur noch nachts, im Traum. Und er hatte seinen Hass. Einen eiskalten, völlig rational gesteuerten Hass. Das würde ihn so lange unbesiegbar machen, wie er brauchte. Emotionen hatte er auch auf dem Dach nicht gehabt, obwohl es beinahe schiefgegangen wäre. Der Haken am Seil hatte erst beim zweiten Wurf an der Turmspitze Halt gefunden. Viel Lärm hatte er nicht gemacht. Und wenn man ihn gesehen und Alarm geschlagen hätte? Dann hätte Plan B gegriffen. Er hätte den Priester auf die Straße geworfen und hätte das Chaos zur Flucht genutzt. Er war auf alles vorbereitet. Genau wie beim nächsten Mal. Heute war der 25. Es war Sonntag. In drei Tagen war es soweit. Er faltete den Kasseler Stadtplan auf, holte seinen Koffer für's nächste Mal und kontrollierte die Ausrüstung. Es würde ein Kinderspiel werden. Im Internet loggte er sich mit Benutzerkennung und Passwort eines Freundes, der beim DWD arbeitete, beim Wetterdienst ein und berechnete die Wettervorhersage für Kassel. Eiseskälte, weiterer Schneefall. Er presste die Hände aneinander, die Fingerknochen knackten. So, dachte er sich, muss es sich anhören, wenn ein Genick bricht.

Irgendwann fühlte sie sich wie ein schlecht verschnürtes Paket. Das war zumindest ihr Gedanke, als sie aufwachte. Krumm im Sessel kauernd, auf dem Schoß ein leeres Glas. Es war Nacht, und das Licht der Straßenlaternen in Kombination mit den Schneemassen auf Straßen, Bürgersteigen, auf den Ästen der Bäume und den Dächern erzeugte jenes Licht, das nur Schneenächte erzeugen können. Man konnte die Kälte förmlich sehen – und dennoch vermittelten Schnee und Licht ein Gefühl von Wärme, Geborgenheit, Friedfertigkeit.
Alles Quatsch, dachte Anke Dankelmann, pellte sich aus dem Sessel und blickte auf die Uhr: Zehn nach 3. Vor 24 Stunden musste der Täter den Fundort der Leiche inszeniert haben. Ab ins Bett, sagte die innere Stimme, und ihre Lebenserfahrung riet ihr, darauf zu hören. Zehn Minuten später schlief sie wieder, unruhig, wenig weihnachtlich.
Um 7 Uhr summte der Wecker, und sie beschloss, etwas für die Fitness zu tun. Eingemummt in alle möglichen Sportutensilien stieg sie die Treppen hinab, packte im Keller ihre beiden Stöcke und startete zur Nordic-Walking-Tour in Richtung Goetheanlage. Die Stadt schlief noch tief und fest. Komisch, dachte sie, als ein Mercedes-Transporter an ihr vorbeifuhr, wenn kein Verkehr ist, hört man ein einzelnes Auto viel lauter als sonst. Den Kirchweg hoch gab sie ein wenig Gas, dann ab in die Herkulesstraße, im Diakonissen-Krankenhaus brannte in allen Zimmern längst Licht. Ihr Selbstmitleid, warum ausgerechnet sie an diesem zweiten Weihnachtstag arbeiten musste, verschwand sofort. Lieber in einem Mordfall ermitteln, als jetzt irgendwelchen Leuten die Bettpfannen leeren, dachte sie und fühlte sich gleich besser.
Eine halbe Stunde später kaute sie auf einem Knäckebrot herum, das Kaffeekochen ließ sie bleiben. Nur für sich allein einen Kaffee brühen – lohnte nicht, hatte die pragmatische Seite ihres Hirns beschlossen. Im Präsidium gab es auch welchen.

Selbst am Weihnachtstag, wie sie wenig später feststellte. Die Mitglieder der Truppe waren noch nicht alle da, Bernd Stengel auch nicht – ungewöhnlich für den penibel pünktlichen Kollegen. An der Tür hatte jemand einen Computerausdruck gehängt: MK Eisbein, stand darauf. Anke Dankelmann nahm es ab, blickte in die Runde und sagte: »Ob der Chef darüber lachen würde? Ich schlage vor, wir nennen uns MK Pfarrer.«

»Ungewöhnlich humorlos für jemanden wie dich«, maulte Klaus Mohr. »Okay, in zehn Minuten treffen wir uns alle nebenan. Es geht um die komplette Bestandsaufnahme. Um 11 Uhr kommt die Schwester von Alf Dietrich, Anke, das wolltest du machen, oder?«

Dankelmann nickte.

Zehn Minuten und zwei Kaffee später sammelte sich die Mannschaft im Nebenraum. Stengel war mittlerweile da.

»Kolleginnen und Kollegen«, trompetete Richard Plassek, der die MK leitete, für den Feiertagsmorgen zu laut in die Runde, »Bestandsaufnahme. Kollege Mohr beschriftet die Flip-Charts, der Doktor fängt an.«

»Wesentlich neue Erkenntnisse gibt es nicht. Es deutet nichts auf einen Kampf hin, das Blut in der Wohnung ist übrigens von Dietrich, wir haben auch etwas an den Splittern der Vase gefunden. Es gibt einige Hautverletzungen, zum Teil vom Dach, überall da, wo das Weihnachtspapier nicht gehalten hat. Und außerdem haben wir Spuren von Nylonseilen gefunden, wahrscheinlich vom Raufziehen per Flaschenzug. Und natürlich das Tape, mit dem er gefesselt wurde. Keine sexuellen Aktivitäten, keine Medikamente, keine Drogen. Der Mann war kerngesund.« Dr. Pianka setzte sich und putzte sich die Brille.

»Woran starb er?«, wollte Dankelman wissen.

»Erdrosselt. Von den Spuren her war es die Vorhangkordel.«

»Wann, werter Herr Medizinalrat, beliebte denn der Herr zwangsweise abzutreten?«, fragte Anke Dankelmann genervt.

Pianka blickte sie ungläubig an.

»Wann etwa starb er?«, fasste Stengel nach.

»Das müsste gestern so gegen 17 bis 18 Uhr gewesen sein.«
»Und wie alt ließ der Herr seinen Hirten auf Erden werden?«
Pianke blickte erneut konsterniert.
»Wie alt ist unser Opfer?« Erneut war es Stengel, der die Frage übersetzte.
»Na, mein Gott, das ist doch aus den Personalien ersichtlich. Ist doch nicht meine Aufgabe. Also gut, geboren am 21.9.1964 in Hann. Münden.«
»Danke, Dottore. Steht ja auch alles im Bericht, falls wir es uns nicht merken können. Und alles andere auch, was Sie uns jetzt nicht freiwillig mitgeteilt haben.« Dankelmann fing sich einen bösen Blick Plasseks ein.
»Okay«, übernahm der Chef die Diskussion, »ich mache mal weiter. Vater Verwaltungsangestellter im Rathaus, die Mutter Hausfrau. Abitur am Grotefendt-Gymnasium, Spitzenabitur mit Schnitt 1,4. Im Sport war er nicht zu gebrauchen, alles andere top. Dann der übliche Ausbildungsweg, Studium der katholischen Theologie in Erlangen und Mainz, das haben Sie alles im Handout, das vor Ihnen liegt. Da finden Sie auch das Phantombild, das wir mit Hilfe der Rezeptionistin gemacht haben. Wie hieß die noch mal?« Er blickte in die Unterlagen. »Carlotta Engelhardt, genau.«
Ein junger Beamter in Uniform hatte den Beamer angemacht und bediente den Laptop, ein Bild erschien an der weißen Wand.
»Wie Sie sehen, sehen Sie nix«, meinte Dankelmann und sprach aus, was alle dachten. Keine signifikanten Merkmale, allen war klar, dass Bart, Haare, Brille, vermutlich auch die Augenfarbe nicht echt waren. Ein Allerweltsgesicht, nicht mehr und nicht weniger.
»Okay, das ist nicht viel, aber immerhin. Wir müssen noch einmal die Kontaktpersonen befragen – Kollege Mohr, das wäre was für Sie. Die Nachbarschaft um St. Michael muss befragt werden, der Auftrag an eine Handvoll Polizeischüler ist bereits raus. Dann müssen wir morgen mal checken, wer in Kassel Bergsteigerausrüstung verkauft und in der näheren Umgebung. Das macht Kollege Brandt am besten. Anke, Sie haben ja jetzt die Schwester zu Besuch,

wir gehen derweil noch mal die Ergebnisse der Spurensicherung durch. Wenn man es genau nimmt, tappen wir irgendwie im Dunkeln. Wir wissen zwar wenigstens, wer die Leiche ist, aber wir haben noch nicht einmal eine Ahnung, warum er eine Leiche ist. Nehmt das Bild mit zur Kirchengemeinde, vielleicht ist es ja ein Besucher der Messe, vielleicht war er Kunde beim Adventsbasar, vielleicht, vielleicht ...« Der Chef hörte sich nicht optimistisch an. Anke Dankelmann schaute auf die Uhr, noch eine halbe Stunde, bis die Schwester eintraf. Zeit genug, sich noch einmal alle Protokolle anzuschauen.

Er war zufrieden mit sich. Als er die Tür aufschloss und die Stufen zu seiner kleinen Wohnung in der Ortelsburger Straße in Wehlheiden hinaufstieg, bremste er seine Euphorie. Heute hatte er zum wiederholten Male die Umgebung von St. Fatima ausgekundschaftet, dick vermummt in Winterkleidung, Mütze, mit dem Schal das halbe Gesicht umwickelt. Rund um die Kirche in Wilhelmshöhe waren viele Spaziergänger unterwegs gewesen. Der Eingang zum Pfarrhaus lag abseits. Diesmal hatte er bei seinen Vorbereitungen ein paar Mal die Messe besucht, mal mit dem Pfarrer gesprochen, jedesmal in seiner neuen Verkleidung. Perücke, Bart, Brille, Kontaktlinsen, all das war längst in einer dicken Mülltüte verschwunden, die er in einem anderen Stadtteil zu vielen anderen Mülltüten in einer großen Wohnsiedlung gestellt hatte. Auch das Auto, der weiße Mercedes Sprinter, war entsorgt worden, die Kennzeichen hatte er abgeschraubt, und auf einem Parkplatz im Wald im Gestrüpp versteckt. Er plante diese Tour seit ewigen Zeiten. Mehrere Autos hatte er in den letzten zwölf Monaten gestohlen, sie einfach in die geräumige Halle im Bettenhäuser Industriegebiet gestellt, in der sein Bruder, der für drei Jahre in Namibia beruflich tätig war, normalerweise ausschließlich seine Käfer zusammenbastelte. Vier fahrbereite Autos standen dort, 32 weitere, die als Ersatzteilreservoir dienten. Die Halle war für drei Jahre im Voraus bezahlt. Parallel zu den Autos hatte er Nummernschilder

gestohlen, auswärtige, um das Risiko so klein wie möglich zu halten. Aber das war sowieso niedrig, denn natürlich nutzte er jedes Auto nur für kurze Zeit – um es dann zu entsorgen. Seine Verkleidung verpasste er sich jedes Mal im Lieferwagen selbst.
Heute Nachmittag würde er in aller Ruhe auf Premiere ein Eishockeyspiel sehen, dann vielleicht mit seinem richtigen Wagen noch einmal die Tour von morgen abfahren und dann ins Bett gehen. Er musste am Mittwoch wieder arbeiten. Bis 16 Uhr 30. 20 Minuten später würde der Countdown beginnen.

Bettina Schreiber war eine kleine, zierliche Frau mit blonden Haaren. So konnte man äußerlich eine Ähnlichkeit, eine Verwandtschaft mit Alf Dietrich erahnen. Sie saß im Verhörraum, eine dampfende Tasse vor sich.
»Hallo, ich bin Hauptkommissarin Anke Dankelmann, mein aufrichtiges Beileid zum furchtbaren Tod Ihres Bruders.«
»Danke.« Bettina Schreiber putzte sich die Nase mit einem Stofftaschentuch. »Das ist so schrecklich mit dem armen Alf, und dann an Weihnachten. Wäre ich doch bloß zum Fest nach Kassel gekommen, er hatte mich eingeladen, aber mein Mann wollte nicht, er und Alf verstanden sich nicht so gut.« Bettina Schreibers Worte sprudelten heraus, wurden aber immer leiser. Sie hatte das schon oft erlebt: Enge Angehörige oder Freunde von Mordopfern, die beim Reden, beim Erzählen plötzlich in Erinnerungen versanken, wie von allein redeten und eigentlich keine Zwischenfragen brauchten. Es war, als ob sie den Schmerz durch die Erinnerungen kompensierten, als ob das Gespräch bei der Polizei ein Stück Trauerarbeit sei. Manchmal, wenn die Zeit besonders drängte, ging sie dazwischen. Oder dann, wenn einer redete um des Redens willen Aber Bettina Schreiber ließ sie gewähren.
»Alf und ich sind zwei Jahre auseinander, unsere Eltern sind schon lange tot. Mein Vater hat sich immer gegrämt, dass Alf Priester wurde. Nicht heiraten konnte, keine Kinder hatte. Ich bin ja auch kinderlos geblieben und mein Vater hatte sich so auf Enkel ge-

freut.« Sie schnäuzte sich wieder ins Taschentuch, Anke Dankelmann nutzte die Chance, die die kurze Redepause bot.
»Wie intensiv war denn Ihr Kontakt zu Ihrem Bruder?«
»Wir haben ein-, zweimal im Monat telefoniert. Gesehen haben wir uns wenig. Er kam eigentlich nie nach Hann. Münden, wie gesagt, mein Mann und er ...«
»Was war denn der Anlass für den Konflikt?«
»Ach, eigentlich ganz banal. Mein Mann machte gern Anspielungen auf das Zölibat. Nahm Alf gern auf den Arm. Es war kein Streit – Alf hatte nur keine Lust auf diese Sprüche. Ich habe ihn gelegentlich besucht, wenn ich mal nach Kassel zum Einkaufen fuhr. Oder wir trafen uns auf einen Kaffee in der Innenstadt. Aber wir waren nie mal zusammen in Urlaub oder so.«
»Hat er Ihnen denn mal etwas erzählt, von seiner Arbeit, von seinem Privatleben?«
»Von der Gemeinde hat er immer begeistert erzählt. Die Kirche war zur Messe immer gut besucht, er hatte auch die Woche über alle Hände voll zu tun. Verschiedene Gruppen wurden betreut, zur Kommunion, Jugendgruppen – und mit manchen Gruppen hat er eine intensive Altenbetreuung aufgebaut.«
»Und sein Privatleben?«
»Tja, da gab es, glaube ich, nicht viel. Er war schon als Kind ein Einzelgänger. Er ging gern ins Kino, meist allein – zumindest erzählte er das. Einmal sind wir zusammen in dieses neue Riesenkino in Kassel, da am Rathaus, und da wollte ich was zu knabbern mitnehmen, da war er ganz unwirsch. Irgendwie hat es ihm keinen Spaß gemacht, jemanden dabei zu haben. Ob er Freunde hatte, weiß ich nicht. Er spielte einmal in der Woche mit drei anderen klassische Musik, er konnte hervorragend Geige spielen.«
»Frau Schreiber, ich muss Sie das leider fragen. Ein Mann in dem Alter, ich meine, der hat doch sexuelle Bedürfnisse, die Frage werden Sie sich doch auch gestellt haben ...«
»Die habe ich nicht nur mir, sondern ihm gestellt. Er hat mir offen gesagt, dass er nach 25 Jahren nicht gelebter Sexualität ziemlich ab-

gestumpft sei. Und dass er Gedanken, Empfindungen, Gelüste mit tiefer Konzentration auf seinen Glauben beherrsche. Für mich unvorstellbar, aber ich hab' es ihm geglaubt.«
»Wissen Sie, wer die Herren sind, mit denen er Musik gemacht hat?«
»Sind allesamt aus der Gemeinde, Namen weiß ich nicht.«
»Hatte er noch Kontakt zu Menschen aus seiner Studienzeit oder seiner Ausbildung in der Kirche?«
»Das weiß ich nicht. Vielleicht hat er eine Telefonliste zuhause. Ich darf gar nicht dran denken, dass ich ja dann irgendwann mal in die Wohnung muss.« Bettina Schreiber fing leise an zu schluchzen. »Kann ich ihn nochmal sehen? Wie ist er denn überhaupt gestorben?«
»Ihr Bruder wurde erdrosselt. Und wo er gefunden wurde, haben Sie ja in den Nachrichten gesehen, oder?«
Bettina Schreiber nickte.
»Können Sie sich einen Reim darauf machen, warum die Leiche dort abgelegt wurde?«
»Nein. Keine Ahnung.«
Anke Dankelmann hakte noch rund 20 Minuten nach, ohne mehr über ein offenbar komplett farbloses Wesen namens Alf Dietrich herauszubekommen. Dann merkte sie, wie bei Bettina Schreiber die Kräfte schwanden.
»Also, Sie können Ihren Bruder noch einmal sehen, nur heute nicht, rufen Sie mich bitte morgen noch einmal an. Dann kann ich Ihnen auch sagen, wann die Beerdigung frühestens stattfinden kann, damit Sie mit einer Pietät planen können. Vorerst einmal Danke. Wie sind Sie denn hier?«
»Mit dem Zug. Ich steige jetzt im Hauptbahnhof ein und fahre nach Münden. Wir wohnen in der Beethovenstraße, das ist nicht weit vom Bahnhof.«
Anke Dankelmann brachte Bettina Schreiber zur Tür, ging ins verwaiste Büro und fing an, ihren Bericht in den PC zu tippen. Mittendrin stoppte sie, blickte aus dem Fenster und ließ ihre Gedan-

ken schweifen. Es lief in diesem Fall alles zu glatt. Zu glatt für den Täter. Es musste eine lange geplante Tat gewesen sein. Aber warum musste Alf Dietrich sterben? Sie mussten dringend nach anderen Kontaktpersonen suchen, mit den Mitarbeitern in der Gemeinde sprechen. Es versprach, eine dieser verdammten, ewig dauernden, kleinteiligen Ermittlungen zu werden, in denen man sich wochenlang an minimale Erkenntnissen klammerte. Wer bist du, du größenwahnsinniges Arschloch, wieso hast du diese Unerschrockenheit, diesen armen Teufel auf's Dach zu liften? Was willst du der Welt sagen? Dass dich keiner stoppen kann? Das hieße, du hast noch mehr vor. Das hieße, du planst weitere Morde. Anke Dankelmann war sicher: Dieser Mord war keine Beziehungstat, kein persönlicher Racheakt. Kein Täter hätte diesen Fundort der Leiche gewählt – nur einer, der eine Botschaft loswerden will.
Sie schrieb ihren Bericht zuende und behielt ihre Gedanken für sich. Und hatte plötzlich eine Idee. Sie griff zum Telefon und klingelte bei Pivi Vogel an.
»Sag mal Pivi«, sie meldete sich nicht mit ihrem namen, Vogel war das gewohnt. »Die Zeitungen kommen doch erst morgen raus. Können wir nicht auf den Homepages von HNA, Extra Tipp und so schon mal eine Fahndung mit einem Link auf unsere Homepage platzieren, da wo wir die Personenfahndungen veröffentlichen?«
»Gute Idee, echt. Kümmere mich drum.«

Bernd Stengel steckte den Kopf durch den Türschlitz: »Da hat sich jemand gemeldet, der Heiligabend einen Lieferwagen in der Nähe von St. Michael gesehen haben will. Die Zentrale hat die Telefonnummer aufgeschrieben, lass' uns den anrufen und gleichzeitig mal vor Ort die Angaben überprüfen.«
Die Fahrt durch die Stadt über schwiegen die beiden. Plötzlich sagte Anke Dankelmann zu Stengel, der am Steuer saß: »Sag' mal, was kriegen deine beiden Kinder eigentlich von deinem Job mit? Die sehen doch auch Nachrichten und wissen, dass ihr Vater dann einen solchen Drecksack jagen muss.«

»Stimmt. Aber Gott sei Dank sind die jetzt 16 und 18. Komischerweise hat Lena mit ihren 16 Jahren viel mehr Interesse als Lars. Ich gehe nicht offensiv damit um, sondern warte auf ihre Fragen. Die beantworte ich dann. Ich weiß aber auch, dass sie, wahrscheinlich aus Rücksicht, mich gar nicht so mit ihren Fragen löchern. Steffi erzählt mir oft, dass sie den Kindern Manches erklären muss. Warum ich manchmal nachts, wenn ich ganz spät heimkomme, mit dem Hund um die Ecken gehe. Warum ich mir keine Krimis anschaue. Lars hat neulich gesagt, dass er das verstehen könne. Er fände Filme über die Schule auch immer grottenschlecht.«
»Am schlimmsten sind die Tatort-Krimis. Die machen mich völlig fertig. Da lassen sie, glaube ich, irgendwelche Psychologie-Studenten mit sozialromantischem Gendefekt Handlungen schreiben, und deren erste Patienten dürfen dann die Kamera führen. Dass man im Auto sitzt und Hunger hat, ohne ständig Fastfood zu fressen – so was siehs'te in keinem Film.«
»Ich verstehe den Wink. Dürfte es ein Häppchen Sushi sein?«
»Am zweiten Feiertag? Da hat selbst der hartnäckigste Japaner sein Fischmesser in den Schrank geräumt. Lass' gut sein, ich gehe nachher ins Boccaccio und haue mir eine Pizza rein. Bis dahin halte ich es gerade noch aus. Kommst du mit?«
»Tja, so ist das, wenn man Familie hat. Die lieben Schwiegereltern sind zu Besuch, und ich werde mit ihnen ein kaltes Abendbrot teilen. Und, wie immer Weihnachten, mit meinem Schwiegervater ein Bier und einen Schnaps trinken.«
»Wird ein netter Abend mit dem Herrn Schwiegervater, was? Erst fuseln, dann faseln, kenne ich ...«

Stengel fand eine Parklücke vor St. Michael. Dankelmann klingelte derweil den Zeugen, einen Hans-Martin Wohlgemut in Freiburg, mit ihrem Handy an.
»Sagen Sie, Herr Wohlgemut«, sagte sie, nachdem sie sich vorgestellt hatte, »wo genau stand denn der Wagen? Ist Ihnen etwas Besonderes aufgefallen?«

»Okay«, sagte sie, nachdem sie knapp zwei Minuten zugehört hatte, »können Sie mir alles, was Ihnen einfällt, per E-Mail schicken, ich sage Ihnen schnell die Adresse, meine Handynummer sehen Sie ja, oder?«
Stengel war ein Stück den Zwehrener Weg hinaufgegangen, als Anke Dankelmann ihn einholte.
»Also, Fusel-Bernd, pass auf.« Stengel schüttelte lächelnd den Kopf.
»Die Kiste muss etwa hier auf dem Parkstreifen gestanden haben. Das passt nicht schlecht, weil da ist der Eingang zur Pfarrerwohnung. Hatte ein Gießener Kennzeichen übrigens. Wohlgemut ist so gegen 19 Uhr noch mal hier vorbeigekommen und hat das Auto nicht mehr gesehen.«
»Okay, ich gehe mal in die Kneipe und du machst die Klingeltour durch die Häuser, wir treffen uns in einer Stunde wieder hier.«

Knapp 70 Minuten später kam Anke Dankelmann aus der Strindbergstraße, die knapp hinter dem Parkstreifen abbog, auf Stengel zu, der frierend auf einem großen Stein saß.
»Den Lieferwagen glauben ein paar Leute gesehen zu haben, niemand weiß, wer der Besitzer ist, es gab auch keine Besucher aus dem Gießener Raum. Das ist an dem Tag schon ungewöhnlich.«
»Es sei denn, es waren Kirchenbesucher. In der Kneipe habe ich auch nichts rausgekriegt. Lass' uns mal nach Zeugen suchen, vielleicht hat einer das Kennzeichen zumindest teilweise noch im Kopf. Ruf du Pivi an, in ein paar Minuten müsste Pressekonferenz sein, ich melde mich beim Chef.«
Irgendwie stieg der Adrenalinspiegel ein wenig, merkte Anke Dankelmann. Plötzlich gab es die Hoffnung auf eine winzige Spur, auf einen Verdacht, auf irgendetwas, das sich konkretisierte. Die Sache konnte platzen wie eine Seifenblase – aber es gab zumindest Bewegung. Wie im Stau. Da fuhr man auch schon mal Umwege und sparte häufig genug keine Zeit, aber Hauptsache, es ging vorwärts.
»Wir sollen noch mal in die Wohnung und uns umsehen«, sagte

Stengel. »Nach Bildern gucken, vielleicht haben wir ja was übersehen.« Anke Dankelmann kramte den Hausschlüssel aus der Tasche, beide gingen in die Wohnung. Penible Suche in den Schränken und Regalen, den Computer hatten die Spezialisten bereits in die Mangel genommen. In einer Schrankwand im Wohnzimmer standen zwei Fotoalben, die hatten sie bereits einmal durchgesehen. Allesamt Bilder mit lachenden jungen Leuten, ein Gruppenbild, auf dem Alf Dietrich kaum zu erkennen war. Hinten auf dem Bild stand »Priesterweihe 1990«. Anke Dankelmann ließ das Bild wirken, wie andere auch – helfen konnten ihnen die Alben im Augenblick nicht.
»Okay, lassen wir es gut sein«, meinte Bernd Stengel, »die familiäre Pflicht ruft, morgen kommen wir besser voran, dann ist Weihnachten rum.«
»Setzt du mich beim Boccaccio ab?«
»Klar. Aber nur, wenn du mir versprichst, dass der Abend nicht im Ulenspiegel endet. Ich brauche dich morgen topfit.«
»Bernie-Baby, zu gütig. Ich bin 38 Jahre und kann eigentlich ganz gut selbst entscheiden, was ich tue. Das war mein Heiligabend-Blues, Du kennst die Story mit meinen Eltern, heute ist heute und kein Blues in Sicht. Don't worry.«
Anke Dankelmann beugte sich hinüber, küsste Bernd Stengel auf die Wange und lief die paar Meter zum Parkplatz am Präsidium. Sie fuhr mit ihrem Golf in die Goethestraße und hatte wieder Glück: Genau vor der Kneipe war ein Parkplatz frei. Im Boccaccio schien nicht allzu viel los zu sein, ein Glas Weißwein, ein Salat – und dann den Straßenbahnschienen folgend Richtung Kirchweg. Der Abend versprach einfach und überschaubar zu werden.

Bernd Stengel lenkte seinen Wagen über schwach befahrene Straßen Richtung Wolfsanger, dem Stadtteil, der um die Kirche herum ein wenig vom dörflichen Charakter behalten hatte und sich dann den Hang hoch über die Fulda hinaufhangelte. Dort hatte er mit Steffi und den Kindern Lena und Lars eine Doppelhaushälfte.

In der Aufzählung fehlte noch Mischlingsrüde Eddi. Gern wäre er heute mit dem Hund noch ein wenig über die Felder gelaufen, er liebte diese Spaziergänge in der Dunkelheit. Aber okay, auf seine Familie freute er sich eigentlich auch. Nur nicht so spät ins Bett, dachte er, als er den Wagen parkte. Fusel-Bernd – er grinste, als er an seine Kollegin dachte.

In der Ortelsburger Straße packte er seine Sachen für den nächsten Morgen zusammen. 7 Uhr 30 war Dienstbeginn bei der BEK, sein Urlaub war beendet. Er schaute noch einmal auf seine Notizen und nahm sie mit, als er noch einmal nach draußen ging und den Wagen startete. Ab nach Wilhelmshöhe, ein letztes Mal das Terrain um St. Fatima erkunden. Im Wagen hatte er andere Klamotten, vor dem Südeingang des Wehlheider Friedhofes parkte er, zog sich im Dunkeln um und fuhr los. Genauso würde er es morgen machen. Er schaute auf die Uhr und stoppte die Zeit.

Anke Dankelmann fand einen Platz auf der kleinen Empore des Boccaccio. Direkt am Fenster mit Blick auf die ganze Kneipe. Sie bestellte einen Ramazzotti als Aperitif. Gustavo, der Kellner, guckte gequält, aber er schaute eigentlich immer so, als habe er soeben erfahren, seine fünf Kinder seien nicht von ihm. Sie nippte am Ramazzotti und schaute sich um. Kein bekanntes Gesicht – gut so. Auf der Empore saß nur ein weiterer Gast, ein gutaussehender blonder Mann Mitte 40, der sie interessiert anschaute. Sie bestellte eine Pizza Rustica, und als sie den dritten, vierten Bissen im Mund hatte und mit einem Schluck Pinot Grigio kühlte, stand der Typ auf und kam rüber. Jetzt bloß keine Anmache, Alter, ich habe eine Pistole!, dachte sie – und versuchte, so unwirsch wie möglich zu erscheinen.
»Entschuldigen Sie, ich will Sie eigentlich nicht stören beim Essen, aber ich muss gleich weg und bin einfach neugierig. Ich habe Sie glaube ich gestern im Fernsehen gesehen, sie sind doch die Kommissarin, die beim Mordfall ermittelt, oder?«

»Wenn Sie wissen wollen, wen das nichts angeht, könnte ich Ihnen eine ziemlich verlässliche Antwort geben«, nuschelte Dankelmann und verschluckte sich prompt. Wild hustend hielt sie sich die Serviette vor den Mund.
»Darf ich?«, fragte der Fremde und klopfte ihr leicht auf den Rücken.
»Danke werde ich nicht sagen, denn schließlich sind Sie schuld, dass ich mich verschluckt habe«, sagte sie, nachdem sie sich beruhigt hatte.
»Na hören Sie mal, ich habe Sie vor dem sicheren Erstickungstod gerettet«, protestierte der Mann leicht gekünstelt.
»Und wem sollte das nützen?«
»Mir, sonst hätte ich mich vermutlich bei Ihrer Grundstimmung gar nicht so lange mit Ihnen unterhalten können.«
»Mit anderen Worten: ich habe doppelt Pech. Erstens habe ich mich verschluckt, und jetzt muss ich mit Ihnen quatschen.«
»Darf ich den Versuch unternehmen, Ihnen das unerträgliche Gespräch mit mir ein wenig angenehmer zu gestalten ohne mich zu absentieren? Wie wäre es mit einem weiteren Glas Wein?«
Anke Dankelmann sah sich den Mann genauer an, das Gespräch gefiel ihr mehr, als sie es deutlich machte. Er trug halblanges blondes Haar, leicht nach hinten geföhnt und ohne Gel. Gottseidank, dachte sie, endlich mal einer, der nicht aussieht wie ein Livio-Verkäufer. Braune Augen, leichte Bartstoppeln am Kinn, braune Cordhose, dazu passender hellbrauner Pullover, darunter ein weißes Hemd, grobe Winterschuhe.
Sie seufzte. »Sollten Sie zufällig auch einen Namen haben und mir erklären, warum Sie mich hier anquatschen nach einem harten Arbeitstag – dann nehmen Sie hier Platz und kümmern sich um die Getränkelogistik.«
»Erst Logistik oder erst vorstellen? Egal, ich heiße Piet Härtel, bin 46 Jahre alt, nicht vorbestraft, habe im Augenblick kein Kokain dabei und arbeite hauptberuflich als Pressesprecher bei e.on Mitte in Kassel. Keine Angst, ich will Sie nicht zu diesem grausigen Fall aus-

fragen, ich habe Sie halt gestern im Fernsehen gesehen und hatte eben das Gefühl, Sie einfach ansprechen zu müssen. Nicht weil Sie Kommissarin sind, sondern weil ich Sie interessant und sympathisch finde. Und jetzt die Logistik: Gustavo!«
Anke Dankelmann hatte aufgehört, ihre Pizza zu essen und starrte diesen Härtel an. Ein Pressestellen-Fuzzi, was hatte der Tag wohl noch für grauenhafte Ereignisse für sie parat. Gustavo schlich heran und schaute sie an wie ein Cockerspaniel nach dem Pinkeln an einen Elektrozaun.
»Noch ein Glas Wein für die Dame, und für mich bitte noch ein Trübes und einen Grappa.«
Gustavo schlich wortlos davon.
»Der wirkt immer so, als trüge er die Last der Welt allein auf seinen Schultern, finden Sie nicht?«
»Dann hätte er Sie eigentlich gleich mit raustragen können, auf die zwei Zentner kommt es dann auch nicht mehr an.«
Härtel lachte, holte seine Jacke vom anderen Tisch und setzte sich. »Lassen Sie sich nicht beim Essen stören«, sagte er und Dankelmann blickte ihn fassungslos an.
»Dann glauben Sie, die letzten Minuten seien keine Unterbrechung gewesen, so etwas wie verdauungsfördernde Tischmusik im Nobelrestaurant, oder?«
»Au Mann, ich glaube, ich halte jetzt die Klappe. Was ich sage ist verkehrt.«
Gustavo hatte wortlos die Bestellung abgeliefert, Härtel nahm das Grappaglas und prostete Anke Dankelmann zu. »Wie dem auch sei: Ich freue mich wirklich, Sie kennenzulernen, wenn Sie mich wahrscheinlich auch gleich rausschmeißen. Zum Wohl – und trotz allem: Frohe Weihnachten.« Anke Dankelmann schob die Pizzareste beiseite, nippte an ihrem Wein.
»Und Sie wollen mir weismachen, dass Sie mich nicht zum Fall aushorchen wollen? Dann sind Sie ein schlechter Journalist.«
»Natürlich interessiert mich das. Ganz Kassel spricht davon. Aber genauso interessant finde ich die Frage, wie man mit einem solchen

Thema für sich selbst umgeht. Ich meine, all das bleibt einem doch nicht in den Kleidern hängen. Wenn ich meinen Freund Hans Leicht sehe, den Polizeireporter – ach Quatsch, den kennen Sie ja sicher –, wenn der von irgendeinem grausigen Unfall in die Redaktion kommt, dann schreibt der zwar noch die Geschichte, aber manchmal ist er hinterher fix und fertig. Und der macht das immerhin schon einige Jährchen.«
»Sagen wir es mal so: Wir können uns natürlich auch psychologisch betreuen lassen, aber wichtig ist einfach, dass man einen Ausgleich zum Job hat, Sport macht beispielsweise und vor allem einen Freundeskreis, der nichts mit der Polizei zu tun hat, wo man abschalten kann. So wie ich das heute Abend machen wollte.« Sie schaute Härtel gespielt vorwurfsvoll an.
»Is' ja gut, ich verstehe. Wechseln wir das Thema. Wie waren Sie denn in der Schule in Handarbeit?«
Anke Dankelmann prustete los. »Ach, Herr Härtel, ich komme vom Dorf. Wir hatten noch eine Schulklasse für alle, und ich habe dann Werken gemacht. Laubsägearbeiten für den Weihnachtsbasar. Ohne mich wäre die Schule in Afrika, die wir unterstützt haben, schon längst pleite.«
Härtel grinste. »So wie Sie mich veräppeln, werde ich Sie garantiert nicht zu dem Fall befragen.«
»Das ist gut so.« Dankelmann trank ihren Wein aus. »Seien Sie mir nicht böse, aber ich bin hundemüde und fahre jetzt nach Hause. Ich wohne nur ein paar Meter von hier. Danke für den netten Plausch, war eine interessante Ablenkung vom Tagesgeschehen.«
Sie blickte ihm in die Augen und erwartete Widerstand. Doch Härtel sagte nur: »Okay, tut mir Leid, ich habe mich zwischendurch benommen wie ein Elefant im berühmten Porzellanladen. Ich möchte Sie aber eines fragen: Ich finde Sie sehr nett und würde mich freuen, wenn ich Sie morgen oder so mal zum Essen einladen könnte. Was meinen Sie?«
»Okay, probieren wir es einfach mal ohne Frontalangriff im Restaurant. Ich kann Ihnen aber wegen der Ermittlungen keine feste

Zeit zusichern. Hier ist meine Karte mit Handynummer, rufen Sie einfach abends so ab 18 Uhr mal durch.«
Härtel reichte ihr seine Karte rüber, E-Mail, Durchwahl in der Firma, Handynummer – alles stand drauf. Sie stand auf und nahm ihre Jacke.
»Darf ich?« Die Frage war eher rhetorischer Natur, er nahm ihr die Jacke ab und half ihr beim Reinschlüpfen.
Anke Dankelmann zahlte vorn an der Theke, Härtel blieb am Tisch und nippte am Bier.
»Tschüss, bis morgen«, rief sie ihm zu, verließ das Lokal und setzte sich in den Wagen. Anke, Anke, das ist dir lange nicht mehr passiert, dachte sie. Verabredest dich mit einem wildfremden Mann. Und dass dir einer in die Jacke geholfen hat, ist auch schon lange nicht mehr passiert. Als sie die Germaniastraße runterfuhr, stellte sie plötzlich fest, dass sie in den letzten Minuten die Welt um sie herum nicht mehr wahrgenommen hatte. Piet Härtel beschäftigte sie – und das auf durchaus angenehme Weise.
Zuhause in ihrer Wohnung schaltete sie den Fernseher an, irgendwo lief bestimmt ein alter Schinken, irgendwas Romantisches. Sie zappte durch und fand einen Film mit Terence Hill und Bud Spencer. Nicht gerade romantisch, aber anspruchslos für müde Polizistenhirne. Und es war wieder mal so ein Tag, so ein typischer dachte sie. Von allem etwas, und vom meisten zu viel. Langweilig, das stand fest, war ihr Leben nicht.

27. Dezember

Punkt 8 Uhr war Anke Dankelmann im Büro. Kurz nach ihr kam Bernd Stengel. »Na, wie war es mit den Schwiegereltern?«
»Nett. Erstaunlicherweise habe ich die paar Pils und die paar Linie-Aquavit bestens vertragen. Könnt' mich glatt dran gewöhnen.«
»Um 9 Uhr ist Besprechung, wir müssen mal alles, was wir haben, zusammenfassen. Alle Rechercheergebnisse, die Zeugenbefragungen – einen Teil haben wir ja gestern schon gebündelt, wo ist übrigens die HNA? Was steht denn drin über unseren Bettlägerigen?«
Stengel warf die Zeitung auf den Schreibtisch.
»Die haben das ganz sachlich gemacht, kein Bild auf der ersten Seite, wahrscheinlich ist die Story heute beinahe zu alt. Aber Hans Leicht ist auch ein echt seriöser Typ.«
Dankelmann las die Meldung auf der ersten Seite, im Lokalteil hatte die Redaktion dem Thema zwei komplette Seiten gewidmet. Auf der ersten Lokalseite prangte das Phantombild, das man mit den Aussagen von Carlota Engelhardt gefertigt hatte.
»Check' doch mal, ob es schon Anrufe wegen des Bildes gab.«
»Hab' ich schon auf dem Weg hierher, etwa 50 haben seit gestern angerufen, als das Bild in der Hessenschau und im Internet erschien. Ich weiß nicht, ob wir uns einen Gefallen damit getan haben, so wie der aussieht, hat der sich doch komplett bis zur Unkenntlichkeit verkleidet.«
»Mag sein. Aber anders kann man das Glück eben nicht zwingen, und das werden wir brauchen, wenn wir schnell vorwärts kommen wollen.«
In der HNA blätterte sie zurück in den Wirtschaftsteil. Keine Meldung von e.on. Du spinnst ja, sagte sie sich, legte das Blatt beiseite und las kurz die Pressemitteilung von gestern. Pivi hatte brillant gearbeitet, kurz und knapp so wenig wie möglich gesagt und das Notwendigste angedeutet.
Sie griff zum Telefon und rief den Pressesprecher an: »Wie lief das gestern, müssen wir was wissen?«

»Nee, alles im grünen Bereich. Die waren auch gar nicht so scharf auf unsere Infos, gerade von den Boulevardblättern werden sie heute ausschwärmen und Kontakte machen. Ich hab' die Schwester schon vorgewarnt, dass möglicherweise ganze Horden vor ihrem Haus stehen werden. Sie hat sich frei genommen und ist mit ihrem Mann zu Freunden nach Oedelsheim gefahren. Da können sie bleiben die nächsten Tage.«
»Du bist ein As, Pivi. Wann müssen wir denn heute pressemässig antreten?«
»Naja, 15 Uhr denke ich. Kriegt ihr denn was Neues?«
»Pivi«, sagte Anke Dankelmann, »du wirst ihnen doch gestern nicht alles verkauft haben. Wenn wir heute nichts rausfinden, dann gibt es halt den Rest von gestern.«
Dankelmann legte auf.
»Komm, Bernd, jetzt mal für uns, alle Fakten, die wir haben.«
Sie trugen alles auf Flip-Chart-Blättern zusammen. Plassek und seine Macke mit den Flip Charts. Diese Zettelsammlung nervte irgendwie total – und manchmal waren sie dankbar, weil man auf den schnellen Blick vergleichen konnte. Auch heute war es mal wieder so, wie bei jeder Fahndung. Immer wieder waren sie aufs Neue erstaunt, dass bei minimalem Kenntnisstand doch eine beachtliche Zahl an Fakten zusammenkam, die insgesamt ein erstes Bild abgaben, das sich ganz allmählich mit Farbe, Konturen, ja irgendwie mit Leben füllte.

Auf den ersten Blick hatten sie nichts. Sie hatten eine Leiche, von der sie wenig wussten. Sie hatten einen Namen eines möglichen Verdächtigen, von dem sie wussten, dass die Computeranimation mit Sicherheit ein völlig verkleidetes Gesicht zeigte. Sie hatten einen Fundort, der ihnen nur Rätsel aufgab. Sie hatten den Verdacht auf ein Fahrzeug, von dem sie noch nicht einmal den Typ wussten.
»Es ist eigentlich unglaublich«, meinte Klaus Mohr plötzlich, »dass diese ganze Aktion da oben auf dem Hoteldach niemand bemerkt hat.«

»Unglaublich, aber es war offensichtlich so. Gehen wir mal davon aus, dass unser Kumpel auch einen Plan B in der Tasche hatte, für den Fall, er würde entdeckt. Was ich mich aber frage: Der marschiert durch das Hotel, knackt die richtigen Türen, kennt den Weg und bewegt sich auf dem Dach, als sei er da zuhause. Der muss vorher schon mal im Hotel gewesen sein, hundertprozentig.« Anke Dankelmann nahm das Phantombild in die Hand. »Lass' doch mal anhand der Angaben ein paar Varianten erstellen. Dann gehen wir nochmal das Personal durch, Klaus, kannst du das machen?«
Mohr nickte und verschwand.
»Und warum legt er diesen Pfarrer auf das Bett, was will er damit beweisen? Können wir mal einen Psycho-Doc hinzuziehen – ich meine, wir müssen uns ja irgendwann auch mal fragen, warum der Bursche das gemacht hat. Also den Pfarrer umzubringen. Das Motiv – nix davon in Sicht, oder? Dann können wir ja ruhig ein wenig spekulieren.« Bernd Stengel schaute in die Runde. Plassek nahm das Telefon und versuchte, einen Psychologen zu erreichen. »Hab' das heute morgen schon versucht, der Gute hat aber nicht abgenommen. Er kommt morgen früh um 11 Uhr«, sagte er, als er aufgelegt hatte.
»Naja, Leute, und diese ganze Kletterarie: Der muss das einfach drauf haben. Der wird sich vorbereitet haben, wir brauchen mal einen Kletterspezialisten, der uns sagt, wie man so was bewerkstelligt. Wer kümmert sich um den Alpenverein, vielleicht kriegt ihr auch was über den Kletterkogel raus.« Dankelmann schaute zwei junge Beamte, die sie kaum kannte, direkt an. Die verstanden das als Auftrag und packten ihre Siebensachen. »Äh, Anke, tschuldigung, Kletterkogel ...?«, sagte einer. »Das ist ein Geschäft Ecke Garde-du-Corps-Straße und Wilhelmsstraße, spezilisiert auf Outdoor-Sachen. Da kriegt man Bergsteigerklamotten. Seht mal zu, dass wir irgendjemanden um, sagen wir, 11 Uhr als Experten am Hotel haben, okay?« Die beiden schwirrten los.
Plassek stand auf und ging zum Fenster. Der Blick in Richtung Norden war schon beeindruckend. Nicht wegen der Landschaft,

eher wegen der Nachbarschaft, die man von hier aus einsehen konnte. Die Kasseler Nordstadt und der Stadtteil Wesertor, auf die man hier blickte, waren die beiden Vorzeige-Problem-Stadtteile. Hoher Sozialhilfeempfängeranteil, viele Ausländer. Mittendrin die Uni und das Polizeipräsidium. Schon eine komische Mischung, dachte Plassek und bemerkte die Stille im Raum. Er drehte sich um. »Irgendwie denken wir im Augenblick alle das Gleiche, oder?«, fragte er. »Wenn es eine Einzeltat war, dann hat das irgendwas mit einer Beziehung oder mit Rache oder beidem zu tun. Wenn das nicht zutrifft, dann steht uns noch was bevor.«
»Tja, aber was, das ist hier die Frage. Nehmen wir mal an, das ist ein perverser Spinner, der auf sich aufmerksam machen will. Dann bringt er morgen den nächsten Menschen um – ob in Kassel oder nicht ist die nächste Frage. Aber dann dürfte er sich was ganz Neues ausdenken, irgendeine Steigerung. Ist aber eigentlich kaum vorstellbar.« Stengel schüttelte nachdenklich den Kopf.
»Wir müssen noch einmal ganz tief graben, uns die Vita des Pfarrers vornehmen. Was ist passiert, dass er in die Schusslinie dieses Killers geraten ist?« Der Präsident griff zum Telefon. »Wir brauchen einfach ein paar Beamte mehr, dieser Fall wird uns nicht loslassen, der ist so spektakulär, da müssen wir die Kräfte konzentrieren. Die Hinweise nach Veröffentlichung des Phantombildes können wir im übrigen vergessen. Drei waren ernstzunehmen, aber die Betroffenen hatten handfeste Alibis. Kein Wunder in der Nacht nach Heiligabend.«
»Okay, wir machen uns dann mal auf in Richtung Hotel«, sagte Dankelmann. »Um 15 Uhr die nächste Lage?« Plassek nickte.
Im Auto pustete Anke Dankelmann in die zusammengeballten Hände. »15 Grad minus, wie in Sibirien. Nun starte den Boliden, dass es endlich warm wird.«
Bernd Stengel aber griff zum Handy, das leise in seiner Jackentasche vibrierte. »Stengel, was gibt's?«, meldete er sich und hörte lange zu. »Okay, wir kommen sofort.« Er klappte das Handy zu und sah Dankelmann an.

»Eine Streife hat auf einem Parkplatz in Papierfabrik einen hellen alten Lieferwagen ohne Kennzeichen entdeckt. Sie haben es überprüft, das Autos ist vor einem halben Jahr gestohlen worden. Ab nach Kaufungen.«
Anke Dankelmann merkte, wie der Adrenalinspiegel stieg. Verrückt, wie Jagdfieber, dachte sie sich. Stengel gab Gas und sie steuerten durch die übervolle Stadt, in der alle Welt offenbar die Weihnachtsgeschenke umtauschen wollte, in Richtung Osten. Hinter Bettenhausen folgte die Autobahnauffahrt zur A 7, dann ging es rechts ab in den Ortsteil Papierfabrik. Der gehörte schon zur Gemeinde Kaufungen, und nach wenigen hundert Metern sahen sie auf einem Parkstreifen den Streifenwagen und zwei weitere Zivilfahrzeuge der Polizei. Und natürlich jede Menge Schaulustige. Selbst hier, in diesem Ortsteil, der eine merkwürdige Melange aus Wohn-und Gewerbebebauung war, in dem man selten Spaziergänger traf und schon gar nicht zu dieser Jahreszeit, gab es genug Menschen, die Zeit für solche Spektakel hatten.
»Grüßt euch!«, sagte ein Mann in blauem Overall, es war Felix Stahnke von der Spurensicherung. »Das ist eine komische Sache mit der Kiste. Der muss hierher gefahren worden sein, und dann hat der- oder diejenige die Nummernschilder abgeschraubt. Fährt doch keiner ohne Nummernschilder durch die Stadt!« Stahnke schaute auf seinen Zettel.
»Wir haben die Tür geöffnet und den Motorraum ebenfalls und anhand der Fahrgestellnummern und dem üblichen Quatsch rausgekriegt, was das für eine Kiste ist. Wurde im Juni geklaut, als der Fahrer auf dem Rasthof Hasselberg eine Pause machte. Das ist da ein idealer Platz: Man muss nicht rauf auf die Autobahn, sondern kann einfach über die Landstraßen blitzschnell in alle Himmelsrichtungen entschwinden.«
»Da hat jemand generalstabsmäßig gearbeitet. Vermutlich hat er andere Nummernschilder benutzt – die werden wir wohl eh kaum finden. Ich wette, dass der keine zwölf Stunden mit dem Auto unterwegs war. Wäre auch bei einer Kontrolle nie aufgefallen. Nicht

schlecht Herr Specht …« Anke Dankelmann schaute zu Bernd Stengel. »Naja, dann parkt er die Nobelkarosse hier an einem Ort, wo es nun wirklich nicht auffällt, wenn irgendjemand einen Lieferwagen abstellt. Und steigt da vorn in die Straßenbahn und ist schwuppdiwupp verschwunden.« Stengel seufzte. »Los, macht das Ding auf und durchsucht alles.« Sein Handy klingelte. »Jaja, ich weiß, wie spät es ist, wir kommen ein paar Minuten später. Macht schon mal so was wie eine Tatortbegehung – und ist Klaus mit den Befragungen weiter?« Kurze Pause. »Na super. Vielleicht sollten wir es mal mit einem Wahrsager versuchen.« Er klappte das Handy zu, blickte Anke Dankelmann an und schüttelte den Kopf.

»Felix, wir müssen zum Hotel, rufst du an, wenn ihr was gefunden habt?« Felix Stahnke nickte und machte mit einer Hand und nach oben gerecktem Daumen ein Zeichen für okay.

»Bernd? Wir kommen eh zu spät. Lass' uns ein paar Schritte laufen, ich brauche die Luft zum nachdenken.« Beide marschierten entlang der Straße Richtung Niederkaufungen. Auf dem Radweg war um diese Jahreszeit nie etwas los, eine kaum besetzte Straßenbahn rauschte Richtung Kassel an ihnen vorbei. Eine Grillstation für Trucker tauchte auf – geschlossen. Sie blickten sich um. Es war wirklich ein idealer Ort, um so ein Kapitel zu beenden. »Ist schon merkwürdig, oder? Da wohnt man über Jahre in einer Stadt, und genau vor den Toren gibt es einen solchen Ort, von dem man nix, aber auch gar nix weiß. Vielleicht guckt er uns jetzt zu, unser Priesterkiller.« Anke Dankelmann ging wortlos weiter. Die Puzzleteilchen passten bisher nirgendwo zusammen.

Im Hotel Kurfürst Wilhelm war im Foyer wieder der normale Betrieb eingezogen. Sie meldeten sich an bei einer Rezeptionistin, die sie bei einem der ersten Verhöre schon einmal gesehen hatten, und fuhren dann mit dem Fahrstuhl nach oben. Sie marschierten den Flur entlang, und Anke Dankelmann gönnte sich zum ersten Mal einen eher touristischen Blick auf das Hotel. Es war wirklich ein kleiner, feiner Laden. Die Tür zum Turmzimmer stand offen, ein toller Rundumblick auf Wilhelmshöhe. Nebenan führte die Treppe nach oben, und vor dem Fenster zum Dach stand eine Gruppe Menschen und blickte ihnen erwartungsvoll entgegen.

»Das ist Peter Gontermann, der Besitzer vom Kletter-Kogel«, stellte der eine der beiden jungen Beamten einen drahtigen blonden Mann vor, der einen halben Kopf kleiner war als Anke Dankelmann. Wie sich herausstellte, war Gontermann Hochgebirgskletterer und Free-Climber – kalorienträchtige Kneipen-Abende konnte der sich nicht leisten, dachte sie.

»Ich will mich bei der Beurteilung nicht hundertprozentig festlegen.« Der Mann legte los, als habe er auf seinen Auftritt nur gewartet. »Aber wenn ich mir vorstelle, wie man da eine Leiche raufschaffen will: Mit Seilausrüstung raus auf das Trittbrett vor dem Fenster.« Gontermann kletterte aus dem Fenster, das auf der von der Straße abgewandten Seite angebracht war. Anke Dankelmann schaute hinterher.

»Sagt mal, dieses Bett, das muss doch immer mal wieder überprüft werden, von wegen Sicherheit und so. Da lassen die doch nicht Reinhold Messner kommen, um sich da hochzuhangeln, das muss doch einfacher gehen. Hat irgendjemand mal beim Hotel nachgefragt? Und was ist denn das hier für eine Halterung?« Sie zeigte auf eine Metallvorrichtung unterhalb des Fensterbretts.

»Äh, okay, ich bin unterwegs«, sagte einer der Beamten. Minuten später kam er zurück. »Da gibt es eine Spezialleiter, die hier in der Kammer steht«, sagte er, öffnete die Tür, und sie entdeckten eine Mini-Leiter, die offensichtlich sehr nachlässig weggeräumt worden war.

»Wieso hat uns bisher niemand was davon gesagt?« Stengel blickte unwirsch in die Runde. »Das darf doch nicht wahr sein. Wir machen uns einen Kopp, wie der als Seiltänzer hier in der Luft schwebt, und im Kämmerchen nebenan liegt die Leiter zum Bett. Und wieso hat kein Mensch mal nachgefragt, was diese komischen Halterungen hier unten und da oben zu bedeuten haben? Okay, ich hab' das ja auch nicht gesehen, aber da sind ein Dutzend Kollegen

stundenlang auf dem Dach, untersuchen jeden Millimeter nach Spuren und übersehen beinahe das Wichtigste.«
Die Beamten schauten betreten auf den Boden, Klaus Mohr zuckte die Schultern. »Sorry, Bernd, da haben wir wohl alle ein wenig geschlafen.«
»Machen Sie bitte weiter, Sie sind soeben Zeuge geworden, auf welch' wirren Pfaden manchmal Ermittlungen laufen können, und ruft die Spusi an, die sollen die Leiter untersuchen!«, sagte Anke Dankelmann und schaute erst Mohr und dann Gontermann mit einem gequälten Lächeln an.
»Warum soll es Ihnen anders gehen als uns allen? Okay, um die Leiche dann raufzuschaffen, klettert man mit Seil nach oben und führt das einfach um den Sockel rum. Mit einer einfachen Flaschenzugvorrichtung zieht man den Körper hoch, fixiert das Seil von unten, beispielsweise hier an der Leiter-Halterung, klettert da gemütlich hoch, schiebt das Opfer auf das Drahtgestell und bindet es fest. Wie war er denn festgemacht?«, fragte Gontermann.
»Mit Tapeverband«, sagte Klaus Mohr.
»Besser geht nicht«, nickte Gontermann. »Danach Seil einsammeln und ab durch die Mitte.«
Eine Viertelstunde später, als Gontermann gegangen war, ließen sich die drei Beamten im Restaurant des Hotels einen Kaffee bringen. Der Hotelbesitzer war zum Glück nicht da, Stengel hätte ihm wahrscheinlich vor dem Personal ein paar deutliche Töne gesagt.
»Eines ist doch wohl klar«, sagte Anke Dankelmann, beide Hände um die dampfende Kaffeetasse gelegt und leicht abwesend auf den Bahnhofsvorplatz blickend. »Unser Freund war nicht zum ersten Mal hier. Der muss Ortskenntnis gehabt haben. Nehmen wir an, er hat die Leiter benutzt. Dann muss er gewusst haben, wo sie aufbewahrt wird. Er musste das richtige Fenster kennen, die richtige Tür aufbohren. Entweder er hat hier gearbeitet, war als Arbeiter mal hier oder schon mal als Gast. Das müssen wir überprüfen.«
»Okay, ich suche Vasserodt und frage ihn aus, im Zweifel auch die ganze Portier-Truppe. Ich melde mich, wenn ich was habe«, sagte

Mohr und verschwand. »Wenn ich dabei so viel Glück habe, wie eben bei der Befragung, dann kommen wir nicht weiter.«
Stengel zuckte die Schultern. »Irgendwann kriegen wir was.«
»Genau. Wir warten einfach ab, bis der Mörder sein Geständnis inseriert. Gute Einstellung, Kollege.«

Sie fuhren durch die Stadt zurück zum Präsidium. Unterwegs klingelte Dankelmanns Handy.
»Hier ist Piet Härtel. Ich weiß, ich sollte erst nach 18 Uhr anrufen, aber ein Kollege hat mich gefragt, ob ich einen Repräsentationstermin für ihn übernehmen kann. Wenn Sie heute Abend nicht können, mache ich das. Wenn Sie können, muss er sich jemand anderen suchen. Ich würde gerne nicht repräsentieren machen.«
Anke Dankelmann spürte ein leichtes Kribbeln vor Freude, versuchte aber, jede Gefühlsregung zu verbergen.
»Okay, ich weiß nur nicht genau, wann ich mich loseisen kann. So ab 19 Uhr 30, 20 Uhr. Einverstanden?«
»Super, ich reserviere einen Tisch im Casa Columbiana. Sie wissen, wo das ist?«
»Klar. Im Hölkeschen Haus. Als es die Kneipe noch nicht gab, haben wir da mal einen englischen Ripper gefasst. Sollte ein Scherz sein.« Sie grinste und sah Bernd Stengel an, der mit starrem Blick am Steuer saß. »Ich freue mich, bis nachher.« Härtel legte auf.
»Na, Madame, ich hab' da so eine Ahnung.«
»Wenn du Ahnung hättest, wärst du mein Chef. Biste aber nicht. Mach' dir keine Gedanken: Ich treffe mich heute Abend mit dem Hausfrauenverband.«
»Dachte ich mir. Und mit denen gehst du dann zu den Californian Dream Boys und steckst denen Euro-Scheine in den Slip, oder?«
»Jau, aber nur gefälschte aus der Asservatenkammer.«
Im Polizeipräsidium hatte sie das Gefühl, eben einen kleinen Motivationskick für den Tag bekommen zu haben.
Kaum waren sie in ihrem Büro angekommen, stürmte Pivi Vogel durch die Tür.

»Leute, ich brauche dringend Informationen, wir müssen der Meute was vorwerfen. Bitte, bitte, bitte …«
Sie ahnten, was der Kollege gerade am Hals hatte. Anrufe im Minutentakt, bei diesem Fall auch kein Wunder. Wahrscheinlich hatte er sie alle auf den Nachmittag vertröstet, und der Zeitpunkt rückte unerbittlich näher.
»Pivi, dürfen wir mal kurz was zu uns nehmen? Um 15 Uhr ist eh Lagebesprechung, dann biste einfach dabei, und wir einigen uns darauf, was wir rauslassen und was nicht.« Bernd Stengel klopfte dem Pressesprecher auf die Schultern. Glücklich sah der Mann nicht aus. »Okay, ich komme mit in die Kantine, dann könnt ihr mir ja ein bisschen was erzählen.«
»Mitkommen kannst du, aber ich denke nicht, dass wir jetzt den Fall zusammenfassen. Mir ist nach irgendeiner Suppe, einer Cola light und viel Schweigen am Tisch.« Anke Dankelmann nahm ihre Handtasche und ging voraus.
Punkt 15 Uhr sammelte sich das Team im Besprechungszimmer, Plassek war verhindert. Anke Dankelmann leitete die Sitzung. Die Teams trugen zusammen, was sie herausgefunden hatten, die Ergebnisse aus dem Hotel kannten die beiden Kommissare bereits, spannend wurde es, als Markus Wimmel das Wort ergriff.
»Also: In dem Lieferwagen jede Menge Fingerabdrücke, soweit wir bisher feststellen konnten, nichts Bekanntes darunter. Aber ich wette, so wie der bisher vorgegangen ist, werden wir auch keine vom Täter finden. Das Auto selbst ist als gestohlen gemeldet. Ich vermute mal, der hat die Kiste irgendwo untergestellt.« Wimmel blickte in die Runde und sah zweifelnde Gesichter. »Okay. Vielleicht auch nicht«, fuhr er fort. »Hinten im Laderaum jede Menge Dreck, der Wagen war ursprünglich von einem Marktbelieferer im Lahn-Dill-Kreis genutzt worden, also organische Abfälle von Obst und Gemüse. Aber: Wir haben Schleifspuren entdeckt, die rein theoretisch von einem Trolley stammen können. Und einen winzigen Rest von Weihnachtspapier – und das ist identisch mit dem, das wir auf dem Turm gefunden haben. Bingo!«

»Dann wissen wir also jetzt, dass unser Pfarrer mit genau dem Auto transportiert worden ist. Was hat die Befragung der Nachbarn ergeben?«

Erwin Brandt, zuckte mit den Schultern. »Wir haben im Umkreis alle Häuser abgegrast, niemandem ist irgendetwas aufgefallen. Wäre auch ein Glückstreffer gewesen, da fahren doch ständig irgendwelche Laster von der Autobahn ab, werden abgestellt, fahren weiter. Und dieses Auto wirkt ja echt völlig unscheinbar.«

»Zurück zum Hotel. Gibt es da was Neues?«

Einer der beiden jungen Kollegen räusperte sich. »Der Hotelbesitzer, dieser Vasserodt, sagte, dass oben die Tür zum Raum, wo das Fenster zum Dach abgeht, vor längerem schon mal aufgebrochen worden sei. Wir haben die Reparatur-Rechnungen gecheckt, das war im August.«

»Und, war da irgendjemand im Hotel, Gast, Lieferant, Handwerker, an den er sich erinnern kann, oder der Portier und der vielleicht unserem Mann ähnlich sehen könnte?«

»Wir haben die Portiers, die an den Tagen Dienst hatten, befragt. Frau Engelhardt meinte, es sei ein Gast dabei gewesen, der von der Statur her passen könnte – aber völlig andere Haarfarbe, den Namen weiß sie nicht mehr, die Hütte war total ausgebucht. Und sicher ist sie sich auch nicht. Es war auch kein Ernst, kein Philipp, kein Ernst Philipp und kein Philipp Ernst dabei, aus Fulda auch niemand. Damit hätten wir die Dämlichkeitsvarianten alle ausgeschlossen.«

»Klasse Arbeit Jungs, alles abgeklopft, prima. Jetzt haben wir zumindest eine Mutmaßung, weshalb dieser Kerl so gute Ortskenntnisse hatte. Hilft uns nicht viel weiter, aber immerhin. Pivi, mach' um 16 Uhr die PK, ich komme mit, Bernd, du auch?«

Anke Dankelmann sah ihren Kollegen an, der schüttelte den Kopf.

»Okay, das war's erstmal. Bitte, wie gehabt, alle neuen Infos sofort weiter an den MK-E-Mail-Verteiler. Die Dokumentation macht weiter Klaus Mohr. Und sagt kurz Bescheid, wenn ihr nachher Feierabend macht, okay?«

Bernd Stengel musste manchmal über seine gelegentlich so chaotische Kollegin staunen. In solchen Situationen ließ sie auch nicht den geringsten Zweifel daran, wer in dieser Truppe die Hosen an hatte. Auch er passte sich an, denn Anke Dankelmann war zweifelsohne die Schnelldenkerin im Team. Und hatte eine natürliche Autorität.

Die Kommissarin hakte sich bei Pivi Vogel unter und verschwand aus dem Zimmer.

Zur Pressekonferenz war alles erschienen, was in Kassel auch nur ansatzweise etwas mit Medien zu tun hatte. HNA, Extra Tipp, das Anzeigenblatt, FFH, der Hessische Rundfunk war mal wieder mit mehreren Teams erschienen – deren Personaleinsatz war sichtbares Zeichen dafür, dass öffentlich-rechtliche Rundfunkanstalten als einzige Existenzberechtigung die Verschwendung von Zwangsgebühren auf höchstem Niveau zu haben schienen. RTL, FAZ, BILD-Zeitung und, und, und.

Anke Dankelmann trug die wenigen neuen Fakten knapp vor und bat darum, vor allem mit Blick auf den Lieferwagen nach Augenzeugen zu suchen. Dass im Hotel schon einmal im Sommer die besagte Tür aufgebrochen worden war, ließ sie in Absprache mit Vogel und dem Präsidenten, den sie kurz zuvor informiert hatte, weg. Kaum hatte sie ihren kurzen Vortrag beendet, gingen die Arme in die Höhe. Sie ließ den Blick schweifen und zuckte plötzlich zusammen. An der Eingangstür lehnte Piet Härtel. Was will der denn hier?, fragte sie sich, und wurde ein wenig nervös.

»Frau Dankelmann, mein Name ist Hansen von der BILD-Zeitung. Haben Sie Erkenntnisse über ein mögliches Motiv?«

»Nein. Jede Äußerung darüber wäre pure Spekulation.« Das war die beste Antwort, die sich die BILD erhoffen konnte, dachte sie. Jetzt war alles in der Schlagzeile möglich, vom Schwulennest an Heiligabend bis zum Swingerclub auf Rädern oder Sodomie im Beichtstuhl.

Nach knapp einer Stunde, in der sie mehrfach um die Mitarbeit der Medien gebeten hatte, war das Spektakel vorüber. Als sie auf-

blickte, war Piet Härtel verschwunden. Heute Abend war sie mit Fragen dran.
Sie schaute noch einmal bei Stengel vorbei, der gerade den Telefonhörer auflegte.
»Ich habe nochmal diesen Wohlgemut aus Freiburg überprüft. Der war tatsächlich in Kassel über Heiligabend, war zu Besuch bei Freunden, die haben mir das eben bestätigt. Ich wollte nur sicher gehen«, sagte er, als er Dankelmanns fragenden Blick bemerkte.
»Okay, Bernd, ich haue jetzt ab, wir sehen uns wie immer morgen früh. Ich muss noch was einkaufen.«
»Für die California Dream Boys, ich weiß«, grinste Stengel.
»Nein, für die Kommissarin selbst. Im Gegensatz zu den Burschen in Tatort-Krimis führen Single-Polizisten nämlich ein ganz normales Leben. Die müssen auch mal ins Edeka und Margarine kaufen. Verheiratete hingegen haben ja ihr Personal für so was, tschüss!«
Auf dem Heimweg machte sie kurz Stopp am Edeka in der Wittrockstraße, kaufte für die nächsten Tage ein und fuhr dann zu ihrer Wohnung im Kirchweg. Sie hatte noch gut zwei Stunden Zeit bis zu ihrem Rendezvous. Als der Einkauf verstaut war, schaltete sie den Computer an. Sie hatte die ganze Zeit schon ein nicht näher zu bestimmendes Gefühl. Bei der Arbeit an diesem Fall war ihr bewusst geworden, wie wenig sie über die katholische Kirche wusste. Wie wurde man Priester? Wie gingen selbige mit dem Zölibat um? Vor ihrem geistigen Auge tauchte das Bild auf, das sie in der Wohnung des armen Alf Dietrich in der Hand gehalten hatte. »Priesterweihe 1990« hatte darauf gestanden. Anke Dankelmann war zwar auf die Ursulinenschule in Fritzlar gegangen und hatte dort ihr Abi gemacht, doch der Name täuschte ein kirchliches Gymnasium nur vor. Die Schule war durch und durch weltlich, die letzte Oberin war einige Jahre, bevor Anke Dankelmann die Reifeprüfung bestanden hatte, verabschiedet worden. Sie googelte sich durch die katholischen Begriffswelten und fühlte sich danach ein wenig schlauer. Festgelesen hatte sie sich an einem Interview in

Spiegel online mit einem katholischen Priester, Überschrift: Katholische Kirche ist größte transnationale Schwulenorganisation. Das Zölibat und die Auswirkungen auf die Psyche der Geistlichen – irgendwie das falsche Thema für den heutigen Abend, befand sie und fuhr den Rechner runter. Aber dieses Gefühl, das sie gelegentlich hatte, wenn ihr Instinkt ihr etwas einflüsterte, ließ sie nicht los. Dieser Mord hatte einen Hintergrund, den noch niemand sah. Und den sie zu ahnen glaubte.
Nach einer langen Dusche fönte sie ihr braunes Haar, band es zu einem kurzen Pferdeschwanz, legte leichtes Makeup auf, Jeans, eine dunkelrote Bluse, schwarze Stiefeletten – der Blick in den Spiegel zeigte Anke Dankelmann, wie sie war: Outfitmäßig immer leicht zum Understatement neigend und dadurch überaus apart. Gut so. In vier Minuten fuhr die Straßenbahn, der Golf blieb im Kirchweg.

Als er seinen Schreibtisch im Büro der Barmer Ersatzkasse abschloss, blickte er noch einmal auf die Uhr. Er hatte so lange gearbeitet wie immer – nur nicht durch Kleinigkeiten auffallen. Das war wichtig. Er fuhr mit der Bahn durch die verschneite Stadt zum Bebelplatz, stieg dort um in den Bus und stieg wenige hundert Meter von seiner Wohnung entfernt aus. Der Adrenalinspiegel stieg langsam, aber stetig an. Daheim legte er die Aktentasche ab und verließ das Haus.
Er zog sich wieder vor dem dunklen Friedhofseingang um und fuhr durch die Stadt zur Halle seines Bruders. Er wollte nicht mit den Tatort-Klamotten in dem Mietshaus gesehen werden. In diesem Gebiet im Stadtteil Bettenhausen, wo es vor schäbigen Gewerbegrundstücken nur so wimmelte, schaute jeder über die Aktivitäten des Nachbarn grundsätzlich und um so geflissentlicher hinweg. Dennoch stellte er seinen Wagen ein paar Straßenzüge weit entfernt ab, ging den Rest zu Fuß. In der Halle machte er kurz Licht, prüfte die Ladefläche des dunkelbraunen UPS-Fahrzeugs, checkte noch mal die Nummernschilder – perfekt. Wagen und Kennzei-

chen waren vor Monaten gestohlen worden, wie schon beim ersten Auto. Er zog sich einen UPS-Overall über, fuhr per Fernbedienung die Hallentür auf, knipste das Licht aus und startete den Wagen. Langsam rollte der UPS-Transporter aus der Halle, draußen drückte er wieder auf die Fernbedienung und wartete, bis das Tor geschlossen war. Gedanklich hakte er alles noch einmal ab – er war auf die Minute im Zeitplan. Der braune Wagen kämpfte sich seinen Weg durch die Stadt, von der Druseltalstraße bog er in den Lahnweg ein. Hier, im Flüsseviertel, musste er besonders vorsichtig sein. Hier passten die Leute auf, wenn fremde Autos auftauchten, aber UPS war eben UPS – ein solches Auto gehörte um die Feiertage zum Straßenbild. Er fuhr einmal um das Kirchenareal herum und sah, dass Licht in der Pfarrerwohnung brannte. Mit seinem Handy rief er an.
»Katholische Pfarrgemeinde St. Fatima, Michel, guten Abend«, meldete sich der Pfarrer.
»Entschuldigung, ich hab mich verwählt«, nuschelte er und legte auf. Er würde von seinem Parkplatz aus die Wohnung beobachten und in 30 Minuten loslegen. Pfarrer Michel, das wusste er, empfing nie Besucher in seiner Wohnung. Das würde auch heute so sein – doch Vorsicht konnte nicht schaden.
Eine halbe Stunde später fuhr vor dem Pfarrhaus im Dunkel des Flüsseviertels unbeachtet ein UPS-Lieferwagen vor. Der Fahrer stieg auf der Beifahrerseite aus, lief die paar Schritte auf dem unbeleuchteten Weg zur Haustür und klingelte.
Die Tür öffnete sich.
»Entschuldigen Sie bitte, ich habe hier ein Päckchen für Pfarrer Michel.«
»Na, das ist aber eine Überraschung, von wem denn?«
»Kann ich Ihnen nicht sagen, ist ja Ihr Päckchen, Sie sind doch Pfarrer Michel, oder?«
Michel nickte und nahm das Päckchen in Empfang.
»Sie müssen noch quittieren, verflixt jetzt habe ich das Ding im Auto gelassen. Ich hole es gleich. Aber darf ich Sie mal um etwas

bitten? Ich fahre seit Stunden durch die Stadt und muss einfach mal ganz dringend pinkeln, dürfte ich mal bei Ihnen?«

»Aber ja doch«, sagte Michel, »kommen Sie rein, ist gleich hier vorn links.«

Er ging ins Haus, Michel warf noch kurz einen Blick auf das UPS-Fahrzeug und schloss ohne jeden Argwohn die Tür.

»Ich gehe mal vor«, sagte der Pfarrer, das Päckchen fest im Arm. Als er an dem Mann im UPS-Overall vorbei war, spürte er, wie ihm plötzlich etwas mit einem ekligen Schmerz die Luft abschnürte und er zu Boden gedrückt wurde. Der Mann kniete auf seinem Rücken, riss einen Arm nach hinten und wickelte mit einem ratschenden Geräusch etwas um die Handgelenke, dann war der andere Arm dran, Michel kämpfte um Luft, war absolut kampfunfähig. Der andere drückte ihm ein dickes Stück Tuch in den Mund, das Gewicht auf dem Rücken verschwand, dafür wurden seine beiden Beine auf die gleiche Weise wie die Arme gefesselt. Dann drehte ihn der Mann um. Michel blickte in zwei eiskalte Augen.

»Pass' auf, Pfaffe. Ich stelle dir jetzt ein paar Fragen. Dies ist ein sehr scharfes Messer. Für jede Antwort, die falsch ist oder mir nicht ausreicht, ritze ich dir ein Stück von deinen Eiern ab. Klar?« Der Mann öffnete Michels Hose und zog sie runter. Dann setzte er das Messer an.

»Ich werde dir jetzt einen Arm freimachen, du schreibst mir die Antworten hier auf diesen Block. Ein lauter Ton und du bist tot. Verstanden?« Michel nickte, Panik in den Augen.

Der Mann schaute ihn an, packte ihn am Oberkörper und zog ihn zur Heizung rüber. Dort wurde der gefesselte Arm am Heizungsrohr fixiert, Michel konnte sich nicht bewegen. Der Mann schaute kurz zu den Fenstern, alle Vorhänge waren zu, die Rollos heruntergelassen.

»Erwartest du noch Besuch?«

Michel schüttelte den Kopf.

»Bringen wir es hinter uns.« Die Messerspitze war nur Zentimeter von seinem Unterleib entfernt.

»Deine Priesterweihe war 1990. Stimmt das?«
Michel nickte.
»Kennst du noch die Namen der anderen?«
Wieder Kopfnicken.
»Sagt dir da der Name Dirk Kullermann etwas?« Nicken.
»War Pfarrer in Kassel. Ging dann an's Priesterseminar nach Fulda. Habe gehört, er hat die Kirche verlassen, ist kein Priester mehr. Soll irgendwo in oder bei Korbach leben. Was er macht, weiß ich nicht.«
»Wer weiß mehr über ihn?« Michel zuckte die Schultern und schrie durch den Knebel auf, weil das Messer ihm leicht in die Genitalien gefahren war. Der Pfarrer fing an zu schreiben. »Sein bester Freund war immer Henning Drechsler.«
»Wer ist das?«, fragte der Mann.
»Pfarrer in Bettenhausen, St. Kunigundis.« Michel kritzelte mit schmerzverzerrtem Gesicht.
Es war das letzte, was Frank-Peter Michel in seinem Leben schrieb. Mit einem Wollschal erdrosselte der Mann ohne jede erkennbare Gemütsregung den Pfarrer der Kirchengemeinde St. Familia. Er zog den Pfarrer bis auf die Unterhose aus. Dann verließ er kurz das Haus, kam mit Sackkarre und dickem Karton zurück. Er verstaute den Pfarrer in dem mit Plastik ausgelegten Karton, wuchtete ihn in den UPS-Wagen, verstaute das Paket, in dem nur zwei Holzscheite steckten, schloss die Tür im Pfarrhaus, nachdem er die Lichter gelöscht hatte und fuhr los. In den umliegenden Häusern brannte zwar Licht, aber da saß man wohl gemütlich beim Abendessen. Ein paar hundert Meter weiter ging eine alte Frau mit ihrem Dackel spazieren. Er startete den Wagen und fuhr los. Es ging ihm gut. Er war seinem Ziel ein Stück näher gekommen. Das fühlte er. 15 Minuten später parkte er den UPS-Wagen neben dem Kulturhaus Dock 4 in der Innenstadt. Er ging nach hinten, zog den Overall aus und packte ihn in eine Plastiktüte. Er verließ das Auto. Er würde später zurückkommen. Sein Werk vollenden.

Anke Dankelmann war früh dran. Es war kurz vor halb acht, und sie stapfte von der Straßenbahnhaltestelle am Rathaus über die Fünffensterstraße stadtauswärts. Diese Straße hatte es in sich. Wenn man irgendwann einmal Bilder vom alten Kassel gesehen hatte, konnten einem wirklich spätestens an dieser Stelle die Tränen kommen. Kassel war eine der schönsten Städte Deutschlands gewesen, ein riesiger, wunderschöner Altstadtkern würde, wenn es ihn noch gäbe, heute die Touristen en masse anziehen. Doch die Bombennacht des 22. Oktober 1943 hatte alles in Schutt und Asche gelegt. Andere Städte hatten nach dem Krieg ihre historischen Innenstädte rekonstruiert – Würzburg, Münster, Freiburg beispielsweise. Doch in Kassel hatten Heerscharen fortschrittsgläubiger Stadtplaner nichts unversucht gelassen, die Stadt durch den Wiederaufbau noch nachhaltiger zu zerstören. Das war ihnen trefflich gelungen. Architektur-Experten rechtfertigten heute gern den Wiederaufbau mit dem Verweis, hier handele es sich nun einmal um die Architektur der fünfziger und sechziger Jahre – doch die Kasseler Bevölkerung fand nicht nur die Architektur, sondern auch all diejenigen, die sie verteidigten, schlichtweg zum Kotzen.
Jedenfalls konnte man von dieser Straße aus, wenn man die Wilhelmshöher Allee entlangblickte, die Diskrepanz fühlen: Hier der architektonische Sondermüll, dort das Landesmuseum und die Torwache, Relikte aus der Zeit, als Kassel Residenzstadt war. Anke Dankelmann liebte diese Stadt. Ihre Gegensätze, ihre verborgene Schönheit. Und die offenkundige Attraktivität, die die Bewohner häufig genug außer Acht ließen. Welche andere Stadt auf der Welt hatte direkt neben der Einkaufsmeile einen derart schönen barocken Park wie die Karlsaue? Wo gab es einen Bergpark wie Wilhelmshöhe mit Schloss, Löwenburg, Herkules, Teufelsbrücke, den chinesischen Pagoden und den kleinen Seen wie Lac und Asch?
Langsam ging sie in die Friedrichstraße und marschierte in Richtung Casa Columbiana. Was erwartete sie eigentlich von diesem Abend? Schau'n mer mal, hätte Kaiser Franz gesagt, und das war, zumindest in den nächsten Stunden, ihr Motto. Sie wollte nicht zu

spät ins Bett, da um 9 Uhr am nächsten Morgen ja der Psycho-Fritze auftauchte. Als sie in die Kneipe trat, sah sie Piet Härtel schon an einem Zweiertisch sitzen und ihr zuwinken. Na denn, dachte sie.

»Ich freue mich sehr, dass das heute klappt«, sagte Piet Härtel und half ihr aus dem Mantel. »Sie sehen klasse aus!«

»Erstens weiß ich das, zweitens: lassen Sie das Gesülze und reden Sie wie ein normaler Mensch. Drittens: ich habe Durst.«

Härtel lachte. »Sorry, gnä' Frau, hatte ganz vergessen, dass Sie eher auf die rustikale Art stehen. Ich probiere es mal anders: Jetzt hauen wir uns erstmal was Hochprozentiges hinter die Denkerstirn, und dann erzähle ich Ihnen was von meinem Manta.«

»Sie haben einen Führerschein? Unglaublich!«

»Gnä' Frau: ich habe sogar zwei.«

»Is' immer besser«, sagte Anke Dankelmann und winkte der Bedienung zu. Im Hintergrund hörte man dezent die Klänge des Buena Vista Social Club, eine Musik, die sie liebte.

»Ich möchte einen Cuba Libre und die Speisekarte«, sagte sie. Härtel bestellte ein Bier.

»Ich würde Sie gern einladen, oder ist das Beamten-Bestechung?«, fragte Härtel. »Erstens: einverstanden. Zweitens: ja.«

»Erstens: reden Sie immer so? Zweitens: geht das den ganzen Abend so weiter? Drittens: mir geht es sehr gut, seit sie hier sind.«

Dankelmann lachte. Die Getränke kamen, und sie prostete Härtel zu. »Sorry, ich bessere mich. Aber jetzt will ich erst einmal was zu essen bestellen, ich sterbe vor Hunger.« Sie wählte einen Salat mit Putenbruststreifen aus, Härtel bestellte eine Suppe.

»Warum waren Sie eigentlich heute bei der PK? Und sind dann abgehauen? Kann doch kein dienstlicher Hintergrund sein, oder?«, fragte sie und schaute Härtel an. Der sah wieder einfach gut aus. Schwarzes Sacco, hellgraues Hemd, lässig und doch elegant.

»Wenn ich sagen würde, ich wollte Sie einfach sehen, würden Sie es mir nicht glauben. War aber so. Und ich wollte mal erleben, wie Sie diesen knallharten Job wuppen.«

Dankelmann ließ es dabei bewenden, die Bedienung kam und stellte einen Korb mir Weißbrot und zwei Dips hin. Sie stürzte sich ausgehungert darauf.
Als sie zwei Stunden später das Lokal verließen, hatte sie ein angenehmes Gefühl. Kribbeln, Leichtigkeit, Gänsehaut – von allem etwas. Nach dem zweiten Drink waren sie zum Du übergegangen und hatten nicht einmal über seinen oder ihren Job geredet. Sie hatten viel gelacht und zum Schluss hatte Anke Dankelmann nach einem Blick auf die Uhr gesagt, sie wolle noch ein paar Schritte laufen und dann nach Hause. Sie gingen am Elisabethkrankenhaus vorbei in Richtung Weinberg.
»Hier ist eigentlich der Schwulenstrich, oder?«, fragte Härtel.
»Für mich kein Problem. Ich habe hier in der Humboldtstraße mal ein paar Jahre gewohnt, direkt neben dem Friedrichsgymnasium. Ich konnte hier immer problemlos spazierengehen.«
»Ich war hier noch nie nachts, ist irgendwie ein bisschen unheimlich, oder? Aber du hast sicher deine Knarre dabei.«
»Nein. Ich habe keine Pistole dabei, lediglich einen Gürtel mit Sprengstoff.«
»Ach so, du willst den Jungs vor Allahs Pforte als Nachschub dienen. Aber gehst du denn noch durch als Jungfrau?«
Anke Dankelmann drehte sich um. »Das musst du schon selbst rausfinden, aber nicht heute Abend. Lass' uns einen Augenblick die Aussicht genießen – und dann muss ich heim. Morgen wird ein grausam harter Tag.«
»Okay.« Piet Härtel nahm sie mit beiden Händen an der Schulter und sie legte den Arm um seine Hüften. »Anke, ich muss dir was sagen.«
»Du bist schwul.«
»Nein.«
»Bisexuell.«
»Nein.«
»Verheiratet?«
»Nein.«

»Du hast ein Terrarium mit Giftschlangen.«
»Nein, verflixt, nun lass' mich doch mal was sagen.« Härtel holte tief Luft. »Ich gehe aus Kassel weg. Ich werde zum 1. Februar Leiter der Öffentlichkeitsarbeit der EnBW in Stuttgart. Ich wollte so was immer machen, hier in Kassel kriege ich die Chance nicht. Ich ziehe am 6. Januar um und bin dann weg. Mein Gott, wer konnte denn ahnen, dass ich dich kennenlerne und auf dem besten Wege bin, mich absolut zu verlieben.«
Anke Dankelmann schaute ihn ein paar Sekunden wortlos an. Enttäuschung machte sich in ihr breit, aber auch ein dankbares Gefühl für die Ehrlichkeit, die ihr begegnete.
»Ich finde es toll, dass du mir das sagst. Du hättest ja auch noch schnell ein Abenteuer mitnehmen und dann verschwinden können. Scheiße, das ist alles richtig scheiße. Trotzdem: wenn du mich jetzt küssen würdest, hätte ich sehr wenig dagegen.«
Im Grunde ihres Herzens mischte sich das Gefühl eines Verliebtseins mit dem der Enttäuschung. Carpe diem, Anke, sagte sie sich und küsste Piet Härtel mitten auf dem Schwulenstrich hoch über der Kasseler Südstadt bei frostigen Temperaturen mit Leidenschaft.
»Kannst du noch fahren?«, fragte sie.
»Nein. Wir gehen zum Taxistand vorne am Landesmuseum, ich bringe dich heim und fahre dann zu mir.« Piet Härtel schaute ihr tief in die Augen. Es gefiel ihr, dass er keine Anstalten machte, sie zu einer gemeinsamen Nacht zu überreden.
»Wo wohnst du eigentlich?« fragte sie.
»In der Esmarchstraße«, antwortete er. »Mitten zwischen Umzugskartons.«
Als sie 20 Minuten später am Kirchweg aus dem Fond des Taxis stieg, beugte sie sich noch einmal zu Piet Härtel rüber und küsste ihn auf die Wange.
»Danke für einen schönen Abend«, sagte sie.
»Erstens: gleichfalls. Zweitens: schlaf' schön. Drittens: darf ich dich morgen anrufen?«

Anke Dankelmann lachte. »Nicht vor 7 Uhr.« Sie schloss die Tür und winkte dem abfahrenden Taxi kurz nach.
In ihrer Wohnung setzte sie sich auf den Sessel am Fenster und schaute in die kalte Kasseler Nacht. Gern hätte sie jetzt ihren Vater in den Arm genommen. Der hatte immer gewusst, wie er seine Tochter trösten konnte. Er roch nach Papi, und wenn Tränen die Wange runterkullerten, dann hatte er sie weggeküsst.
»Die kommen sonst wieder«, sagte er dann. Sie ging in die Küche und holte ein Tempo. Als das vollgeschnieft war, nahm sie die ganze Packung und ging ins Bett.

28. Dezember

Als Anke Dankelmann am Morgen aufwachte, hatte sie einen dicken Stein auf dem Herzen. Der Abend ging ihr durch den Kopf, und sie atmete schwer durch. Sie nahm das Handy, wollte ihn anrufen – und ließ es sein. Ein Blick auf die Uhr: Für eine Walking-Runde reichte es noch. In der Goethe-Anlage kam sie auf andere Gedanken, und ganz langsam verlagerte sich der Inhalt der Gedanken wieder auf den Job. Doch irgendwie bestand sie heute nur aus mulmigen Gefühlen. Ein harter Tag lag vor ihr und sie hatte immer noch diese instinktive Eingebung, dass sie auf einem ganz anderen Pfad anfangen mussten zu suchen.
Um 9 Uhr war Besprechung. Erstmals dabei Staatsanwalt Knut Feddersen, der zwar ständig über die Ergebnisse informiert worden war, jedoch bisher nicht persönlich erscheinen konnte. Sie konnte gut mit dem etwas trocken wirkenden Mittvierziger, der aber auch über einen genau so trockenen Humor verfügte. Ein pragmatischer Jurist, der gut ins Team passte.
Bernd Stengel trug die Ergebnisse der bisherigen Ermittlungen zusammen, sie werteten gemeinsam die neu eingegangenen Hinweise aus, und von Minute zu Minute wurde das Bild trauriger. Pivi Vogel kam herein und legte die Presseschau auf den Tisch. In der BILD-Zeitung war der Mord auf eine hintere Seite gewandert, ohne jede abwegige Spekulation, mit der Anke Dankelmann eigentlich gerechnet hatte. Die HNA hatte das Ganze noch als Meldung auf der ersten Seite und als dicke Nachfolgestory ohne allzu viele neue Fakten auf der ersten Lokalseite, das Anzeigenblatt Extra Tipp, das nur sonntags und mittwochs erschien, hatte erwartungsgemäß dick damit aufgemacht, in den überregionalen Zeitungen ging die Story ihren üblichen Gang: Auf den Seiten, auf denen die bunten Themen auftauchten, wurde noch in kurzen Meldungen berichtet.
»Wir kriegen jetzt wohl ein bisschen mehr Ruhe, pressemässig«, sagte Vogel.

»Das hilft uns, aber leider nicht weiter«, sagte Dankelmann. »Ich habe da seit gestern Nachmittag so ein Gefühl, und das wollte ich euch mal schildern.«
Die Runde blickte sie erwartungsvoll an.
»Lasst uns doch mal über das Motiv des Täters spekulieren. Da ist zwar noch alles offen – aber ich kann einfach nicht glauben, dass irgendjemand einen katholischen Pfarrer umbringt und den dann auf derart spektakuläre Weise als Leiche präsentiert. Der hat ihn ja beinahe ausgestellt. Also, was ich sagen will: Wir haben zwar das private Umfeld Alf Dietrichs abgegrast – und da scheint ja alles absolut unverdächtig zu sein. Wir können aber nach jetzigen Erkenntnissen viele Dinge ausschließen. Es sieht nicht nach einem Delikt aus, das etwas mit Raub, Diebstahl, mit Sex oder Streit oder Trunkenheit oder anderen Drogen zu tun hat. Es ist auch eher kein Familiendrama oder etwas, das mit beruflichen Streitereien in Zusammenhang zu bringen wäre.«
»Okay, Anke. So weit können wir dir sicher folgen. Obwohl wir das nicht ganz ausschließen können. Wir haben diese möglichen Tatmotive ja alle schon festgehalten, Klaus, hol' doch mal das FlipChart mit der Motivauflistung hervor, bitte. Aber was ist denn dann für dich ein naheliegendes Motiv?«
»Vielleicht hat das irgendwas, ich kann das Ganze gar nicht fassen, mit dem Umfeld katholische Kirche zu tun. Und hat seine Wurzeln gar nicht in der Gegenwart.«
»Sondern in seinem ersten Leben, als er als Hexe verbrannt wurde?« Vogel grinste. »Sehr komisch, Pivi. Die Pressemitteilung von dir dazu würde ich gern mal sehen. Ich kann das nicht in Worte fassen, vielleicht sollten wir einfach mal graben.«
»Oder es zumindest im Auge behalten«, mischte sich Feddersen zum ersten Mal in das Gespräch ein. »Wir kommen ja augenscheinlich mit den aktuellen Hinweisen nicht weiter, vielleicht gräbt sich wirklich mal jemand etwas tiefer in seinen Werdegang ein und richtet sein Augenmerk auf Personen, die ihn begleitet haben. Wie stand der denn wirtschaftlich da?«

»Das Konto wurde laut Bank nie überzogen, er hat keine großen Urlaube gemacht, meistens Freizeiten mit der katholischen Kirche. Ein bisschen Festgeld, ein paar Schatzbriefe – alles ganz normal«, meinte Erwin Brandt.
»Vielleicht können sich unsere beiden Top-Rechercheure da ein paar weitere Lorbeeren verdienen«, sagte Anke Dankelmann. Die beiden jungen Beamten erröteten leicht, mittlerweile hatte die Kommissarin auch die Namen herausgefunden. Mike Wuttke war der lange Schlaks mit dem strähnigen schwarzen Haar, Walter Schevallje der etwas dickere mit den blonden Ringellocken und der dicken Brille.
»Okay, Anke, wo kriegen wir denn ...«
Die Frage Schevalljes blieb unvollständig. Die Tür flog auf, Hans-Werner Öhm, der Beamte vom Dienst, platzte in die Runde.
»Haltet Euch fest«, rief er atemlos. »Wir haben wahrscheinlich einen neuen Toten. Und wieder an so einer komischen Stelle. Wieder halbnackt.«
Einige der MK-Truppe sprangen erregt auf.
»Nun setzt euch mal wieder, Werner, ganz langsam und immer der Reihe nach.«
Öhm schloss die Tür.
»Wir hatten den Anruf eines KVG-Kontrolleurs. Der wartete am Friedrichsplatz mit seinem Kollegen auf die nächste Bahn. Und schlenderte dort herum. Und sah dann oben auf dem Portikus bei Leffers, wo diese documenta-Figuren stehen, eine Gestalt, die dort seiner Ansicht nach nicht hingehört. Ging näher – und sah einen Menschen dort zwischen all den Figuren hocken. Rief hoch, bekam keine Antwort, dachte an den Fall mit dem Bett und rief uns an. Eine Streife ist auf dem Weg.«
»Verdammt, los, Anke, ab in's Auto, Erwin und Klaus, ihr macht euch ebenfalls los. Mike und Walter, ihr macht euren Job wie abgesprochen. Herr Feddersen?«, fragte Stengel.
»Ich fahre mit Ihnen, wenn ich darf. Herr Öhm, wann kam denn der Anruf?«

»Naja, so vor ein paar Minuten. Jetzt ist es 5 nach 10. Also praktisch um Punkt 10 Uhr.«
»Los, Staatsanwalt, das können wir nachher klären. Werner, wir brauchen da ein paar Beamte zur Absperrung. Noch kein Wort zur Presse, Pivi. Und ruf' uns an, wenn die ersten sich melden. Werner, noch etwas!«, rief Dankelmann im Flur Öhm hinterher. »Wir brauchen die Spurensicherung und sag Eins Bescheid.« Eins war der Präsident.
»Wäre ich nicht drauf gekommen!«, rief Öhm und winkte.
Die Mannschaft rannte im Galopp nach unten, die Eiseskälte des Tages schnitt ihnen brutal ins Gesicht. Dankelmann setzte sich in Stengels Wagen auf den Rücksitz, Feddersen, der viel größer war als sie, saß vorn rechts.
Der Fundort der Leiche war zwar Luftlinie nur einige hundert Meter entfernt, von der Nordseite her kam man aber praktisch mit dem Auto gar nicht in die Kasseler Innenstadt.
»Soll ich die Königsstraße hochfahren?«, fragte Stengel. Die Obere Königsstraße, Kassels Einkaufsmeile, war Fußgängerzone und wurde nur von Straßenbahnen befahren.
»Nein, fahr' außen rum, ist zu gefährlich bei diesem Einkaufstrubel nach Weihnachten«, sagte Anke Dankelmann.
Für die kurze Strecke brauchten sie knapp zehn Minuten. Minuten, die ihnen endlos vorkamen. Sie stellten den Wagen hinter dem Modehaus Leffers ab und gingen um das Gebäude auf den Friedrichsplatz. Dort standen schon einige uniformierte Beamte, etliche Streifenwagen standen verstreut, ein Teil der Polizisten sperrte gerade das Gelände ab und blockierte den Seiteneingang zum Modehaus. Offenbar hatten die Menschen in der Innenstadt dennoch nicht so richtig mitbekommen, was sich da im Herzen der Stadt tat.
»Hallo«, sagte einer der Beamten und rieb sich die Hände. Es war bitterkalt. »Gut, dass ihr da seid. Da oben«, sagte er und zeigte auf eine Figurengruppe über ihnen. Mitten zwischen den Figuren, die Teile einer documenta-Arbeit des Künstlers Thomas Schütte aus dem Jahr 1992 waren, lehnte eine nackte Person, nur mit Unter-

hose bekleidet. Beim schnellen Hinschauen fiel der Typ niemandem auf. Früher war diese Skulpturengruppe größer gewesen, doch ein Teil war im Laufe der Jahre verschwunden. Verkauft, geliehen – Anke Dankelmann hatte keine Ahnung. Der Nackte, es schien ein Mann zu sein, war gegen eine Kiste gelehnt – und sah gar nicht so unnatürlich aus.
»Wo ist der KVG-Kontrolleur?«, fragte Feddersen.
»Den haben wir ins Präsidium verfrachtet, der KVG haben wir erst einmal gemeldet, er sei krank«, sagte der Beamte, auf dessen Uniform ein Namensschild aufgenäht war, auf dem »Hart« stand. Anke Dankelmann dachte kurz an Piet Härtel.
Ein leichter Schmerz zog durch ihr Innerstes, und sie schüttelte den Gedanken ab.
»Gut gemacht«, lobte sie. »War schon jemand oben?«
»Nein, wir haben das erst einmal alles gesichert. Per Fernglas haben wir ihn uns angeschaut – scheint leblos zu sein.«
»Und noch ein Lob. Ach, da kommt ja Markus.«
Markus Wimmel, Chef der Spurensicherung, kam mit schnellen Schritten um die Ecke.
»Wir brauchen einen Kranwagen«, rief er von weitem. »Da oben ist mit Sicherheit alles voller Schnee, da muss es Spuren geben.«
»Sollten wir nicht erst einmal schauen, ob der Mann noch lebt?«, fragte Feddersen.
»Ja sicher. Aber es kann ja eigentlich nur den Zugang über das Baugerüst geben – und wenn wir da rumlatschen, machen wir alles, was an Spuren möglich wäre, kaputt.«
Drei Minuten später kam ein Leiterwagen der Feuerwehr, deren Wache nur wenige hundert Meter entfernt gelegen war, um die Ecke. Mittlerweile hatte sich eine kleine Menschentraube gebildet. Die Zentrale hatte den Wagen schon vorher angefordert – Kollege Öhm war halt ein Routinier, ein alter Fuchs, dachte Anke Dankelmann und trippelte mit den Schuhen auf den Boden, weil die Füße kalt wurden. Die Leiter fuhr aus, Dr. Hartmut Pianka, der Polizeiarzt, war eben mit einer Zivilstreife eingetroffen und kletterte die

etwa fünf Meter nach oben. Rund um das rot-weiße Absperrband sammelten sich die Menschen, blickten entsetzt nach oben.
Nach drei Minuten kam Pianka herunter gestiegen und stapfte durch den Schnee.
»Exitus«, murmelte er. »Sieht so aus, als sei er erdrosselt worden. Und er hat Blut an der Unterhose. Wie lange der da liegt – keine Ahnung. Alles später«, murmelte er. Anke Dankelmann konnte seine Fahne dennoch deutlich riechen. Armer Kerl.
Die Maschinerie lief an. Kurze Zeit später sahen sie Markus Wimmel und sein Team am Fundort der Leiche. Über die Leiter hinauf, ein anderes Team war dabei, vom Einstieg zum Baugerüst am anderen Ende des Gebäudes her die Spuren zu sichern.
Der Täter hatte garantiert keine Mühe gehabt, die Leiche zu transportieren. Das Gerüst war gegen den Wind nach außen mit einer Plane versehen.
»Was meinst du?« Anke Dankelmann stupste Bernd Stengel an.
»Sieht dem anderen Fall verdammt ähnlich, echt. Ich könnte wetten, dass der nicht hier umgebracht wurde.«
»Hmm, unheimlich, oder? Und wieder so ein besonderer, so ein hervorgehobener Platz.« Ihr Handy klingelte.
»Dankelmann«, meldete sie sich. Sie hörte eine Weile zu.
»Tut mir Leid, Herr Neuner. Wir mussten dringend zu einem weiteren Leichenfund raus. Wir hätten Ihnen Bescheid geben sollen. Bitte bleiben Sie im Präsidium, nach dem, was wir hier so sehen, brauchen wir Sie heute noch dringender als vorher. Okay?«
Die Antwort wartete sie nicht ab und beendet das Gespräch. »Unser Psychologe. Der sollte heute dazu kommen, den haben wir total vergessen.« Erklärte sie Stengel.
»Na, wenn wir ihn jetzt so vernachlässigt haben, dass er einen seelischen Schaden davonträgt, kann er sich ja selbst therapieren.« Stengel grinste.
»Stengel, es fehlt Ihnen die sittliche Reife.« Feddersen, der nur einen dünnen Mantel anhatte, fror sichtlich, lächelte dennoch über Stengels Bemerkung. »Seien Sie mir nicht böse, ich bin einfach

falsch gekleidet. Ich verdrücke mich mal in's Büro, informieren Sie mich bitte über die Ergebnisse.«

Dankelmann und Stengel nickten. Auf dem Dach machte Wimmel ihnen ein Zeichen, als wolle er telefonieren.

Stengel zog die Stirn kraus. »Was will er?«

»Wir sollen hier unten bleiben und ihn anrufen. Er will uns was sagen, und wir sollen nicht in seinen geliebten Spuren rumtrampeln. War gestern wieder Jubi-Abend mit Pilsbegleitung oder warum stehst du so auf der Leitung?«

Dankelmann suchte Wimmels Nummer auf ihrem Handy.

»Ich bin halt nicht so schnell wie du, aber dafür auch nicht so schnell müde!«, protestierte ihr Kollege.

»Markus, was gibt es?« Anke Dankelmann hatte Wimmel am Telefon. Als sie das Handy zuklappte, atmete sie tief durch.

»Wären gnädige Frau so nett, einen jetzt doch schnell müde werdenden Kollegen so rechtzeitig über alles zu informieren, bevor er wieder am Fundort einer Leiche einschläft?« Stengel klappte die Hände bittend aneinander.

»Also: Sie haben dort oben Fußspuren gefunden. Könnte sein, dass wir jetzt endlich etwas mehr in der Hand haben. Der Mann dort oben ist übrigens an den Genitalien verletzt worden – das ist, sagt Markus, aber auch der einzige Unterschied zum ersten Opfer. Auf den ersten Blick. Sie checken jetzt zusätzlich noch den Weg zum Fundort, aber außer Schleifspuren werden sie da wenig finden, alles voller Staub und Fassadendreck – und dann der Wind.«

»Markus findet auch da was, wo nix is. Unser Täter scheint aber ein cleveres Bürschchen zu sein«, meinte Stengel. »Die Fassade ist eingerüstet, wegen Kälte und Wind hängt draußen noch eine dicke Plane dran – den hat wieder keiner gesehen. Wollen wir wetten?«

»Lieber nicht. Attacke von hinten«, murmelte sie. »Es ist so weit.«

Irgendjemand musste wie üblich die Presse verständigt haben. In Abständen von wenigen Minuten waren etliche Reporter und zwei Kamerateams auf dem Friedrichsplatz. Mikrofone reckten sich ihnen entgegen. »Mach' du«, sagte Anke Dankelmann.

Stengel erklärte der Meute die Lage, antwortete ausweichend auf Fragen, legte eine Pressekonferenz fest und bat darum, die Absperrungen zu respektieren. Anke Dankelmann war mittlerweile einige Schritte auf den ungeräumten Wegen auf dem Friedrichsplatz gegangen. Der Schnee war plattgetreten, es war glatt. Sie achtete nicht darauf. In der Mitte des Platzes drehte sie sich um und besah sich die Szenerie. Einige hundert Menschen standen mittlerweile dort, sie hatten längst weitere Verstärkung angefordert, um den Fundort und die Zugänge nach oben zu sichern.
Was sollte das für eine Botschaft sein, die der Täter da auf grausige Art formulierte? Mitten im Herzen Kassels liegt ein toter Mann. Am Rande dieses wunderschönen Platzes, auf dem Dach eines der letzten Relikte der Vorkriegsbebauung. Das Rote Palais, das vor der Zerstörung Kaiserparaden und Reichskriegertage gesehen hatte – von dem jetzt noch ein Portal stand und das von einem documenta-Künstler vor 13 Jahren als Ausstellungsfläche genutzt worden war – jetzt war es wieder Ausstellungsort. Und ein recht makabrer dazu. Sie konnten im Augenblick wenig machen, und Anke Dankelmann beschloss, ins Kaufhaus zu gehen und den Geschäftsführer zu sprechen. Sie kämpfte sich zur Information durch – dort hatte man vom regen Treiben vor dem Haus noch nichts mitbekommen. Sie zeigte ihren Dienstausweis und fragte nach dem Geschäftsführer. Der war in Urlaub und eine Vertreterin, eine Magdalena Rockensüß, hatte gerade im Souterrain mit technischen Problemen an einer Kasse zu kämpfen und von dem Aufruhr neben dem Kaufhaus ebenfalls noch keine Ahnung.
Auf dem Weg ins Büro von Magdalena Rockensüß wunderte Anke Dankelmann sich wieder einmal darüber, welche Welt sich hinter den Verkaufsräumen von großen Kaufhäusern verbarg. Lagerräume, Personalräume, Verwaltungsbüros – eine kleine, sehr sachliche und zweckdienliche Welt neben den schillernden Verkaufsflächen für die Öffentlichkeit. Magdalena Rockensüß wollte zunächst gleich raus und den Trubel anschauen, doch Anke Dankelmann hatte auf dem vertraulichen Gespräch bestanden.

»Sie haben doch sicher einen Wachdienst, der sich um das Gebäude kümmert, oder?«, eröffnete sie das Gespräch. Magdalena Rockensüß, eine rundliche Frau um die 50, modisch gekleidet (durften Führungskräfte von Textilhäusern eigentlich Produkte tragen, die nicht im eigenen Sortiment waren? Anke Dankelmann beschloss, die Frage nicht zu stellen), schüttelte den Kopf.
»Nein, so etwas wie einen Nachtwächter haben wir nicht. Wir haben jede Menge elektronischer Sicherungen, und ein privater Wachdienst schaut regelmäßig auf das Gebäude.«
»Geben Sie mir bitte Nummer und Ansprechpartner der Firma. Gibt es Videoaufzeichnungen von außerhalb des Gebäudes?«
»Nein, haben wir nicht. Wann ist denn dieser Mensch dorthin gebracht worden?«
»Wissen wir nicht, aber ich denke, dass es in der Nacht passiert ist. Würde mich jedenfalls nicht wundern.«
Nach einigen weiteren Fragen brach Dankelmann das Gespräch ab – hier kam sie nicht weiter, der Wachdienst musste befragt werden. »Kommen Sie, wir gehen gemeinsam raus«, forderte sie die Vize-Chefin auf. Die zog sich eine dicke Lederjacke über, und ab ging es den Weg zurück. »Sie müssen Ihre Mitarbeiter informieren, und teilen Sie uns bitte mit, falls jemand aus Ihrer Mannschaft einen Hinweis geben kann«, sagte Anke Dankelmann.
Sie traten aus dem Vordereingang auf die Königsstraße, und zum zweiten Mal zwang ein sibirisch kalter Wind Anke Dankelmann, ihre Nase tief in ihren dicken Schal zu vergraben. Auf der anderen Seite der Straße sang ein Chor der Heilsarmee. Die Kirche verfolgt mich, dachte sie sich und marschierte zurück zum Tatort.
»Wir haben mit den Befragungen begonnen. Hier wohnt ja niemand, aber vielleicht gab's Taxifahrer, Straßenbahnfahrer, irgendwer muss doch was gesehen haben.« Bernd Stengel war wütend.
»Was ist los?«, fragte Dankelmann. »Mich nervt das gewaltig. Erst der eine Mord auf dem Dach, dann der hier, wir kommen nicht weiter, die Pressefuzzis gehen mir auf den Sack. Lass' uns verduften, im Präsidium können wir mehr ausrichten.«

Dankelmanns Telefon klingelte. Am anderen Ende war Öhm. Langsam entgleisten ihre Gesichtszüge. »Wo ist das?«, fragte sie. Als sie das Telefon zugeklappt hatte, wischte sie den Schnee von der Friedrichsplatz-Umrandung und setzte sich.

»Das ist nicht wahr, Bernd. Eben hat eine Putzfrau angerufen, die heute Morgen ein Haus in Wilhelmshöhe saubermachen sollte. Sie hat Blutspuren im Wohnzimmer gefunden, es sieht extrem unordentlich aus, und der einzige Bewohner ist nicht da. Rat' mal, was das für ein Haus ist!«

»Ein Seemannsheim kann es nicht sein, sag schon!«

»Das Haus eines katholischen Pfarrers im Memelweg. Hat unser tiefgefrorener Kumpel da oben nicht Verletzungen aufzuweisen?«

»Ja. He, Doc, kommen Sie mal bitte!«

Pianka war noch im Gespräch mit einem anderen Beamten und schaute hoch. Er stapfte herbei.

»Sagen Sie mal«, begann Anke Dankelmann, »hat der Mann heftige Verletzungen, solche, die intensiv bluten können?«

»Der hat garantiert geblutet ohne Ende«, sagte Pinke, »ein richtig tiefer Messerstich in den Hodensack.« Stengel schob instinktiv schützend die Hände vor seinen Genitalbereich.

»Los, Bernd, wir müssen da hoch und uns den Burschen wenigstens mal ansehen – und dann ab in den Memelweg.«

Sie stiegen, beobachtet von hunderten von Augenpaaren, die Leiter hinauf und sahen sich den Toten an. Das Bild sagte wenig darüber aus, ob er im Leben ein blasser Mensch oder einer mit temperamentvollen Gesichtszügen gewesen war.

Aber nun hatten sie ein Bild.

»Markus, schick' uns ein Team in den Memelweg, kann sein, dass da das andere Ende der Spur ist.« Wimmel nickte.

Im Auto packte Stengel das Blaulicht auf's Dach, schaltete es ein und startete das Martinshorn.

»Muss sein, sonst kotze ich«, sagte er, als er Anke Dankelmanns fragendes Gesicht sah.

Sie fegten durch die Stadt und waren nach knapp acht Minuten im Flüsseviertel, wo sie alle Signale ausschalteten.
»Mann, das wäre der zweite Pfarrer ...«, murmelte Anke Dankelmann. Vor der Haustür stand eine Zivilstreife, die Tür war auf.
»Hallo«, rief Stengel, ein Beamter erschien, sie kannten ihn von vielen Einsätzen. Anke Dankelmann wusste auch seinen Namen: Hermann Heinrich, sie war ihm zu tiefem Dank verpflichtet, weil sie vor einigen Monaten, als sie sich nach einem Doppelkopfabend im Lohmann mehr oder weniger volltrunken ins Auto setzen wollte, von ihm davon abgehalten wurde. Er hatte sie nach Hause gefahren, mit dem Streifenwagen, und sie war – wegen kompletten Verlusts der Muttersprache – noch nicht einmal in der Lage gewesen, sich bei ihm zu bedanken. Sie hatte es zwar später nachgeholt, aber der Dank war unendlich groß, denn er hatte mit seinem Kollegen noch nicht einmal einen behördeninternen Tratsch daraus gemacht. Ein feiner Kerl.
»Hallo, Anke«, sagte er, zog die Hose über den sehenswerten Bauch und grinste sie an. Sie lächelte zurück. »Grüß' dich Hermann. Was ist los?«
Heinrich gab ihnen eine kurze Beschreibung der Ereignisse. Die Putzfrau, eine Deutsch-Russin mit dem eingedeutschten Namen Elena Schwarz, saß in der Küche und heulte.
»Du die Putze, ich den Tatort?«, fragte Dankelmann und sah das Team der Spurensicherung anrücken.
»Los, Leute, alle raus und zwar zackig«, sagte der Kollege. Walter Splettig schob seinen Koffer durch die Tür. »Bin seit gestern Abend im Dienst, ich falle gleich um ...«, murmelte er entschuldigend, als er merkte, dass der Ton zu grob geworden war.
»Schon okay, Kollege«, meinte Stengel, klopfte ihm auf die Schulter und schob die Putzfrau nach draußen.
»Schau' mal, was die Dame hat.« Stengel gab Anke Dankelmann ein Bild, auf dem aus größerer Distanz zwei Menschen zu sehen waren. Elena Schwarz – und ein Mann, der Pfarrer. Anke Dankelmann hatte noch Restzweifel, aber es schien klar: Der Tote war

Frank-Peter Michel, Pfarrer der Fatima-Gemeinde in Kassel-Wilhelmshöhe. So komisch es auch war: Anke Dankelmann fielen die Sudoku-Rätsel ein: Endlich zwei Zahlen, die zusammenzupassen schienen. Es gab keinen perfekten Mord, das wusste sie. Und es gab erst recht keine zwei perfekten Morde vom selben Täter. So makaber es klang: Sie waren jetzt einen Schritt weiter.
Im Präsidium gab es erst einmal einen Kaffee für alle. Die Putzfrau hatte sich gefangen und im Auto schon ihre Geschichte erzählt. Seit einem Jahr putzte sie bei Michel, immer mittwochs, immer um 11 Uhr. Sie hatte einen Schlüssel, doch Michel hatte ihr bis jetzt immer aufgemacht. Nur heute nicht. Sie war ins Haus gegangen, hatte gleich die große getrocknete Blutlache auf dem Teppich gesehen und sofort die Polizei verständigt.
»Warr so guttärr Mensch«, sagte sie mit harten russischen Akzent. »Auch in Kirche immer gute Predigt.« Sie bekreuzigte sich.
Der Rest vom MK-Team war mittlerweile informiert worden und wartete im Sitzungsraum. Elena Schwarz wurde nach Hause gefahren, sollte später noch einmal vernommen werden.
Als Anke Dankelmann und Bernd Stengel in den Sitzungssaal kamen, knisterte es vor Spannung. Dankelmann referierte die Fakten, die wenigen Anhaltspunkte, die sie hatten. Mohr, Brandt, Wuttke, Schevallje und die anderen rutschten unruhig auf ihren Stühlen hin und her.
»Wann kommt denn die Spusi?«, fragte Schevallje.
»Ich tippe mal stark: Wenn sie fertig sind«, meinte Dankelmann. »Bevor wir richtig loslegen können: Wir müssen wissen, ob das der Pfarrer ist, am besten DNA-Abgleich mit irgendwas, was wir bei ihm daheim gefunden haben. Klaus, kümmerst du dich drum? Pivi, gib' bitte eine erste Meldung raus – wir wissen noch nicht, wer der Mann ist, Parallelen zum ersten Fall können wir nicht bestätigen. PK heute Nachmittag, 16 Uhr. Absolute Nachrichtensperre, nix auf der Homepage, klar? Und werte bitte die Meldungen und Sendungen aus, damit wir wissen, was heute Nachmittag auf uns zukommt. Bernd, nimmst du den Präsidenten? Ich mache den Kon-

takt zur Kirche. Nach dem Mittagessen nächste Einsatzbesprechung. Klaus – das mit der DNA hat absoluten Vorrang, okay?« Mohr nickte, die Runde löste sich auf.

Anke Dankelmann entschwand auf die Toilette. Vor dem Spiegel zog sie dezent den Lippenstift nach, fuhr sich mit den Händen durchs Haar. Sie merkte, wie sie das Jagdfieber packte. So hatte es ihr Vater immer genannt, wenn sie in einem Fall aufging. Sie liebte es, wenn die Dinge sich parallel entwickelten, sie messerscharf die Kontaktenden miteinander in Verbindung brachte. Sie hatte einen Instinkt – und der sagte ihr, dass, egal, was Wimmel und die anderen Spurensicherer mitbrachten, der verborgene Zugang zur Höhle, in der sich der Täter verkrochen hatte, vermutlich irgendwie in Verbindung mit der katholischen Kirche stand. Sie würde es herausfinden. Mit einem leichten Vibrieren in der Handtasche machte sich ihr Telefon bemerkbar. Es war Piet Härtel. Und sie ärgerte sich. Weil sie sich über den Anruf freute. »Na, wie geht es dir? Zwei Leichen, kein Täter, hast du Stress?«, fragte er.
»Erstens: gut. Zweitens: ja. Und sonst: kein Kommentar.«
»Sehen wir uns heute Abend?«
»Ich dachte, du hättest einen Abendtermin?«
»Ich könnte vielleicht tauschen, die Kollegen verstehen das schon, dass ich so kurz vor dem Abflug abends nicht mehr den Streber markieren will.«
»Okay, aber ich weiß nicht wann, und ich weiß eigentlich auch gar nicht, ob es überhaupt klappt.«
»Die Zeit ist mir egal. Ich muss wegen gestern Abend noch mal mit dir reden, weil, das ist irgendwie eine komische Situation ...«
Womit du recht haben könntest, dachte sie, freute sich aber schon wieder. Mist.
»Ich melde mich, wenn ich durch bin, okay? Bis dann.« Sie wartete die Antwort nicht ab, klappte das Handy zu und ging ins Büro. Die Uhr an der Wand zeigt 12 Uhr 45, ihr Magen knurrte, und auf dem Besucherstuhl saß der Psychologe.

»Mein Gott, Herr Neuner, wie lange warten Sie denn jetzt schon?«
»Ich hab' schon von dem neuen Fall gehört, da habe ich natürlich Verständnis.«
»Ich hab' einen Bärenhunger, lassen Sie uns in der Kantine quatschen, okay?«
»Ehrlich gesagt. 'Ne Suppe oder so könnte ich auch vertragen.«
Sie entschied sich für das Schollenfilet mit Salzkartoffeln, er für einen großen Pott Linsensuppe mit Würstchen.
»Was halten Sie von der Sache?«
»Ich kenne ja den zweiten Fall noch nicht so genau, aber der passt schon ins Bild«, fing Neuner an. »Ohne diesen zweiten Fall hätte ich mich weniger eindeutig äußern können. Aber so würde ich jetzt mal sagen, dass der Täter, aus welchen Motiven auch immer, der Institution Kirche schaden will, indem er ihre wichtigste Stütze, das Personal, schädigt. Und er will dies auf jeden Fall so tun, dass es eine für ihn größtmögliche Öffentlichkeit erfährt. Schaut her, will er sagen ..., und ist aber gleichzeitig nicht in der Lage, die Botschaft zu präzisieren. Das Zurschaustellen der Leiche ist keine Botschaft – das ist für uns nur ein Indiz.«
Er trank einen Schluck Wasser. »Wenn es stimmt, dass er jetzt dem zweiten Opfer Verletzungen im Genitalbereich zugefügt hat, dann ist das ja eine Steigerung gegenüber dem ersten Fall. Das ist ein bewusstes oder unbewusstes Signal, das auf jeden Fall darauf hindeutet, dass das Tatmotiv auf ein Trauma zurückzuführen sein könnte, das auch wegen sexueller Erlebnisse entstanden sein könnte. Ich muss das alles noch im Detail ausarbeiten. Aber sie täten sicher gut daran, möglichst zügig folgende Fragen abzuarbeiten: Was haben die beiden Opfer miteinander zu tun gehabt? Gibt es weitere Personen, die an der Stelle, wo es einen Schnittpunkt zwischen den Personen gibt, hinzuzufügen sind? Welchen Ruf hatten die Opfer – vor allem in sexueller Hinsicht? Niemand verletzt einen im Genitalbereich, nur weil man gerade mal so einen Einfall hat. Auch das ist ein wichtiger Hinweis. Möglicherweise sind ihm da die Zügel entglitten, möglicherweise wollte er einen Hinweis auf sein

Motiv nicht preisgeben. Liegt gegen die Pfarrer irgendetwas Disziplinarisches vor? Die Kirche muss es wissen und es mitteilen. Es ist nicht gesagt, dass dies der endgültige Schlüssel zum Motiv oder zum Täter sein könnte, aber es scheint naheliegend. Die meisten Motive sind ja nicht kompliziert, sondern liegen auf der Hand.«
Anke Dankelmann hatte mit einer Hand die Gabel bedient und mit der anderen Notizen gemacht. Frauen sind halt multi-tasking, dachte sie, als der Teller leer war.
»Warum zieht er – und ich glaube fest, dass es ein Mann ist, wie soll der sonst den ziemlich großen zweiten Pfarrer auf's Dach des Portikus geschleppt haben – seine Opfer fast komplett aus?«
»Er will sie, die Opfer, oder vielleicht auch die Institution bloßstellen. Und er weiß um die Wirkung: Ein beinahe nackter toter Priester ist für die Öffentlichkeit noch interessanter als ein angezogener. Tot sind sie beide, nur marketingtechnisch ist der Halbnackte der bessere Tote.«
»Was könnte, wenn es denn tatsächlich so ein sexuelles Motiv ist, der Auslöser gewesen sein?«
»Das muss«, sagte Neuner, und wischte sich mit der Serviette einen Tropfen Linsesuppe von der Lippe, »zum einen gar nicht kürzlich passiert sein. Der scheint die Taten ja präzise geplant zu haben. Also hat er zur Vorbereitung Zeit gebraucht. Was möglicherweise darauf hindeuten könnte, dass das Ganze schon lange zurückliegt. Er muss auf irgendeine Weise sexuell misshandelt worden sein. Vielleicht vergewaltigt, vielleicht zu sexuellen Handlungen an Dritten verleitet worden sein, auf jeden Fall aber muss er gequält worden sein, möglicherweise mit Schmerzen, möglicherweise mit Verletzungen.«
»Eigentlich müsste das zu ermitteln sein, andererseits kann das einen Zeitraum von 20 Jahren und mehr umfassen.« Anke Dankelmann dachte zum ersten Mal seit über einem Jahr wieder daran, wie gut es wäre, sich jetzt eine Zigarette anzustecken. »Muss es denn zwingend sein, dass diese Opfer mittelbar oder unmittelbar etwas mit dem Täter zu tun gehabt haben?«

»Nein. Dummerweise nicht. Kann sein, muss aber nicht. Das heißt, sie können eigentlich beinahe weltweit ermitteln. Herzlichen Glückwunsch, soll ich einen Kaffee holen?«
»Ein Bier wäre mir lieber, haben wir aber nicht. Ein Capuccino ist okay.« Nach der Koffeinspritze verabschiedete sich Neuner, versprach eine schriftliche Analyse, und Dankelmann versprach im Gegenzug, ihm alle Informationen, die aus den Ermittlungen weitergeleitet werden konnten, zukommen zu lassen.
Im Büro telefonierte Stengel und winkte sie zu sich. Er hielt die Hand vor die Sprechmuschel und flüsterte: »Die Kollegen haben im Memelweg die Nachbarn befragt, es gibt Hinweise!«
»Jawohl, Herr Dr. Clüver. Machen wir. Danke für die guten Wünsche, bis nachher!«
»Puh, der Chef ...«
»Ich dachte, Pooh heißt der Bär.«
»Unter diesen Flachwitz kriege ich heute keinen mehr drunter, Anke. Also: Gestern Abend wurde im Memelweg ein brauner UPS-Wagen gesehen. Ein Mann stieg aus, ging zu Michel rein, kam zehn Minuten später wieder raus und holte eine große Kiste, mit der er im Haus verschwand. Ein paar Minuten später kam er mit Kiste raus und fuhr weg.«
»Naja, so ungewöhnlich ist das auch nicht. Wer hat das denn beobachtet?«
»Eine Nachbarin, die ihren Hund um die Zeit immer Gassi führt. Ist ein alter Hund, der steht mehr Gassi, als dass er Gassi geht.«
»Wahrscheinlich ein Rüde«, sagte Anke Dankelmann.
»Keine Ahnung. Gab es in der Kantine Cognac? Also: Mit der Info haben wir die Kollegen da nochmal um die Häuser geschickt – und angeblich hat vorgestern schon mal ein UPS-Fahrzeug lange in der Gegend gestanden.«
»Also müssen wir mal checken, ob den UPSlern irgendeine Karre fehlt. Is' ja gut, ich rufe gleich an. Aber erstmal die News vom Seelenklempner.« Dankelmann berichtete. Danach das Telefonat mit UPS. Und dann ging es zur nächsten Besprechung.

Markus Wimmel war da und bereitete seinen Vortrag vor. In der Luft schwang eine unglaubliche Spannung, Plassek kam hinzu, Feddersen war schon da, Pivi Vogel stand in einer Ecke und wimmelte einen Journalisten am Telefon ab. Alle hatten das Gefühl, dass jetzt, mit der zweiten Leiche, das Mosaik entscheidende Steine hinzubekommen hatte. Noch ergab es kein Bild. Aber es wurde deutlicher, nach welchen fehlenden Steinchen man suchen musste. Die entscheidende Wende in der Arbeit der Mordkommission. Jetzt ging es los.

Er hatte sich ausnahmsweise mal ein Mittagessen gegönnt. Erst wollte er nur quer über die Straße zu McDonald's, hatte sich dann aber für die Königs-Galerie entschieden. Im Souterrain gab es eine Bar, die eine kleine Mittagskarte anbot. Hier trafen sich viele reiche und wichtige Menschen zur Mittagszeit. Er war weder das eine noch das andere. Aber hier würde er ungestört sein, weil er niemanden kannte. Er war zufrieden mit sich und wollte sich mit diesem Essen belohnen.
Es war prima gelaufen in der vergangenen Nacht. Der nächste Schritt stand fest: Kunigundis, nur dass er sich nicht mehr so viel Zeit zur Planung lassen konnte wie beim letzten Mal. Man würde die Fakten zusammentragen und ihm irgendwann auf die Spur kommen. Am Freitag würde er zuschlagen müssen, ihm blieben zwei Abende zur Recherche. Er kannte Kunigundis. Zwischen Unterneustadt und Bettenhausen gelegen, eine dunkle Gegend, er würde den Lieferwagen des Teppichhändlers aus Warburg nehmen. Und es war nicht weit zu seinem Versteck. Er ahnte: Nummer drei wäre der Schlüssel zu Kullermann. Er würde sich dann sehr beeilen müssen. Und es dennoch genießen.
Er zahlte, ging auf die Toilette und wusch sich das Gesicht. Er hatte die Nacht traumlos geschlafen. Mal sehen, ob dieser Zustand anhielt. Befreit und beschwingt ging er ins Büro, fuhr den Computer hoch und ging ins Internet. Den Toten hatte man gefunden. Die Schlagzeilen gehörten ihm.

Er war stolz. Aber fühlte er sich auch besser? Diese Frage würde er erst beantworten können, wenn er ihn erwischt hatte. Seinen persönlichen Teufel.

Kurz vor dem offiziellen Beginn der Sitzung stürmte Markus Wimmel herein. Gerötete Wangen, nach den Stunden harter Arbeit in der klirrenden Kälte. Der Präsident nickte ihm aufmunternd zu, Wimmel startete den PC und legte eine CD ein.
»Leute, wenn ihr gestattet, ich habe eine Menge Neuigkeiten – einiges von unserer Bettleiche, ein paar Fakten, die sich erst in den letzten Stunden ergeben haben. Womit soll ich anfangen?«
»Mit heute«, murmelten einige – und Wimmel begann.
Wir haben da oben auf dem Portikus einige Spuren gefunden, der Täter muss aber gewusst haben, dass er welche hinterlassen würde. Deshalb ist Vorsicht geboten, doppelt!«
Die Fakten: Schleifspuren auf dem Baugerüst, die eindeutig von dem toten Pfarrer herrührten.
»Wir haben das nachgestellt, das muss in der Nacht schon Krach gemacht haben, wir müssen in der Nachbarschaft nachfragen.«
»Schon in Arbeit, Markus, ein paar junge Beamte klappern alles ab – nur leider wohnt da kaum jemand. Da gibt es auch keine Kneipe, die spät nachts noch aufhat. Ihr kennt doch Kassels Innenstadt.«
»Mist. Wäre bei der documenta was anderes«, sagte Wimmel. Die weiteren Fakten: Fußspuren in einem Bereich des Gerüst, der mit Sand bestäubt war. »Kaum auswertbar«, meinte Wimmel. »Dafür haben wir im Schnee einiges gefunden. Fußspuren, Größe 44, grobe Sohle, Trekkingschuhe, billige Ausführung. Der Schnee ist ziemlich plattgetreten rund um die Leiche, sieht so aus, als wäre der Körper einmal umgefallen. Sonst reichlich wenig im Angebot. Bis auf das.«
Wimmel hielt triumphierend ein weißes Papiertaschentuch hoch, eingepackt in einen durchsichtigen Plastikbeutel. »Taschentuch, benutzt, Nasensekret enthalten, stammt eindeutig nicht vom Toten, haben wir per DNA-Analyse schon ermittelt. Wir haben den

ersten klaren Hinweis auf den Täter, der Abgleich mit der DNA-Kartei des BKA läuft.« Wimmels Blick hatte etwas beifallheischendes in sich.
Anke Dankelmann blickte dagegen skeptisch auf die etwa 20 an der Wand hängenden Flip-Chart-Blätter, von denen erst einige gefüllt waren. »Der Täter – und nach dieser Nummer bin ich sicher, dass es ein Mann war – hat bisher mit uns gespielt. Warum sollte er ein Taschentuch verlieren? Wir haben so gut wie keine Spuren – und dann diese Panne?«, fragte sie.
»Naja, so ganz stimmt das ja nicht, Anke.« Wimmel trug noch einige weniger aufregende Beobachtungen vom Tatort vor, zeigte Aufnahmen der Umgebung auf dem Dach und dem Baugerüst sowie der näheren Umgebung.
»Der muss ja ein Auto gehabt haben, also vermutlich dieses UPS-Fahrzeug, habt ihr nach Reifenspuren gesucht?« Walter Schevallje verlor zunehmend seine Zurückhaltung in den Konferenzen. Dankelmann mochte ihn. Der Chef hatte bei der Zusammenstellung der Mordkommission wie immer Menschenkenntnis bewiesen.
»Etwa zehntausend«, meinte Wimmel. »Sorry, es sind wirklich sehr viele. Aber wir haben eine Stelle in der Nähe zum Aufgang zum Baugerüst gefunden, wo wir eindeutig davon ausgehen können, dass hier eine Sackkarre beladen wurde. Da haben wir im Umfeld auch alles gesichert, was an Spuren verwertbar war. Aber noch keine Erkenntnisse.« Wimmel trank einen Schluck Kaffee, wie üblich mit Milch und stark gesüßt.
»Jetzt mal zum ersten Fall. Wir haben mittlerweile alles, was in der Wohnung verwertbar war, gesichtet. Neu sind dabei einige Gewebereste, die wir da, wo der Mann gefesselt an der Heizung lag, entdeckt haben. Vielleicht hat der Täter da gekniet – irgendsowas. Blaue Fasern, vermutlich von einem Arbeitsanzug. Keinerlei Möglichkeiten, eine DNA zu machen. Das Ding muss funkelnagelneu gewesen sein, kein Schmutz, nichts, nur die Waschmittelspuren, wie sie bei neuen Klamotten immer vorhanden sind. Der wird das über der Kleidung getragen haben. Fußspuren gab es nicht,

Schmutzreste, die aber mit dem Dreck aus der Umgebung identisch sind.«
Dankelmann trug anschließend die Theorien des Psychologen vor, die Anspannung in der Runde stieg.
Mordkommissionschef Richard Plassek fasste zum Schluss zusammen. »Noch Fragen?« Schevallje meldete sich: »Kann man dem Arbeitsanzug nachrecherchieren?«
»WC«, sagte Wimmel.
»Wohl kaum soll das heißen«, erläuterte Dankelmann und lächelte Schevallje zu. »Die Dinger werden wöchentlich bei wechselnden Discountern für zwei Euro verramscht. Wahrscheinlich werden wir dann ähnliche Spuren beim Fatima-Pfarrer finden.«
»Also noch mal zusammengefasst der Bereich der Spuren in den Wohnungen: Wir haben jede Menge Fingerabdrücke, die wir zum Teil schon zuordnen können. Da, wo wir sie zuordnen können, checken wir gerade die Alibis. Und in beiden Wohnungen finden wir um den vermutlichen Tatort herum Abdrücke mit Schlieren – sieht so aus, als ob unser Kumpel Plastikhandschuhe getragen hat. Wenn ihr mich genau fragt: So wie diese Schlieren aussehen, hat er sogar zwei übereinander getragen. Auch bei den Dingern müssen wir nicht recherchieren, die gibt es in jeder Apotheke in Hunderterpacks. Bleibt noch für das schnelle Briefing der Erstbefund vom Doc.« Wimmel packte seine Sachen zusammen.
Dr. Pianka wirkte müde, als er aus seinen Unterlagen hochschaute. »Kurz und knapp: Unser Mann war bereits tot, als man ihn auf den Portikus transportiert hat. Er wurde erdrosselt, vermutlich mit einem Schal. Wir haben einen in der Wohnung gefunden, Markus' Leute gleichen gerade die Spuren ab. Er wurde mit Tapeverband gefesselt, auch da wird gerade gecheckt, ob es dasselbe Produkt wie beim ersten Pfarrer ist. Neu ist die Stichverletzung im Genitalbereich: Der Täter hat mit einem Messer, vermutlich diesem hier ...« Pianka hielt einen Plastikbeutel hoch, in dem ein spitzes Küchenmesser mit Blutspuren an der Spitze, verpackt war. »Ich habe zwei Stichverletzungen gefunden. Eine leichte, unterhalb des Penis',

und eine etwa einen Zentimeter tiefe, direkt im Hodenbereich. Der muss Schmerzen gehabt haben – ich will es mir gar nicht vorstellen.«

Anke Dankelmann blickte sich um: Die Herren in der Runde schauten alle etwas gequält »Das war's für's erste.« Pianka atmete tief durch. »An wegweisenden Erkenntnissen über seine letzten Mahlzeiten seid ihr sicher nicht interessiert, steht alles im Bericht. Ach so, noch was: Auch dieser Bursche war kerngesund.«

«Okay, an die Aufgabenverteilung.« Plassek erhob sich und schrieb auf ein Flip-Chart-Blatt: »Zunächst mal: Markus und Anke, eure Berichte bitte an den E-Mail-Verteiler. Pivi, du bereitest die nächste PK vor, sagen wir um 16 Uhr. Von der DNA-Spur sagen wir nichts. Wir suchen vor allem Zeugen für das Auto. Anke, geh' du bitte mit Bernd der Kirchentheorie nach, außerdem stellen wir gerade die Liste der nächsten Verwandten zusammen, die solltet ihr euch auch vornehmen, ihr habt ja schon die Schwester vom ersten Opfer vernommen. Die Abfrage vor Ort läuft ja, die zweite Gruppe ist rund um den Memelweg im Einsatz. Letzte Lage heute um 18 Uhr. An die Arbeit, wir kriegen den!«

Dessen war sich Anke Dankelmann auch sicher – aber es war noch ein langer Weg bis dahin. Auf dem Flur schaltete sie ihr Handy wieder an, prompt meldete sich die Mailbox. Zwei Anrufe, einmal Peter Dietrich, einer ihrer Doppelkopf-Partner, der sie an das nächste Treffen bei Lohmanns am Donnerstag nächster Woche erinnerte – man wollte über einen fünften Spieler beraten, damit die monatlichen Spielrunden nicht durch berufliche oder private Unwägbarkeiten so häufig auf der Kippe standen. Und natürlich Piet Härtel. Sie seufzte tief und drückte seine Message weg. Sie würde später anrufen. Vielleicht. Oder auch weniger vielleicht. Sogar ganz bestimmt. »Doofe Kuh«, schalt sie sich lautlos, hakte sich bei Bernd Stengel unter, und beide fuhren im Fahrstuhl ins Erdgeschoss. »Erstmal was Essbares einfahren, oder?«, hatte Stengel gesagt. Im Umkreis des Präsidiums war das gar nicht so leicht. Burger King, Döner-Bude – Ende der Durchsage.

»Lass' uns zu Baguettski gehen, da sind wir nah' dran am Tatort ...«
»... und haben bei dem Publikumsverkehr auch keine Sekunde Ruhe«, ergänzte Stengel. Die Baguetteschmiede in der Königs-Galerie, mitten im dicksten Trubel der Kasseler Innenstadt, war ihm ein absoluter Greuel.
Schließlich landeten sie wieder bei Burger King. Aishe hatte Dienst, man kannte sich schon – komisches Gefühl, dachte sich Anke Dankelmann, meine Stammkneipe ist diese Frittenbude. Salat, Cola light – sie bekämpfte mit allen Mitteln die Essgewohnheiten der Fernsehkommissare mit Pommes, Currywurst, Pils am Vormittag etc. Obwohl: So einen Whopper hätte sie gut vertragen können. Schon, um mit dem Mundgeruch später Piet Härtel ärgern zu können. Obwohl sie den weder anrufen noch sehen wollte. Naja, vielleicht ganz kurz ...

Er saß müde an seinem Schreibtisch im Großraumbüro der Barmer Ersatzkasse. Er hatte es in dieser Nacht nicht mehr nach Hause geschafft. Er hatte den Pfarrer auf den Portikus gebracht, hatte anschließend das Auto bis zur Endhaltestelle der Linie 1 gebracht, dort auf einem Hof abgestellt und sich im Laderaum umgezogen. Er hatte den braunen Overall und die Schuhe in eine Plastiktüte getan, die er, es war mittlerweile fünf Uhr morgens, in eine Großraummülltonne geworfen hatte. Am Morgen kam die Müllabfuhr, dennoch hatte er die Plastikhandschuhe erst danach ausgezogen und zwei Häuser weiter in eine andere Mülltonne getan. Er war dann in eine Bahn gestiegen, hatte am Bahnhof Wilhelmshöhe einen Kaffee getrunken und ein Croissant gegessen und war dann in die Innenstadt gefahren, zur Arbeit halt, wie hunderte anderer Menschen zur gleichen Zeit. Die Zick-Zack-Fahrt durch die Stadt war nicht zu vermeiden gewesen, er wollte zuhause nicht auffallen, wenn er erst um 6 Uhr oder so in der Ortelsburger Straße aufkreuzte. Irgendjemand hätte ihn sehen und sich wundern können. Er lehnte sich in seinem Bürostuhl zurück und gähnte leise. Alles war gut gelaufen, er hatte einen neuen Anhaltspunkt. Doch heute

Abend musste er eine Pause einlegen, er merkte, wie ihn die Kräfte allmählich verließen. Seine kurze Internetsuche nach Kullermann hatte am Morgen wieder nichts gebracht, doch allmählich ergänzte sich in seinen Gedanken das Bild, wie er alles zu Ende bringen würde.
Kunigundis also als nächstes, er würde noch mehr aufpassen müssen. Im Büro sprach sich allmählich die neue Bluttat herum, er machte mit bei den Gesprächen und widerstand der Versuchung, mit den anderen in der Mittagspause zum Friedrichsplatz zu gehen und sich den Tatort anzusehen. Nein, diesen Fehler würde er nicht machen, den manche Pyromanen begingen: erst ein Haus anzünden und sich dann unter die Gaffer zu begeben. Morgen würde er Kunigundis auskundschaften, den Fundort für den Täter hatte er auch schon im Auge.

Stengel und Dankelmann hatten während des Essens einige Theorien erörtert – mittlerweile stimmte Stengel seiner Kollegin zu, die auf jeden Fall vordringlich die Kirchenspur verfolgen wollte. Wie kam man an Informationen über möglicherweise kurz oder im schlimmsten Fall Jahre zurückliegende Fälle sexueller Übertretungen heran?
»Ich kenne mich bei Kirchens überhaupt nicht aus«, winkte Stengel ab und packte alle Abfälle auf sein Tablett.
»Naja, da gibt es so was wie den Chef der hiesigen Pfarrer, das ist der Dechant, vielleicht probiert man es mal bei dem. Wir rufen aus dem Büro an und schauen uns die Bude mal an, ich glaube sogar, das ist hier praktisch um die Ecke.« Die beiden winkten Aishe zu und gingen zurück ins Präsidium. Im Büro checkte Dankelmann die E-Mails: Jede Menge Anrufer hatten sich gemeldet, jede Menge Bullshit an Informationen, jede Menge Wichtigtuer, zwei hatten die Todesstrafe gefordert, einer hatte sich als Kommandeur des Rachekommandos »Bischof Dyba« zu erkennen gegeben, man wollle die Arbeit der Polizei ergänzen, den Täter »an den Eiern kreuzigen.« Dankelmann bewunderte die Kollegen des Telefon-

dienstes um ihre Nerven. Die DNA-Abgleiche hatten keine Erkenntnisse gebracht, die Verursacher der Fingerprints hatten alle ein Alibi, die Befragungen des lokalen Umfeldes um den Tatort hatte nichts ergeben, die neuerliche Befragung der Hunde-Dame im Memelweg brachte sie auch nicht weiter. Mal hatte sie einen »großen Neger« gesehen, mal einen »mittelgroßen Südländer«. Ausländer aber auf jeden Fall.
Eine Mail von Pivi Vogel. Der Pressesprecher hatte nur geschrieben: »Hilfe!!! Ich brauche Zuwendung« – an den Komplettverteiler der Mordkommission. Anke Dankelmann konnte sich leidlich vorstellen, was er mit seinen drei Kollegen gegenwärtig zu wuppen hatte. Diese zwei Mordfälle – und zwischendurch rief garantiert ein Mitarbeiter der HNA an und wollte wissen, ob man denn mal eine Reportage aus der Asservatenkammer oder über Rauschgifthund Hasso machen könne oder ob es weitere Erkenntisse zum Verkehrsunfall auf dem Mattenberg gebe. Irgendeiner würde sich opfern müssen und mit Pivi und dem Team am Abend 1 bis 15 Pils trinken gehen. Mal sehen. Aber da war ja noch Piet Härtel, den sie nicht anrufen wollte. Eigentlich.

Der Dechant hieß Herwig Troller. Er war promovierter Theologe, um die 50, kein einziges graues Haar durchzog seinen schwarzen Haarschopf, den er – war das nicht verboten? – offenbar leicht gegelt hatte. Er hatte eine sanfte Stimme, offenbar Grundvoraussetzung für pastorales Handeln, dachte sich Anke Dankelmann, als sie ihn in seinem Büro neben der Kirche St. Familia in der Kölnischen Straße besuchten. Es waren nur ein paar hundert Meter zu Fuß. Und nun saßen sie auf uralten Besucherstühlen in Trollers Arbeitszimmer. Der Mann schenkte ihnen einen Kaffee ein – und Bernd Stengel kam sofort zur Sache.
»Ich hatte Ihnen ja am Telefon schon erzählt, dass wir uns natürlich über Ihren Kollegen unterhalten wollen – aber auch einer Theorie unseres Psychologen nachgehen, wonach es sich, wenn es ein Täter ist, womöglich um jemanden handeln kann, der durch

besondere Erlebnisse im Umfeld der katholischen Kirche, möglicherweise mit einem Pfarrer, so stark traumatisiert worden ist, dass er jetzt, wie eine Bombe mit Zeitzünder, explodiert und einen Rachefeldzug startet. Was dazu führt, dass es möglicherweise noch weitere Opfer geben wird, wenn wir uns nicht beeilen mit den Ermittlungen.«

»Naja, ich helfe Ihnen gern«, sagte Troller, »aber das ist ein sehr delikates Thema. Die katholische Kirche hat wegen des Zölibats seit über tausend Jahren mit Problemen in diesem Umfeld zu tun, und ich habe Rücksprache mit unserer Diözese in Fulda gehalten. Die möchten da natürlich keine große Öffentlichkeit haben.«

»Ach«, sagte Anke Dankelmann, »und zwei halbnackte katholische Priester an den exponiertesten Stellen der Stadt, mausetot und einer mit einem tiefen Stich im pastoralen Gemächte ist für Sie Inbegriff von Diskretion? Lieber Mann, Sie haben alle Öffentlichkeit des Landes, die Stadt wimmelt vor Reportern, in den nächsten Stunden und Tagen wird die katholische Kirche mit allen Fällen von sexuellen Übergriffen aus den vergangenen Jahren eine Rolle in der Nachrichtenwelt spielen, die Sie noch nicht erahnen.« Anke Dankelmann ereiferte sich, Stengel schüttelte leicht den Kopf.

»Da waren ja auch schon welche hier, auch der Bischof ist um eine Stellungnahme gebeten worden, wir arbeiten in Fulda an einer Strategie.«

»Donnerwetter, Sie arbeiten an einer Strategie. Und je länger das dauert, um so mehr machen Sie sich schuldig, falls noch ein ehrenwerter Kollege von Ihnen dran glauben muss. Wissen Sie, was unser Psychologe sagt: Den ersten Pfarrer hat er nur umgebracht, den zweiten hat er getötet und ihn in die Geschlechtsteile gestochen – da hat ihr Kollege übrigens noch gelebt. Dem dritten könnte er die, ähm, das Geschlechtsteil abschneiden. Bei lebendigem Leib! Und Sie arbeiten an einer Strategie! Vielleicht sollten Ihre Herren sich mal weniger Messwein in die Birne kippen und sich dafür mehr den Fakten widmen! Sorry, aber das ist ja nicht zum aushalten ...«

Anke Dankelmann ließ ihre Kaffeetasse auf den Untersetzer plumpsen und erhob sich abrupt. Troller schaute sie aus großen Augen an.
»Schauen Sie«, sagte er mit seiner sanften Stimme, »ich mache diesen Job hier seit 15 Jahren. Allein in diesen 15 Jahren habe ich hunderte von Vorwürfen, Anschuldigungen gegen Pfarrer gehabt. Das Thema Sexualität der Pfarrer ist eines, mit dem sich die Kirche intensiv auseinandersetzt. Anders als in der Vergangenheit. Die Anschuldigungen gegen meine Kollegen, meist unbewiesen und absolut haltlos, füllen ganze Aktenordner. Glauben Sie im Ernst, ein unbescholtener Pfarrer, der plötzlich sexueller Übergriffe beschuldigt wird, an dem prallt das alles ab? Diese Menschen sind auch verzweifelt, ihr Glaube gibt ihnen Halt – aber unter die Menschen treten müssen sie dann doch wieder allein. Und dann hat man einen Ruf weg, hinter dem Rücken der Pfarrer tuschelt man, man nennt ihn den Schweinepriester oder erfindet ähnliche Dinge. Das Haus wird nachts beschmiert, diese Menschen sind stigmatisiert, verstehen Sie? Ich habe Dutzende von Gesprächen mit meinen Kollegen geführt, manche wollten den Beruf aufgeben, obwohl sie sich nachweislich nichts zuschulden kommen ließen. Die wurden dann versetzt, manche in den Verwaltungsdienst, manche gingen in andere Gemeinden, manche haben hingeschmissen. Wonach Sie suchen, das kann sich im ganzen Land ereignet haben – warum ausgerechnet hier? Dennoch helfe ich Ihnen, auch die Diözesanverwaltung wird das mit aller Kraft und selbstverständlich tun. Aber wir müssen erst einmal die nachgewiesenen Fälle, ja, auch das gibt es, Frau Dankelmann, von den Rufmord-Fällen trennen. Dann haben Sie, und zwar noch in den nächsten 24 Stunden, genug Stoff zur Ermittlung. Was unseren Bereich betrifft: Da gibt es seit ich hier bin genau drei Fälle, in denen es um nachweisbare Dinge geht. Was davor war, weiß ich nicht – aber mit diesen Details kann ich Ihnen dienen. Denn ich habe den Eindruck, dass Ihre Sorge um mögliche Folgefälle nicht aufgesetzt ist. Ich will meine Kollegen schützen.«

Dankelmann atmete durch und seufzte. »Danke, tut mir leid wegen meiner impulsiven Art«, sagte sie und lächelte Troller an.
»Verzeihen gehört zu meinem Beruf«, grinste Troller zurück. »Insgesamt ist das natürlich ein hochsensibles Kapitel. Ich kann mir natürlich denken, was da in den nächsten Tagen in den Medien abgehen wird. Ist aber eigentlich auch eine Chance für uns. Ich hoffe, unsere Öffentlichkeitsarbeit sieht das nicht nur genauso, sondern die nutzen die Gelegenheit auch.« Er war aufgestanden und holte aus den unzähligen Regalen in seinem Arbeitszimmer aus einer obersten Reihe einen Ordner heraus. »Ich habe hier Presseberichte gesammelt über das, was in meiner Amtszeit vorgefallen ist. Und natürlich die Unterlagen über die einzelnen Fälle.« Er bat Dankelmann und Stengel, neben ihn zu rücken. Dann erläuterte er die Fälle.
»Das jüngste Vorkommnis ist noch gar nicht so lange her. Ein Pfarrer hat zugegeben, bei Nachhilfestunden in einer Wohnung, die Eltern waren gerade einkaufen, zwei Jungen unsittlich berührt zu haben. Außerdem sollten sie ihn anfassen, haben das aber nicht getan. Der Vorfall war, Moment, 2005, im Mai. Die Jungen waren damals 13 und 14 Jahre alt.«
Stengel sah Dankelmann an. »Das können wir wohl ausschließen, die werden kaum Auto gefahren sein oder könnten so schwere Personen befördern.«
»Sie selbst nicht, aber die Väter oder Verwandte – waren das denn Geschwister?«, fragte Dankelmann.
»Ja. Ich sage Ihnen mal den Namen und die Anschrift: Tobias und Lukas Helferich, hier ist die Adresse, Geibelstraße, das ist irgendwo am Tannenwäldchen, bei der Martini-Brauerei.«
»Da können wir ja gleich im Anschluss vorbei, ist ja nur ein paar hundert Meter«, meinte Stengel.
Das Ganze hatte auch die Gerichte beschäftigt, der Pfarrer war zu einer Bewähungsstrafe verurteilt worden.
Fall Nummer zwei datierte aus dem Jahr 1999. Es war der klassische Fall: Eine Frau, Russlanddeutsche, hatte dem Pfarrer, bei dem

sie drei Tage die Woche arbeitete, offensichtlich nicht nur den Haushalt besorgt. Der Fall hatte sich in Baunatal ereignet, der über 60jährige Pfarrer und die 30 Jahre jüngere Frau hatten wohl in beziehungsähnlicher Einheit gelebt, bis die Dame selbst einen jüngeren kennengelernt hatte. Sie hatte Schluss gemacht mit dem Pfarrer, der sie aber weiter bei ihren Besuchen bedrängte. Laut Gesprächsprotokollen hatte sie ihn immer wieder ermahnt, irgendwann war er richtig handgreiflich geworden, sie hatte den Fall der Kirchenleitung angezeigt, bevor es zu schlimmeren Übergriffen hätte kommen können. Der Pfarrer hatte nach langen Gesprächen alles zugegeben, war in den Ruhestand versetzt worden und nach Süddeutschland verzogen. Das Ganze hatte kein juristisches Nachspiel, weil alles krichenintern geregelt worden war, die Ermittlungsbehörden hatten keinen Wind davon bekommen. Und das solle auch so bleiben, meinte Troller mit der Bitte um Verschwiegenheit. »Mahlzeit«, sagte Stengel. »So kommen wir keinen Schritt weiter.«
»Lieber Bernd, mit Verlaub, das ist natürlich Quatsch. Jede Person, die wir ausschließen können, bringt uns weiter.«
»Jawohl, Frau Oberlehrerin. Dann haben wir ja nur noch ein paar tausend in Deutschland auszuschließen – und sind dann richtig weiter.«
»Herr Troller, hätten Sie ein tröstendes Wort für meinen Kollegen? Er wollte eigentlich Schlagersänger werden, aber so einen Jammerlappen können die in der Branche nicht gebrauchen. Da ist er halt zur Mordkommission und macht den Bremser.«
Ein zorniger Blick traf sie – Troller lachte. »Ob das politisch korrekt ist, hier rumzualbern bei diesen Fällen?«, fragte er.
»Nein, das ist ja irgendwie nur so ein kurzes Dampfablassen vor ernstem Hintergrund. Keiner von uns kann zehn Stunden am Tag mit bitterer Miene seinen Job machen«, sagte Dankelmann.
»Das, was Sie an meiner Kollegin gegenwärtig sehen, dieser bittere Zug um den Mundwinkel, das ist ihr Lächeln«, meinte Bernd Stengel.

»Okay, 1:1, weiter geht's. Der nächste Fall bitte, Herr Troller.« Anke Dankelmann blickte auf den Aktenordner.
Die Ereignisse fanden im Jahr 1995 statt. Ein katholischer Priester stand unter dem Verdacht, bei Jungenfreizeiten nachts allein in die Schlafzimmer der Gruppe gegangen zu sein und sich dort selbst befriedigt zu haben. Der Fall war zwar strafrechtlich relevant, dennoch ergaben sich aus den Unterlagen eklatante Lücken in der Beweisführung. Die Jungen waren äußerst verschwiegen, angezeigt bei der Kirche wurde das Ganze von einer Mutter, die behauptete, der Pfarrer habe ihrem Sohn in's Gesicht onaniert. Der Sohn hatte dazu geschwiegen, war lange in psychiatrischer Behandlung gewesen, nach den Kirchenunterlagen hatte er die Therapie abgebrochen. Das Verfahren vor Gericht war mangels Beweisen eingestellt worden – eine merkwürdige Entwicklung, wie die beiden Polizisten fanden. Es waren drei Jungen davon betroffen, deren Namen sich Anke Dankelmann aufschrieb.
»Wie alt waren die denn damals und was ist mit dem Pfarrer geschehen?«, fragte Dankelmann.
»Die Jungs waren 13 und 14, der Pfarrer ist ist Priesterseminar nach Fulda versetzt worden, hat aber dann den Dienst quittiert, was er heute macht – ich weiß es nicht.«
»Wie hieß der Mann?«
»Dirk Kullermann.«
»Wir wären Ihnen dankbar, wenn Sie parallel zu unserer offiziellen Anfrage in Fulda vielleicht noch den einen oder anderen Fall hervorkramen könnten, der vor Ihrer Zeit stattgefunden hat. Ihre Telefonnummer haben wir, wenn Ihnen was einfällt – bitte sofort durchklingeln, die Mordkommission arbeitet rund um die Uhr.«
Stengel gab dem Pfarrer eine Visitenkarte, sie bedankten sich für seine unbürokratische Hilfe und nahmen Kopien der Unterlagen, aus denen die wichtigsten Fakten wie Namen und Anschriften hervorgingen, mit. Sie unterhielten sich noch kurz über Michel, die Einschätzung seiner Person – das musste sein –, aber Anke Dankelmann hatte instinktiv den Eindruck, dass es völlig egal war, ob

Michel gern Blumenkohl aß oder es als Hobby betrachtete, ihn mit Wasserfarben anzumalen. Sie war sicher: Der Mann war getötet worden ohne jedes persönliche Motiv.

Draußen schlug ihnen ein eisiger Wind entgegen. St. Familia war der höchstgelegene Punkt in der Kasseler Innenstadt, und hier konnte es mächtig wehen – aus allen Himmelsrichtungen.

»Wir sollten erst ins Büro, die Fakten per Mail verschicken, und dann in die Geibelstraße. Da rufen wir aber vorher an, was meinst du?«, fragte Dankelmann und stieg ins Auto. Irgendwann würde sie ein Auto mit Standheizung, Sitzheizung und allem anderen haben, was den Winter bekämpfen konnte.

»So machen wir das, Gnädigste beweisen Weitblick. Haben aber keinen Durchblick«, sagte er, griff zum Eiskratzer und machte sich an der leicht zugefrorenen Frontscheibe des Golf zu schaffen.

Im Büro lief die Mailbox über. Das Blut am Messer war Blut von Michel. Das Messer stammte wohl, den Fingerabdrücken nach, aus der Küche des Toten. Wieder Fasern rund um den möglichen Tatort, wieder nichts, das für eine DNA-Analyse zu gebrauchen war. Sie gingen davon aus, dass es sich um einen UPS-Overall handelte. Das UPS-Fahrzeug war noch nicht gefunden worden, allerdings war die öffentliche Fahndung nach dem Wagen auch erst vor wenige Minuten während der Pressekonferenz rausgegangen. Pianka hatte in seinem Autopsiebericht die üblichen Untersuchungsergebnisse aufgeführt, nach seinen Schlussfolgerungen ohne große Relevanz. Michel selbst hatte, außer den Stichwunden und Hämatomen an den Stellen, an denen er mit Tapeverband gefesselt worden war, keine körperlichen Schäden aufgeweisen. Was darauf hindeutete, dass es keinen Kampf gegeben hatte. Die Todeszeit hatte Pianka mit 21 Uhr am Vorabend angegeben. Was sich deckte mit den Zeitangaben der einzigen Tatortzeugin im Memelweg.

Dankelmann tippte die Ergebnisse des Gespräches mit Troller in die Tasten, schickte die Mail ab und kümmerte sich um die Unterlagen der Fälle eins und drei, die ihnen Troller geschildert hatte. Stengel hatte bei Familie Helferich angerufen und ihr Kommen

angekündigt. Der Vater war am Telefon gewesen und hatte darauf bestanden, dass die Jungen erstmal nicht gehört werden durften.
Die Tür flog auf und Pivi Vogel kam herein. »FFH hat vor 20 Minuten als erster Sender nach dem Wagen gefahndet – wir haben ein paar Hinweise, da steht seit heute morgen ein UPS-Fahrzeug in der Nordstadt rum. Markus und sein Team sind raus, die Kennzeichenüberprüfung hat ergeben: Kennzeichen gestohlen. Was macht ihr jetzt, fahrt ihr raus?«
»Ne, lass' das mal Schevallje und die junge Bande machen, wir gehen mal weiter der Kirchenspur nach, wir verzetteln uns sonst«, sagte Stengel.
»Wie viele von der Meute waren denn da?«, fragte Dankelmann mit Blick auf die Pressekonferenz.
»Proppenvoll der Laden, beim nächsten Fall gehen wir in die Stadthalle. Wie sieht es denn mit euch aus, gehen wir heute Abend mit ein paar Kollegen mal eine Tasse Pils abpumpen?«
»Grundsätzlich nichts dagegen, Pivi, aber lass' uns erst mal unsere Liste für heute abarbeiten.«
»Also, für den Fall, dass ihr dazustoßen wollt: Ab 19 Uhr 30 im Lichtenhainer.«
Das war allerdings verlockend. Eine der urigsten Kneipen im Vorderen Westen, eigentlich eine Parterre-Wohnung, drei nebeneinanderliegende Zimmer mit winziger Theke, uraltem Wirtshaus-Mobiliar und über dem Flur einer kleine Küche. Ahle Wurscht, Fettenbrot, Gurken, selbstgemachte Frikadellen, frisches Brot, Sülze – alles, was der nordhessische Magen begehrte wurde zu moderaten Preisen aufgetischt. Härtel gegen Lichtenhainer – die Sache versprach spannend zu werden.

Die Martini-Brauerei hatte ihre besten Zeiten längst hinter sich. In den siebziger, achtziger Jahren des vorigen Jahrhunderts waren hier mal mehrere hunderttausend Hektoliter im Jahr gebraut worden – jetzt nur noch ein Teil davon. Dennoch konnte man in unmittelbarer Umgebung immer noch den durchdringenden Maischegeruch wahrnehmen, den es bei jeder Brauerei gab. Und die Geibelstraße war wirklich unmittelbare Umgebung. Helferichs wohnten direkt im Eckhaus, einem Altbau. Dankelmann und Stengel wurden ins Wohnzimmer gebeten.

»Ich habe zwischen den Jahren frei«, sagte Manfred Helferich, der Vater der Jungen, der sie empfangen hatte. Er arbeitete bei den Landwirtschaftlichen Sozialkassen, war etwa einen Meter achtzig groß und wirkte durchtrainiert.

»Meine Frau holt die Jungs gerade vom Training ab«, sagte Helferich. Die Söhne spielten Tischtennis beim ESV Jahn in der alten Turnhalle hinter dem Hauptbahnhof – das war zwar nicht weit weg, aber in der dunklen Jahreszeit wollten Helferichs die Söhne nicht allein die dunklen Pfade hoch zur Kölnischen Straße gehen lassen.

»Seit der Zeit damals sind die Jungs wohl ein bisschen overprotected«, sagte Helferich, »das nervt die total, aber wir fühlen uns besser dabei.«

Manfred Helferich hatte Kaffee gekocht, Stengel und Dankelmann nickten auf die Frage, ob er ihnen eine Tasse einschenken dürfe.

»Wir haben noch Weihnachtskekse von der Oma, Spezialrezept«, sagte Helferich und stellte eine Schale mit trocken aussehendem Gebäck vor sie. Na, das werden Spezialkekse sein, dachte sich Anke Dankelmann, richtig gute Kekse von Omas wurden in der Regel sofort gefuttert. Und zwar in ganzen Hundertschaften.

»Ich habe Ihnen ja am Telefon schon gesagt, um was es uns geht. Wir wollen einfach die Ereignisse noch mal rekapitulieren – und bevor Sie spekulieren: Das hat mit den beiden Priestermorden in den letzten Tagen zu tun.« Stengel fühlte sich in dieser spießigen Wohnung mit diesem Treppenhaus, in dem es offensichtlich seit Jahrzehnten nach furchtbarem Essen roch, nicht wohl und wollte den offiziellen Teil so schnell wie möglich über die Bühne bringen.

»Also: ich mache das kurz – und Sie fragen nach, wenn Sie Details wissen wollen. Tobias und Lukas gehen beide auf die Albert-Schweitzer-Schule, das liegt ja nahe.« Die Schule war etwa 150

Meter entfernt an der Kölnischen Straße, gleich gegenüber der Martini-Brauerei. »Beide haben Latein als zweite Fremdsprache. Mein Schwiegervater, ein Altphilologe, der uns seit Jahren finanziell ein wenig unterstützt, hat darauf bestanden, und den Jungs hat es anfangs auch Spaß gemacht. Aber dann wurden sie immer schlechter in der Schule, Tobias, der Ältere, kam hinterher gar nicht mehr mit. Obwohl sie beide intensiv gelernt haben. Die hatten einfach den Anschluss verpasst. Wir sind zwar nicht katholisch, aber die beiden Jungs gingen zu der Zeit einmal die Woche zu einer Jugendgruppe in St. Familia. Die machten da Spiele-Nachmittage, naja, alles mit Betreuung, und Ute, meine Frau, und ich waren froh, dass sie da unter Aufsicht waren. Wer denkt schon bei Kirche an so was ...«
Manfred Helferich goss sich Kaffeee nach, blickte die beiden Beamten fragend an – doch die schüttelten beide den Kopf. Nein, kein Kaffee mehr. »Naja, da hat dann der Pfarrer mitbekommen, dass die Jungs Probleme in Latein hatten und schlug ihnen vor, dass ein Kollege Nachhilfe geben könnte. Eigentlich können wir uns das nicht leisten, aber als der Mann das erste Mal hier war und sich vorstellte, hatten wir einen guten Eindruck, und er schlug vor, dass meine Frau sozusagen als Gegenleistung in der Gemeinde gelegentlich bei den großen Veranstaltungen helfen könnte. Kuchen backen und verkaufen, für den Weihnachtsbasar sammeln, naja, was man da halt machen kann. Der Pfarrer war aber von einer anderen Gemeinde, nicht St. Familia. Da ist der Laden immer proppenvoll, aber der kam aus Zwehren, da sieht es wohl anders aus. Wir waren jedenfalls einverstanden.«
Helferich blickte auf die Uhr. »Dauert noch, bis die Jungs zurück sind. Meine Frau schaut immer ein wenig beim Training zu, und außerdem duschen die jetzt da. Haben sie vor zwei Jahren noch nicht gemacht. Naja, Sie wissen ja, wie Jungs so sind.«
Dieses ständige »Naja« ging Dankelmann entsetzlich auf die Nerven, zum Glück klingelte ihr Handy. »Entschuldigung«, murmelte sie und schaute auf das Display. Piet Härtel – sie nahm das Ge-

spräch kurz an. »Bin in einer Besprechung, melde mich später«, sagte sie und beendete das Gespräch. Doofe Kuh, schalt sie sich erneut, warum hast du ihn nicht weggedrückt? Andererseits: Später war ein dehnbarer Begriff.

»Wie ging es denn weiter?«, fragte Stengel mit leicht genervtem Unterton. »Naja, das ging ganz prima mit der Nachhilfe. Der Pfarrer hat gleich erkannt, wo die Jungs den Anschluss verpasst hatten und dann systematisch die Defizite aufgearbeitet. Die Noten wurden sofort besser, und obwohl das Ganze jetzt schon eineinhalb Jahre her ist, sind beide jetzt zwischen 2 und 3 in der Schule.«

»Das freut mich sehr für Sie und Ihre Söhne«, sagte Anke Dankelmann. »Wie kam es dann zu dem Zwischenfall, wann und wie ist Ihnen denn aufgefallen, dass da etwas passiert war?«

»Wir haben gemerkt, dass die Jungs immer tuschelten und richtig rumgackerten, wenn die Nachhilfestunde näher kam. Und irgendwann habe ich mal durch einen Spalt in der Kinderzimmertür geguckt und mitgekriegt, wie Tobias zu Lukas sagte: Und jetzt bin ich der Pfarrer. Danach hat er ihn ans Geschlechtsteil gefasst. Ich habe dann mit ihnen gesprochen, sie haben sich sehr geschämt.«

»Und weiter? Kam der Pfarrer noch?«

»Nein. Ich habe das dem Dechant gemeldet und ihm gesagt, dass ich dem Mann die Fresse polieren würde, falls ich ihn noch einmal träfe. Aber das hat sich alles dann ganz schnell geregelt.«

Das Gespräch war unergiebig, Anke Dankelmann hatte ohnehin keine großen Erwartungen gehabt, die Jungs wollten sie nicht verhören, der Verdacht gegen den Vater blieb – aber nur unterschwellig. Der war zu geschwätzig, zu selbstverliebt, zu ..., naja, er war halt einer, der redet und nicht einer, der handelt.

Es war kurz nach 23 Uhr, als Anke Dankelmann den Lichtenhainer verließ. Wie rauchgeschwängert die Luft gewesen war, merkte sie erst, als sie die paar Stufen im Hausflur hinunterging und durch die Tür in die kalte Winternacht trat. Es war ein witziger Abend geworden, man hatte nach Pivis Anekdoten nicht mehr über die beiden Fälle gesprochen – es konnten einfach zu viele Gäste mithören. Plassek hatte um 22 Uhr eine Runde geschmissen und war dann gegangen. »Dann habt ihr wenigstens eine neue Figur, über die ihr herziehen könnt«, meinte er zum Abschied. Stengel war schon um 21 Uhr weg, der harte Kern saß noch drin und würde noch ein paar Bier trinken. Anke Dankelmann hatte eine angenehme Bettschwere, sie stieg in die nächste Straßenbahn zum Kirchweg ein und ließ ihren Gedanken freien Lauf. Es ging ihr gut – wegen des Abends mit den Kollegen.

Und eigentlich ging es ihr auch gut, weil sie Piet Härtel reinen Tisch bereitet hatte. Aber genau darum ging es ihr in einem Winkel ihres Herzens auch gar nicht gut. Als Mittdreißigerin, sagte ihr ein über eine erstaunliche Kondition verfügendes kleines Männchen im Ohr, hat man nicht mehr die große Auswahl in der Männerwelt.

Und wenn du eine Familie gründen willst, dann solltest du jetzt mal Gas geben. Aber wollte sie das überhaupt? Sie wollte, so viel stand fest, auf jeden Fall nicht weg aus Nordhessen. Nicht weg von ihrer Familie – auch so ein typischer nordhessischer Wesenszug, dachte sie. Die Nordhessen bezeichneten sich selbst gern als Klebeärsche – und wenn sie denn einmal in die Ferne zogen, dann kamen sie irgendwann wieder zurück.

Am Kirchweg stieg sie aus, stiefelte die Treppen zu ihrer Wohnung hoch und drückte im Vorbeigehen beinahe automatisch auf die Wiedergabetaste ihres Anrufbeantworters. Es war nur ein Anruf drauf – und der war von Piet Härtel.

»Ich bin es. Danke für die klaren Worte, weiß das zu schätzen. Es ist aber trotzdem irgendwie schade, oder? Wollte ich dir nur sagen. Und sehen will ich dich trotzdem nochmal, bevor ich umziehe. Schlaf' schön – und viel Erfolg morgen.«

Das war allerdings auch kein Trost, wenn es noch jemandem so ging. Einschlafen konnte sie trotzdem gut. Naturtrüb war das Bier gewesen. Das beste Schlafmittel, das Nordhessen zu bieten hatte.

Eineinhalb Kilometer Luftlinie Richtung Süden brannte in der Ortelsburger Straße noch Licht. Er hatte gedacht, dass ihm all das nicht so viel ausmachen würde. Anfänglich hatte er sich besser gefühlt, doch jetzt, nach dem blutigen Stich gegen Michel, kam irgendetwas in seinem tiefsten Inneren wieder hoch. Er stand vor dem Spiegel im Bad und untersuchte seinen Unterleib. Die Spuren von damals waren kaum noch zu sehen, aber als er die Augen schloss, war er wieder in dieser Jugendherberge, allein im Waschraum, mitten in der Nacht. Er hatte einem der andren Jungs das Taschengeld geklaut – nicht alles, damit es nicht gleich auffiel, aber 20 DM waren halt 20 DM. Und Kullermann hatte ihn beobachtet und angefangen, ihn zu erpressen. Hier im Waschraum hatten sie sich verabredet, doch Kullermann kam nicht. Was ihn noch unsicherer machte. Er ging wieder ins Bett und konnte nicht schlafen, immer in der Angst, der Pfarrer könne hereinkommen. Oder ihn verraten. Kullermann hatte ihn dann erst wieder nach der Rückkehr nach Kassel angesprochen. Und hatte ihn in seine Wohnung eingeladen. Er schüttelte den Kopf, wollte keine weiteren Erinnerungen. Er wusste natürlich, dass er krank war. Aber er musste es zu Ende bringen, so oder so. In seinem Wohnzimmer beugte er sich über den Stadtplan. Morgen nach der Arbeit würde er in die Unterneustadt fahren und sich umsehen. Er schaute auf das Bild mit der Gruppe junger Priester und fragte sich: Wer von diesen Burschen mochte wohl Henning Drechsler sein?

Die Truppe machte morgens um neun einen etwas müden Eindruck. »Na, wie lange habt ihr noch gemacht?«, fragte Stengel, als er ins Büro kam. »Ich bin um 11 Uhr weg, der Rest ist noch länger geblieben.« Dankelmann war froh, nicht noch das eine oder andere Bier mehr getrunken zu haben.

»Hast du Troller schon angerufen?«

»Nein, wollte ich nach neun Uhr machen. Vielleicht ist da jetzt Messe oder so, keine Ahnung.«

»Na, du hast das Ganze ja prima überstanden. Sehr diszipliniert, Frau Kollegin, sehr diszipliniert. Bin begeistert.«
»Ich hoffe, du hast deine Erdbeermilch vor'm Schlafengehen noch getrunken und nicht gekleckert.«
»Ruf' an!« Bernd Stengel guckte böse wie die Dame im Werbespot für eine Telefonsex-Hotline.
Troller meldete sich nach dem zweiten Klingeln. »Wir müssen Ihnen noch ein paar Fragen stellen, Herr Troller. Und es ist, wie Sie sich denken können, mehr als dringend. Wann passt es denn?«
»Von mir aus gleich. Dann sind Sie so in zehn Minuten hier?«
»Passt. Bis gleich.« Dankelmann legte auf. »Check' doch mal, was die anderen ermittelt haben, ich habe die Mails noch nicht durchgesehen.«
Stengel machte sich an die Arbeit. Nachts hatte es ein paar Hinweise gegeben, die nach genauerer Bewertung nicht so hilfreich zu sein schienen. Alle bezogen sich auf das Auto in der Nordstadt, manche auf Personen in UPS-Uniformen – jede Menge Nachfragebedarf, und Anke Dankelmann wusste, dass einige Kollegen schon längst die Liste der Personen abarbeiteten. Sie rief Plassek an, weil sie von Alleingängen so gar nichts hielt – und der nickte den Plan ab. »Meldet Euch sofort nach dem Gespräch«, gab er ihnen mit auf den Weg.
Es war der erste Tag seit Weihnachten, an dem die Sonne herauskam. Ein wenig nur, doch irgendwie war die Stimmungslage der Menschen gleich eine andere.
»Irgendwie ist das mal wieder ein Fall, bei dem man glaubt, der Täter sei unsichtbar, oder?«, fragte Stengel. »Du kennst doch die Erklärung. Der ist nicht unsichtbar, der ist im Leben so unscheinbar, dass er unsichtbar wirkt. Wahrscheinlich hat der einen Job irgendwo in einem Büro, sitzt in der äußersten Ecke, wenn die anderen Kegeln gehen, kommt er mit. Nur merkt das keiner.«
»Wie bei mir, wenn ich mitkomme zum Biertrinken, oder?«
»Nein. Du kennst ja das Problem. Und gibst immer einen aus. Das merken sich die Kollegen.«

Sie parkten vor St. Familia – zwischen den Jahren fand man hier tatsächlich einen Parkplatz.
»Hast du eigentlich die Zeitung gelesen?«, fragte Dankelmann.
»Ja. Wir müssen mal mit Plassek und Pivi reden. Ich finde, dass wir noch mal eine Fahndung rausgeben müssen, in der alle Anhaltspunkte stehen. Alle Autos, die Fundorte, die Tatzeiten – gestern haben die wohl nur wegen des neuen Falles gesprochen. Und viele waren ja über die Feiertage gar nicht da, die haben die ersten Berichte nicht gesehen oder gelesen.«
»Stimmt, sprechen wir nachher an. Jetzt erst mal der Stellvertreter vom Stellvertreter.«
»Hä …?«
»Na, der Papst ist doch der Stellvertreter von Petrus hienieden auf Gottes friedlichem Planeten. Dann ist der olle Troller doch …«
»Anke!« Stengel wirkte unwirsch. Sie klingelten, Troller öffnete, führte sie in sein Arbeitszimmer, und Stengel legte gleich los.
»Wir wollen ein paar mehr Informationen über diesen einen Fall des Pfarrers, der mittlerweile nicht mehr im Dienst der Kirche ist. Wir haben keinen Verdacht, wir arbeiten nur unsere Punkte einen nach dem anderen ab.«
Troller nickte und griff zu einem Aktenordner. »Ich habe derweil Kontakt mit unserer Diözese gehabt, die lassen Ihnen mitteilen, dass Sie Ihre Arbeit in jeder Beziehung unterstützen werden. Mein Vorgesetzter ist gleichzeitig Medienbeauftragter der Diözese, Domkapitular Dr. Gerd Sawalla. Es wäre nicht schlecht, wenn Sie ihn auch einmal anriefen und vielleicht auch den Bischof selbst. Hier sind die Kontaktdaten, tun Sie mir den Gefallen, okay?«
Dankelmann nickte. Auf ein Gespräch mit dem Bischof war sie nun alles andere als scharf, aber möglicherweise konnten sie einen guten Kontakt noch gebrauchen, und wenn der gute Kontakt dann auch noch zur Spitze bestand …
»Also, schauen wir mal, ich mache Ihnen gleich ein paar Kopien. Betroffen war Pfarrer Dirk Kullermann. Er ist übrigens im selben Jahr zum Priester geweiht worden wie …, ach so, das wissen Sie ja

vielleicht bereits. Kullermann hatte mit Vorwürfen zu kämpfen, nach denen er bei einer Freizeit mit Jungen im Jahr 1995 nachts in die Zimmer geschlichen war und dort onaniert haben soll. Das ließ sich nie erhärten – äh, Verzeihung, der Ausdruck ist vielleicht in diesem Zusammenhang nicht ganz angemessen.«

Dankelmann grinste, Stengel blickte diskret zur Seite.

»Die Jungen sind alle befragt worden, die waren damals 13, 14 Jahre alt. Richtig bestätigen wollte das niemand, aber Kullermann hatte natürlich seinen Ruf weg. Das Ganze eskalierte dann in einem anderen Vorwurf: Einer der Jungs behauptete zunächst, Kullermann habe ihm in einer dieser Nächte ins Gesicht onaniert, allerdings schon bei einer früheren Freizeit. Der Junge hat diese Vorwürfe später zurückgezogen, ist allerdings auch nie wieder in der Kirche gesehen worden, soweit ich weiß.«

»Weiß man denn, wo Kullermann abgeblieben ist?«

»Er ist knapp zwei Jahre später aus dem Dienst der Kirche ausgeschieden. Zunächst war er nach Fulda versetzt worden, doch nach diesen Auseinandersetzungen in Kassel hatte er sich vom Wesen her sehr verändert. Wirkte einerseits verschlossen, andererseits aufmüpfig, führte unendliche Diskussionen über die anachronistische Haltung der Kirche zu Themen wie Verhütung, Abtreibung, gleichgeschlechtliche Partnerschaften und so weiter. Er ist eigentlich nur seinem Rausschmiss zuvorgekommen.«

»Also sollten wir mal eine Abfrage nach Kullermann starten, oder Bernd?« Der griff zum Telefonhörer.

»Warum kommen Sie auf Kullermann?«, fragte Troller.

»Schauen Sie bitte mal auf dieses Bild hier und sagen Sie mir, was Ihnen auffällt. Und die Frage: ist Kullermann dabei?«

»Naja, das sind die beiden ermordeten Pfarrer, das hier ist Dirk Kullermann. Worauf wollen Sie hinaus?«

»Das kann ich Ihnen noch nicht so richtig sagen. Die Verbindung ist die, dass die beiden Toten auf diesem Bild sind, die Mutmaßung ist, dass der Mörder möglicherweise andere Personen im Visier haben könnte, die auf diesem Bild sind. Können Sie die Namen besorgen? Könnte ja auch sein, dass einige von denen in Kassel oder Umgebung arbeiten – da sollten wir dann schon einmal genauer hinschauen, wenn der Mann weiter mordet, könnte es sein, dass die Personen dann gefährdet sind.«

»Ach du liebe Zeit. Einige der Kollegen kenne ich, aber da müsste ich in Fulda nachfragen, das könnte ein paar Stunden dauern.«

»Bitte beeilen Sie sich. Was hielten Sie eigentlich von Kullermann?«

»Das ist jetzt nicht als offizielle Aussage gedacht. Aber ich habe ihm zugetraut, dass er was mit den Jungs anfangen wollte.«

»Wieso?«

»Dieser eine Junge, der dann seine Aussage widerrufen hat, den hatte ich in Religion in der Schule. Der war ein fröhlicher Bursche – bis zu dieser Freizeit. Danach war er verängstigt, eingeschüchtert, fehlte plötzlich zwei Wochen wegen Krankheit, als er später gefragt wurde, was er denn gehabt hätte, sagte er einmal, er habe Grippe gehabt, dann war es eine Lungenentzündung. Er war zerstreut, richtig schlecht ist er in der Schule geworden. Religion hat er dann auch geschmissen, keine Ahnung, was aus ihm geworden ist. Er hat später auch die Schule gewechselt.«

»Wie hieß er denn?«

»Fabian Hempel.«

»Wie können wir an seine Daten kommen?«, fragte Dankelmann, im Hintergrund telefonierte Stengel.

»Über die Schule, ich unterrichte da ja immer noch, wenn Sie wollen rufe ich an – zumindest haben wir dann seine damalige Adresse.« Die Kommissarin nickte und Troller griff zum Telefon. Die beiden Männer telefonierten mit leiser Stimme, um sich nicht gegenseitig zu stören.

Anke Dankelmann nahm sich das Bild und betrachtete die Person, auf die Troller gezeigt hatte und die demnach Dirk Kullermann sein musste. Ein mittelgroßer Mann, dunkles, gescheiteltes Haar, eine eher unscheinbare Figur. War er der Schlüssel zur Lösung des Falles?

»Anke!« Stengel winkte sie zu sich. »Kullermann ist gemeldet in der Haydnstraße in Vellmar, eine Streife fährt raus und checkt das, wenn sie ihn antreffen, meldet sie sich – und eigentlich sollten sie ihn gleich mitnehmen.«
»Guck' dir den Typen auf dem Bild an – Pater Kullermann, eigentlich eher Kater Pullermann, oder?«
»Was haben Sie da eben gesagt?« Troller hatte aufgelegt und mischte sich in das Gespräch ein.
»Oh, Verzeihung, nur ein Wortspiel, ich wollte auf keinen Fall ...« Dankelmann war es peinlich, dass der Dechant ihre Worte mitbekommen hatte. »Nein, nein, das macht gar nichts. Kater Pullermann – so wurde er tatsächlich auch genannt. Irgendwie haben ihm viele zugetraut, dass die Vorwürfe zutrafen und dass er gern den Jungs ans Geschlechtsteil fasste. Aber dass Sie das wissen ...«
»Wussten wir nicht, meine Kollegin macht gelegentlich solche Wortspielchen, deswegen kriegt sie auch nie ein Kreuzworträtsel gelöst.«
Dankelmann funkelte ihn an und sagte: »Haben Sie die Adresse?«
»Ja, er wohnte in der Carlo-Mierendorff-Straße in Brückenhof, hier die genaue Adresse, Telefonnummer habe ich leider nicht.«
»Vielen Dank – für's Erste, so muss ich es wohl besser ausdrücken. Ich gehe fest davon aus, dass wir Ihre Hilfe weiterhin brauchen werden.« Die beiden Polizisten schüttelten dem Dechanten die Hand und schlossen die Tür hinter sich. Es war nicht mehr ganz so kalt wie in den vergangenen Tagen, doch Kälte, der wolkenverhangene Himmel, ein leiser unangenehmer Wind – all das war die Kombination, sich endlich ein Ende der dunklen Jahreszeit herbeizuwünschen.
Im Auto startete Dankelmann die Personabfrage nach Fabian Hempel, die Antwort kam prompt. »Da ist noch eine Waltraud Hempel gemeldet, Fabian Hempel gibt es hier nirgendwo, am besten fragt ihr nach.«
»Danke für den Tipp, Kollege, ich hätte sonst beim Würstchenverkäufer im Bahnhof gefragt.«

Dankelmann beendete das Gespräch.
»Anke, Mann, musst du immer gleich so draufhauen? Der hat es doch nur gut gemeint.«
»Klar. In der linken Hand einen Kaffee, neben ihm liegt das 14. Gehacktesbrötchen, alles ist gut geheizt, und wir kämpfen hier an der Front. Nix gegen die Kollegen in der Zentrale, aber dieser Bursche nervt mich unendlich, dieser ganz speziell. Als Mensch unmöglich, als Schwein zu kleine Ohren – und dann bei Feten den Gigolo machen und alles angraben, was wie Weib aussieht. Ein arroganter Widerling, was machen wir jetzt, mein kleines krasses Gegenteil?«
»Wir fahren in die Mierendorff-Straße und hoffen, dass die Kollegen in Sachen Kullermann weiterkommen. Wie ist dir eigentlich der Begriff Kater Pullermann in den Sinn gekommen. Manchmal denke ich, dass du im nächsten Leben mal so ein weiblicher Atze Schröder wirst.«
»Keine Ahnung. Aber ich glaube, Atzes Brille würde mir nicht so gut stehen.«
Stengel steuerte den Wagen durchs Zentrum und dann den Weinberg runter durch die Frankfurter Straße nach Niederzwehren. Rund ums Einkaufszentrum dez war die Hölle los – Umtauschen war der Sport Nummer eins zwischen den Jahren. Kurz vor der Abzweigung der Korbacher Straße meldete sich die Streife.
»Jungs, was habt ihr?«, fragte Stengel.
»Das ist eine komische Sache. Es gibt ein Klingelschild, aber keine dazugehörige Wohnung. Also, der hat hier keine eigene Wohnung gehabt, sondern wohnte als Untermieter. Anwesend ist er offenbar nicht, die Nachbarn haben ihn auch seit Monaten nicht mehr gesehen. Der Mieter der Wohnung ist ein gewisser Jörg Schildknecht, arbeitet bei DaimlerChrysler und hat gerade Schicht. Sollen wir mal hinfahren?«
»Ja. Macht es aber unauffällig, so gut es geht, lasst am besten jemanden anrufen und den Mann von der Arbeit rausrufen oder so.«
»Okay, wird gemacht. Wir melden uns.«

»Na denn ...«
Stengel blickte Anke Dankelmann an, die gerade mit Plassek telefonierte. Sie war, wie er immer wieder feststellen musste, eine anstrengende, kluge, verlässliche Kollegin, eine Frau zudem, die nicht im eigentlichen Sinne schön, doch einfach natürlich attraktiv war. Gute Figur, guter Geschmack in Garderobenangelegenheiten, stets nur dezent geschminkt und nur mit einem Hauch von Parfüm versehen -- sie würden als Paar auch nicht zehn Minuten harmonieren, aber als Team war es einfach klasse. Er hoffte, dass sie das genauso sah. Sie fuhr sich mit ihren schönen Händen durchs Haar – auch hier nur dezent gestylt, kein Nagellack, keine aufwändige Frisur. Sie hatte eine natürliche Attraktivität, nach dem Ausdruck hatte er gesucht.
Dankelmann hatte den Blick bemerkt und klappte ihr Handy zusammen. »Na, Bernd, wieder mal der Röntgenblick? Keine Bange, mir geht es gut.«
»Du wirst es nicht glauben: ich habe eben nur gedacht, dass es toll ist, mit einem Menschen wie dir zusammenarbeiten zu dürfen. Mehr nicht.«
Dankelmann lächelte und strich ihm über den Arm.
»Dito. Aber es ist auch gut, dass wir nicht verheiratet sind, oder?«
Stengel lachte. »Das dachte ich eben auch gerade. Schau' mal nach der Hausnummer.«
Sie stellten den Wagen ab und gingen auf das Mietshaus zu. Ein typisches Exemplar des sozialen Wohnungsbaus, eine Mietskaserne, früher von der sozialdemokratisch geprägten Mietwohnungswirtschaft als höchstmögliche Errungenschaft gepriesen, heute Inbegriff hausgewordener Hässlichkeit und Fehlplanung.
Frau Hempel wohnte im 4. Stock und meldete sich über die Gegensprechanlage. Stengel erklärte, worum es ging. Kurze Pause, dann ertönte der Summer. Der Fahrstuhl war in einem jämmerlichen Zustand, Dreck, Graffitis – die Beamten liefen nach oben.
»Das ham'se richtig gemacht, das Scheißding bleibt sowieso alle naselang stecken.« Die Frau, die vermutlich Waltraud Hempel

war, empfing sie vor der Wohnungstür. Sie hatte ein aufgedunsenes Gesicht, wirkte aber sonst recht gepflegt.
»Frau Hempel?« Die Frau nickte. »Mein Kollege hat ihnen ja schon erklärt, worum es uns geht. Wir suchen Ihren Sohn Fabian. Er hat nichts getan, wir brauchen nur seine Aussage in einem Fall – und das möglichst dringend.«
»Kommen'se, rein.« Waltraud Hempel hatte einen langen prüfenden Blick auf die Dienstausweise geworfen und schien beruhigt. »Nehmen se Platz«, sagte sie und deutete auf ein Sofa im nicht teueren, aber doch geschmackvoll eingerichteten und gut aufgeräumten Wohnzimmer.
»Mit welchem Fall hat das denn zu tun?«, fragte sie.
Die beiden Beamten blickten sich an. Stengel nickte und Dankelmann sagte: »Es geht um die Morde an den beiden Pfarrern, sie haben sicher davon gehört. Wir haben keine Spur vom Täter und gehen jetzt einfach mal Hinweisen nach, die mit Vorfällen in der Vergangenheit zu tun haben können.«
»Sie meinen die Sache mit dem Schweinepriester hier, der Fabian ins Gesicht gewichst hat? Den Namen hab' ich vergessen. Den kriegen'se garantiert anderweitig raus. Diese schlimme Sache, und ich glaube, ich habe da einen Fehler gemacht.«
»Wieso?«, fragte Stengel.
»Wissen'se, ich habe Fabian unehelich bekommen, der Vater ist zudem früh bei einem Autounfall um's Leben gekommen. Wir hatten nie genug Geld, und zu der Zeit damals hatte ich die Möglichkeit, einen Job bei der Kirche zu bekommen. Zwar nur als Putzfrau, aber 40 Stunden die Woche – tolle Sache, das Geld hat ja vorn und hinten nicht gereicht. Als ich mitbekommen hab', dass Fabian da diese Vorwürfe gemacht hat, da hab' ich auf ihn eingeredet, und er hat das dann zurückgenommen. Den Job hab ich gekriegt, aber nach zwei Jahren wieder aufgegeben. Da war Fabian mittlerweile abgedreht, hatte die Schule geschmissen, hatte angefangen zu saufen – Gott sei Dank keine anderen Drogen – und war auf der schiefen Bahn. Ich hatte ein schlechtes Gewissen, denn eigentlich hätte

ich ihm helfen müssen. Er ist ja mein einziges Kind. Ich habe ihm immer geglaubt, dass dieser Schweineigel ihm auf die Nase gewichst hat, aber er hat darüber nicht mehr reden wollen.«
»Was macht er denn heute?«
»Ausgleichende Gerechtigkeit. Er hat dann irgendwann, als er zufällig mal nüchtern war, ich glaube es war vor drei Jahren, ein Mädchen kennengelernt. Die hat ihn aus dem Sumpf geholt. Er ist trocken, hat seinen Schulabschluss nachgeholt, hat sein Fachabi gemacht und studiert jetzt in Kassel Wirtschaftswissenschaften. Bin mächtig stolz auf ihn.«
»Er ist aber als Fabian Hempel nicht gemeldet in Kassel und Umgebung«, sagte Stengel.
»Er hat das Mädel geheiratet und ihren Namen angenommen, er heißt jetzt Knierim. Zur Hochzeit hat er mich nicht eingeladen, hat mir einen Brief geschrieben, dass er mit Hempel nichts mehr zu tun haben will, jedenfalls vorläufig nicht. Hoffentlich kriege ich wenigstens mit, wenn ich mal Oma werde ...« Waltraud Hempel schniefte in ein Taschentuch, sie tat Anke Dankelmann Leid. So ging es im Leben zu häufig zu – man will das Richtige machen und fällt auf die Schnauze, dachte sie. Die Frau tat ihr Leid.
»Wissen Sie denn, wo er wohnt?«
»Im Vorderen Westen, Lassallestraße 15.«
Sie atmeten beide tief durch, als sie das Haus wieder verlassen hatten. Dankelmann schaltete ihr Handy wieder ein und hatte zwei Anrufe auf der Mailbox. Der erste Anruf war von Piet Härtel, der wissen wollte, ob man sich denn nochmal sehen würde vor Silvester oder ob er mit ihr nicht sogar gemeinsam ... Den Aufruf der Telefonstimme, doch die 7 zu drücken, wenn man mit dem Anrufer verbunden werden wollte, befolgte sie nicht. Anruf zwei war von der Streife, die mit Schildknecht, dem Mieter der Wohnung, in der Dirk Kullermann wohnen sollte, gesprochen hatte.
»Schildknecht behauptet, der Kullermann habe da nie gewohnt, das sei so eine Art Postadresse gewesen. Gelegentlich ruft er an, fragt, ob Post da ist und holt sie dann ab. Dafür zahlt er ihm 50

Euro im Monat. Wo er wirklich wohnt, weiß er nicht, irgendwann habe Kullermann mal was von Bauernhof am Edersee erzählt. Die beiden kannten sich aus der Kneipenszene. Schildknecht hatte nie den Eindruck, dass der Dreck am Stecken haben könnte.«
Dankelmann lachte und klappte das Handy zu. Sie schaute zu Stengel und sagte: »Glaubst du, dass Dirk Kullermann Dreck am Stecken hat, unser Kater Pullermann?«
Stengel grinste. »Wie kommst du denn jetzt auf das Wortspiel?«
»Ist nicht von mir, die Streifenhörnchen haben mit Schildknecht gesprochen, und der hat das so formuliert.« Dann berichtete sie ihm den Rest.
»Im Zweifel müssen wir uns den noch einmal selbst vorknöpfen, aber unser Kullermännchen kriegt jetzt allmählich schon ein Problem, weil er irgendwo dauerhaft lebt und nicht gemeldet ist. Immerhin. Und jetzt ab in die Lassallestraße.«
Stengel steuerte den Wagen unter Umgehung der viel frequentierten Hauptverkehrsrouten über Schütz-Allee, Eugen-Richter-Straße, Hasselweg, Wilhelmshöher Allee und Germaniastraße in den Vorderen Westen. Dankelmann nutzte die Zeit zum Informationsabgleich mit der Zentrale. Da hatte sich nichts Neues ergeben, Plassek bat sie nur, direkt mit dem Staatsanwalt Kontakt aufzunehmen und ihn über die nächsten Schritte zu informieren – der hatte ausdrücklich darum gebeten. Dankelmann tat ihm den Gefallen.
Die Lassallestraße lag mitten in einem der städtebaulich romantischsten Viertel dieser baulich so verletzten Stadt. Wunderschöne hohe Patrizierhäuser, reich dekorierte Fassaden, märchenhafte Erker – der Vordere Westen war bevorzugtes Wohngebiet aller Grünen, Kulturschaffenden, Linken, Intellektuellen, Alternativen und all jener, die gern in einem solchen Umfeld wohnten oder sich dringend als Mitglied einer dieser Gruppen selbst ernannten. Haus Nummer 15 war ein unscheinbarer Bau – Pflanzen rankten die Fassade empor, im Vorgarten stand das in diesem Umfeld unvermeidliche Fahrradensemble, meist ziemlich abgewrackte Nonkonfor-

misten-Bikes. Nur keine Markenware, nur keine Shimano-Gangschaltung – so schien das Credo zu lauten.
Sie parkten ein paar Schritte weiter in Richtung Bebelplatz und fanden den Namen Knierim ganz oben auf der Klingelleiste. Der Türsummer ertönte und im zweiten Stock erwartete sie ein adretter Mittzwanziger mit kritischem Blick.
»Herr Fabian Knierim? Mein Name ist Stengel, Kriminalpolizei, das ist meine Kollegin Anke Dankelmann, wir hätten sie gern einmal ein paar Minuten vertraulich gesprochen.«
Mit noch kritischerem Blick musterte der Mann die Dienstausweise und sagte dann »Was kann ich für Sie tun?«
»Wollen wir das hier im Hausflur besprechen?«, fragte Dankelmann. »Es geht um Pater Dirk Kullermann und um ein doppeltes Tötungsdelikt. Sie sind doch Fabian Knierim, geborener Hempel, oder?« Der Ausdruck: Geborener Hempel wandt sich etwas mühsam aus ihr raus. Das hatte sie bei einem Mann auch noch nie so sagen müssen.
Der Mann zuckte kurz zusammen, nickte und ging wortlos in die Wohnung voraus. Durch einen spärlich, aber geschmackvoll eingerichteten Flur führte er sie in ein dunkles Wohnzimmer, das mit durchaus edlen Möbeln ausgestattet war. Nicht schlecht für einen Studenten, dachte sich Dankelmann.
»Was wollen Sie?« Knierim fragte etwas unwirsch. Stengel erklärte die Lage, erwähnte den Besuch bei der Mutter.
»Und was soll ich jetzt mit diesen Morden zu tun haben? Kullermann ist ja wohl am Leben, oder? Die beiden Pfaffen kenne ich nicht.«
»Gemach, junger Mann«, schaltete sich Dankelmann ein. »Wir haben bisher keine allzu konkreten Hinweise auf einen oder mehrere mögliche Täter und versuchen nun, Verbindungen zwischen den Opfern herzustellen. Kullermann wurde mit den beiden zusammen zum Priester geweiht. Auch das ist nichts Besonderes. Im zweiten Tötungsfall allerdings hat der Mörder sein Opfer an den Genitalien verletzt – bevor er den Pfarrer umbrachte. Der Hinter-

grund könnte sein, dass hier jemand sein Trauma abarbeitet, sich an der katholischen Kirche rächen will, möglicherweise für Dinge, die ihm selbst widerfahren sind. Da haben wir recherchiert und sind darauf gekommen, dass Sie in jungen Jahren selbst einmal den Vorwurf erhoben haben, ein Priester sei Ihnen gegenüber unsittlich aufgetreten. Dieser Priester war Kullermann – von dem im übrigen niemand weiß, wo er steckt. Verstehen Sie: Wir wollen das Umfeld dieser Vorfälle abklopfen, vielleicht ergibt sich da ein Rückschluss auf einen möglichen Täter.«

»Soso, das Dreckschwein Kullermann ist also verschwunden. Haben Sie schon mal in Merxhausen nachgefragt? Da gehört er nämlich hin.« Merxhausen stand in Nordhessen als Synonym für Klapsmühle, eine forensische Klinik in Bad Emstal.

»Da steckt er nicht«, meinte Stengel ruhig. »Wir wollen von Ihnen nur ein paar Informationen darüber, was damals alles vorgefallen ist. Wenn es Ihnen nichts ausmacht.«

»Natürlich macht es mir was aus, ich habe jahrelang gebraucht, um all den Scheiß zu verarbeiten, und hätte ich meine Frau nicht getroffen, dann wäre ich heute wohl tot, an Alkoholvergiftung gestorben, im Winter besoffen im Park erfroren oder so. Und wenn ich nicht mitmachen will?«

»Das wäre mehr als schade. Wir werden zwar Kullermann vielleicht nicht mehr für das belangen können, was damals passiert ist. Aber wenn unsere Spur die richtige ist, dann könnten Sie einen Beitrag leisten, einen weiteren Mord zu verhindern. Möglicherweise.« Stengel holte einen Notizblock hervor.

»Dazu eins: Die katholische Kirche hat sich in den vergangenen zehn Jahren nicht verändert, Garantiert nicht. In Wahrheit ist es nicht schade, wenn dann so ein verlogener Prediger reinen Lebens, der dann doch heimlich Jungs an die Wäsche geht, zwangsweise zum Rapport beim Chef abkommandiert wird. Außerdem macht es mir wirklich was aus. Aber Sie tun auch nur Ihre Arbeit, also versuchen wir es einfach mal. Ich will mir nur kurz eine anzünden.« Knierim verließ den Raum und kam mit einer Packung Reval und einem Aschenbecher zurück. »So ist das halt häufig mit Alkis«, sagte er, »eine Droge bleibt und die heißt Nikotin.«

»Sie haben damals, da waren Sie wohl 13 oder 14 Jahre alt, erklärt, Kullermann sei bei einer Freizeit nachts in Ihr Zimmer gekommen und habe sich dort befriedigt, Ihnen sogar ins Gesicht onaniert. War das so?«

»Kann man so sagen. Kullermann war bis dahin eigentlich unverdächtig gewesen. Wir waren mit etwa 40 Jungen zu einer Freizeit – irgend so ein CVJM-Heim hier in der Nähe. Das Übliche halt: Geländespiele, viel Fußball, viel Bibel, viel Beten. Ab 22 Uhr 30 Nachtruhe – und eines nachts kriegte ich mit, wie sich einer ins Zimmer schlich. Ich hatte erst eine Höllenangst, erkannte dann aber Kullermann, der an sich rumspielte und dann, als es vorbei war, den Raum wieder verließ. Nächste Nacht blieb ich wach, ich lag im Doppelstockbett unten, diesmal stand er vor meinem Bett und wichste sich einen, diesmal platschte mir die Suppe ins Gesicht, ich hatte eine Heidenangst, stellte mich schlafend und er wischte mir alles mit einem Tempo ab. In unser Zimmer kam er dann nicht mehr. Ich hab das dann daheim meiner Mutter erzählt. Die war erst entsetzt und hat das irgendwo gemeldet.«

»Hat sie uns gar nichts von erzählt.«

»Lassen wir bitte, so weit es geht, meine Mutter aus dem Spiel. Das Kapitel ist für mich abgeschlossen, okay? Sie hatte sich dann aber auf irgendeine Stelle beworben und da hat man ihr wahrscheinlich nahegelegt, dass sie keine Chance hätte, wenn ich bei meinen Anschuldigungen bliebe. Ich habe das dann gemeinsam mit ihr schriftlich widerrufen. So wird man in die verlogene Welt moralischer Größe und Unanfechtbarkeit eingeführt. In der Kirche habe ich mich nie wieder blicken lassen, meinen Absturz danach wird Ihnen meine Mutter geschildert haben.« Er atmete den Rauch der filterlosen Zigarette tief ein und blies das Ganze in Richtung Fenster. »Hat es dann keine Hinweise an die Polizei gegeben, hat es Kontaktversuche seitens der Kirche gegeben?«, wollte Stengel wissen. Knierim lachte kurz auf.

»Ging doch gar nicht. Anzeige bei der Polizei? Da hätte meine Mutter den Job nicht gekriegt. Und mit der Kirche wollte ich nichts mehr zu tun haben. Oder meinten Sie etwa so etwas wie eine Entschuldigung von Kullermann? Vergessen Sie das. Kullermann war ein eingebildetes perverses Arschloch. Der duldete nur eine Instanz in seinem Leben: Sich selbst.«

»Eine schlechte Ausgangsbasis für einen Priester, oder?« Anke Dankelmann hatte den Eindruck, dass die persönlichen Betrachtungen des Falles Knierim wenig hilfreich waren. Sie schaute Stengel an, der verstand, dass sie übernehmen wollte und nickte.

»Gehen Sie davon aus, dass er mit anderen Jungen direkt Kontakt hatte, haben Sie sich mit Ihren Kumpels ausgetauscht, wissen Sie möglicherweise noch irgendwelche Namen?«

»Ich war ja nach dieser Freizeit nicht mehr dabei. Ich fand es schon erstaunlich, als ich in der Schule hörte, dass dieser Kullermann als Schweinepriester weiter Freizeiten machte und offenbar keine Konsequenzen tragen musste – andererseits konnte die Kirche sich ja auch auf die Position zurückziehen, dass gegen ich nichts vorlag. Und das stimmte ja dann auch sogar. Aus der Freizeit, an der ich teilnahm, ist mir nichts weiter bekannt. Ein paar Jungs aus unserer Schule sprachen jedoch ganz offen darüber. Er hat wohl auch weiter die Jungs begriffelt, manche machten sich darüber lustig, so richtig ernst genommen hat den wohl keiner mehr. Danach aber hat es einen Fall gegeben, der könnte heftiger gewesen sein. Ein Junge aus einer Klasse unter mir, Sebastian Schüler, der hat irgendwann auf dem Pausenhof, als wir uns alle über Kullermann unterhielten und uns über ihn lustig machten nur geschrieen: Ihr findet den witzig oder? Das ist ein Verbrecher ist das, wenn ich hier raus bin, dann bringe ich den irgendwann um, dann heulte er und lief weg. Und wir, naja, wie man dann in dem Alter so ist, wir haben ihn noch ausgelacht. Das war ja so ein schmächtiger, unscheinbarer, dem traute man gar nichts zu. Und dann das.«

Bei dem Wort unscheinbar reagierte Anke Dankelmann unbewusst. Wie war das gewesen, in irgendeinem Gespräch vor

kurzem? Irgendjemand hatte gesagt, der Täter sei so einer, der fiele garantiert nicht auf. Sie grübelte kurz, es fiel ihr nicht ein. Würde schon wiederkommen. Sie zuckte zusammen, denn Bernd Stengel hatte das Gespräch fortgesetzt und hatte jetzt eine härtere Stimme, wie bei Verhören im Präsidium. Was war passiert.
»Sie können also niemanden benennen, der bezeugen kann, dass Sie an Heiligabend hier in Ihrer Wohnung waren?«
»Nein, kann ich nicht. Mein Gott, meine Frau war bei ihren Eltern, wir hatten uns gezofft, weil ich, wie jedes Jahr, keinen Bock auf heile Familienwelt hatte. Da streiten wir uns jedes Jahr. Ihr Vater hat das akzeptiert aber sie ist der Meinung, dass die Tatsache, dass ich halt eine Trümmerlandschaft als Familie aufzuweisen habe, nicht ausreicht um mich normalen familiären Strukturen zu entziehen. Was ist denn daran so wichtig?«
Stengel schaute ihn nachdenklich an, ließ ihn absichtlich schmoren. Er blickte Anke Dankelmann an und sagte: »Wie Sie wissen suchen wir den Mörder zweier Pfarrer. Und der hat garantiert für den Heiligabend kein Alibi.«
»Na Mahlzeit«, sagte Knierim. »Erst wichst mir so ein Arschloch im Namen des Herrn in die Fresse, was mich so fertig macht, dass ich mich beinahe zu Tode gesoffen hätte, dann geht es mir endlich wieder gut, und nun bin ich Verdächtiger, weil ich mal Opfer war. Wenn das Ihre polizeiliche Logik ist, dann sollten Sie jede Oma, deren Handtasche geklaut wird, vorsichtshalber festnehmen.«
»Haben Sie sich denn mit Ihrer Frau wieder vertragen?« Anke Dankelmann wollte lehrbuchmäßig zur Deeskalation schreiten.
»Ja, natürlich. Sie kam am 1. Feiertag vorbei, und sie ist dann, wie geplant und wie jedes Jahr, mit einer Freundin zum Skilaufen gefahren. Am 3. Januar kommt sie wieder.«
»Hm«, sagte Stengel, »dann haben Sie also für den zweiten Tattag auch kein Alibi, oder? Wo waren Sie denn am 27. Dezember, abends ab 19 Uhr?«
»Heiliger Strohsack, Sie meinen das ja ernst, oder?« Knierim griff zur Reval-Packung und zündete sich mit zittrigen Händen eine

weitere filterlose Zigarette an. »Ich muss nachdenken, ich glaube, ich war hier und habe mir bei dem Scheißwetter ein paar DVDs reingezogen.«
Er stand auf, ging zum Schrank und holte einen Stapel DVDs heraus. »Hier, *Stirb langsam* mit Bruce Willis und *Lola rennt*, naja, die Scheiben werden nicht bezeugen können, dass ich sie angeschaut habe.«
»Herr Knierim, ich denke, es wäre besser, wenn Sie uns ins Präsidium begleiten könnten«, meinte Stengel und schaute in Richtung Dankelmann. Doch die hatte sich gedanklich irgendwie aus dem Gespräch verabschiedet, ihr siebter Sinn sagte ihr, dass dieses nervöse, arrogante Jüngelchen als Täter nicht in Frage kam. Dennoch ließ sie Stengel gewähren. Knierim hatte sich mittlerweile eine Jacke geholt, schloss die Wohnungstür ab und ging mit hängenden Schultern mit ihnen mit. Er hatte noch nicht einmal den Spruch »Ich will meinen Anwalt sprechen« gebracht, so durcheinander war er offenbar.
Im Präsidium zog Stengel mit seinem Verdächtigen in Richtung Verhörraum ab, Dankelmann informierte den Rest der Truppe über die Ereignisse, nicht ohne ihre Bedenken nachhaltig darzustellen.
»Naja, wir müssen jeder Spur nachgehen«, sagte Plassek, »insofern lassen wir Bernd mal gewähren. Was meinst du denn, welcher Fährte wir folgen sollten?«
»Ich habe keine Fakten, nur Vermutungen. Aber vielleicht sollten wir einfach ein Foto von Knierim nehmen und mal die bisherigen Augenzeugen abklappern. Vielleicht löst sich dann alles in Wohlgefallen auf.«
»Gute Idee. Wer macht das? Schevallje, zisch mal ab, besorg' das Foto, ab ins Hotel und die Rezeptionisten befragen und dann die Tante im Memelweg.« Der nickte und verschwand.
Anke Dankelmann gönnte sich ein paar Schritte an der frischen Luft. Sie griff zum Handy und rief Piet Härtel an. »Hi, ich bin's, Anke«, sagte sie, als er sich meldete. »Sorry wegen der langen Sen-

depause, aber die Ermittlungen laufen heiß, und außerdem wollte ich nicht, naja, ein aussichtloses Unterfangen privater Art mit neuer Hoffnung und noch mehr Schmerz verzieren.«
»Anke, du redest ja wie ein mittelalterlicher Dichter«, Härtels Stimme klang fröhlich. »Schön, dass du anrufst. Was machen wir Silvester?«
»Wir?« Die Polizistin klang überrascht. Sie fühlte sich überrumpelt – und hatte nichts dagegen. »Okay, von mir aus. Irgendeine Fete in irgendeiner Kneipe. Da bin ich dabei.«
»Ich habe für die Party im Bolero Karten, was meinst du? Was Knackiges essen, ein paar Drinks, Feuerwerk?«
»Einverstanden.«
»Ich hole dich um 19 Uhr ab, okay?«
»Nein, wir treffen uns um 19 Uhr 30 vor dem Bolero. Bis dann.« Sie legte auf, etwas unhöflich, wie sie fand, aber sie wollte in ihrer bizarren Gefühlslage keine Signale aussenden, unter denen sie vielleicht zu leiden hätte. Kam nicht in Frage. Und weshalb hast du doofe Kuh dann zugesagt, warum hast du überhaupt angerufen?, fragte sie sich. Weil doofe Kühe so sind, antwortete sie ihrem kritischen zweiten Ich und bestellte bei Burger King einen Salat und eine Cola. Morgen war Silvester, und sie war sicher, dass sie auch an dem Tag ein paar Stunden im Büro verbringen würde. Sie saß an einem dieser ungemütlichen Tische und ließ den Gedanken freien Lauf. Härtel und ihre Verliebtheit hatte sie verdrängt, in wirren Fetzen schossen ihr Bestandteile der Mordfälle durch ihre Hirnganglien.
Es wurde langsam dunkel und sie hatte das sichere Gefühl, dass die Mordkommission Gas geben musste. Sie mussten Kullermann finden – das war das eine Ende des Fadens. Und sie mussten schauen, wer noch als Opfer in Frage kam – für den Fall, dass Knierim der falsche Kandidat war. Mein Gott, ihr Adrenalinspiegel schoss in die Höhe als gebe es so etwas wie ein Cape Canaveral für Hormone, wieso hatte kein Mensch daran gedacht, dass die Mordserie weitergehen könnte, und warum versuchte man nicht, die Tat zu anti-

zipieren? Sie brachte das Tablett mit alle dem Müll in die Ablage und hastete zurück ins Präsidium. Plassek telefonierte, winkte sie aber herein.

»Sieht gar nicht so gut aus für unseren Knierim«, meinte Plassek als er aufgelegt hatte. Einer der Portiers meint, ihn auf dem Foto erkannt zu haben. Schevallje hat gerade angerufen.«

»Okay, dennoch sollten wir über Plan B reden.« Anke Dankelmann wusste, dass Plassek, anders als manch' anderer, durchaus etwas auf den kriminalistischen siebten Sinn gab. Sie wollte eigentlich nur freie Hand haben, ihr Gefühl, dass sich Stengel auf den falschen Verdächtigen konzentrierte, entweder zu bestätigen oder zu entkräften. Es war nicht immer so gewesen, dass sie mit ihren Vermutungen recht hatte. Doch dieser Kullermann, um den es ja immer noch nur möglicherweise und nicht erwiesenermaßen ging, hatte offensichtlich einigen Jungen während seiner Tätigkeit in Kassel wehgetan, und da musste man zumindest sicher gehen, dass diese Spur, dieser Verdacht entweder in einer Sackgasse endete oder – tja, wenn sich Indizien ergänzten, dann konnte man sich ohne Beweise nicht auf einen Verdacht konzentrieren, wie Stengel es gerade tat. Sie setzte Plassek die bekannten Fakten auseinander und als sie das Büro verließ, wusste sie genau, was zu tun war. Zunächst musste sie mit Knierim reden, ohne Stengels Verhör die Bedeutung zu nehmen. Sie musste ihm seine Autorität lassen und gleichzeitig erfahren, was sie wissen wollte. Sie schaute durch das Fenster in den Verhörraum und bat den wachhabenden Kollegen, kurz hineinzugehen und Stengel herauszubitten. Das war nicht unüblich und erhöhte womöglich den Druck auf Knierim.

Stengel kam ein paar Minuten später heraus.

»Was ist denn los?«, fragte er neugierig. Sie arbeiteten lange genug zusammen, um zu wissen, dass eine Störung durch den Kollegen einen wichtigen Grund haben würde.

»Frag' den bitte noch mal nach dem Namen von diesem unscheinbaren Burschen, von dem er erzählt hat – und vor allen Dingen, auf welcher Schule die waren.«

»Du willst eine Parallelspur verfolgen, oder? Vielleicht gar nicht so dumm. Ich glaube zwar einerseits, dass er ein Motiv und auch die Zeit gehabt hätte, die Taten zu begehen. Aber andererseits ... Hinter solchen Taten steckt eine enorme Logistik. Beispielsweise hat er für den Zeitraum der Auto-Diebstähle knallharte Alibis – er war in Urlaub mit seiner Frau und zwar weit weg. Wir werden ihn wohl gehen lassen. Okay, ich sage gleich Bescheid.«
Minuten später kam Stengel erneut heraus.
»Sebastian Schüler, und die gingen alle auf die Georg-August-Zinn-Schule in Oberzwehren.«
»Stimmt, da hat Troller ja auch unterrichtet. Danke, Bernd, lass' uns mal so in einer Stunde telefonieren. Übrigens, um fünf ist wieder Lagebesprechung, schaffst du das?«
Stengel zuckte die Schultern und sah hinterher, wie sie den Gang entlangstürmte. Er kannte es, wenn sie Witterung aufgenommen hatte. Und er war sicher, dass sie in kürzester Zeit etwas vorweisen würde. Entweder den Beweis, dass man eine Spur vergessen konnte – oder sie waren näher an Täter, Zeugen, Motiven, Hintergründen, im besten Fall einer Mischung aus allen.
Im Laufen sah Anke Dankelmann auf die Uhr, im Büro checkte sie die E-Mails der Mordkommission. Nichts Erhellendes dabei, Bernd und sie hatten irgendwie die plausibelste Spur. Sie informierte Plassek per Mail kurz über ihr Vorgehen in den nächsten beiden Stunden, dann rief sie Troller an. Auf dem Festnetzanschluss meldete sich die Mailbox, sie hinterließ eine Nachricht, auf dem Handy ebenfalls. Wenige Minuten später rief er zurück.
»Ich möchte mit Ihnen noch einmal auf das Gruppenbild der Priesterweihe schauen, geht das?«
»Ich bin in 15 Minuten daheim. Ich soll Ihnen übrigens vom Bischof ausrichten, dass er Ihnen weiter jede Unterstützung zukommen lässt. Also: Volle Information über alles, was damals geschah.«
»Super, bis gleich.« Als sie ihren Wagen startete und in Richtung St. Familia losfuhr, hatte sie das Gefühl, vor einer entscheidenden Weggabelung zu stehen.

»Ich brauche von Ihnen zwei Angaben – oder besser drei. Erstens«, sagte sie und legte das Bild auf den Tisch in Trollers Arbeitszimmer, »welcher von diesen Priestern arbeitet heute noch im Kasseler Raum und könnte etwas über den Verbleib von Kullermann sagen?« Troller schaute auf das Foto, nach einigen Momenten nickte er und sagte: »Da kommt nur Henning Drechsler in Frage, der ist heute Pfarrer an St. Kunigundis in der Unterneustadt. Einige sind keine Priester mehr, manche in anderen Bundesländern, ich will aber nochmal sicher gehen.«
Er ging zu seinem Computer und öffnete eine Datei. »Schauen Sie, hier habe ich alle Namen der Kollegen auf dem Foto. Und was sie heute machen. Ich drucke es Ihnen aus.«
»Danke, gute Arbeit, wenn Sie mal näher dran sein wollen an all denen, die im Höllenfeuer schmoren sollen, dann kommen sie zu uns.« Troller grinste: »Ich will ja gar nicht, dass irgendjemand im Höllenfeuer schmort. Deshalb bleibe ich in der Präventionsarbeit, predige in der Kirche und vergebe bei der Beichte.«
»Da komme ich bei Gelegenheit drauf zurück«, sagte Anke Dankelmann und dachte an Pedro an Heiligabend. »Was ich aber noch wissen muss: Erinnern Sie sich an einen Schüler namens Sebastian Schüler an der GAZ?«
»Der Name sagt mir was, ich hatte ihn aber nie. Ich glaube das war einer, der sehr früh den Religionsunterricht abwählte.«
»Können Sie mal Herrn Drechsler anrufen und ihn fragen, ob ich vorbeikommen darf?«
Troller nickte, griff zum Telefon und sagte dann: »Nimmt keiner ab, ist auch keine Mailbox dran. Wissen Sie, wo das ist?«
»Ist es diese etwas von der Straße abgelegene Kirche an der Leipziger?«
»Ja. Sie können es nicht verfehlen, die Kirche ist mit einer Grundstücksmauer umgeben, am Eingang rechts ist das Pfarrhaus.«
Anke Dankelmann stieg in ihren Golf, informierte die Mordkommission über ihr Vorhaben, bat um die Recherche nach der Adresse von Sebastian Schüler und steuerte den Wagen Richtung Unter-

neustadt. Der Verkehr war irrsinnig – nicht nur wegen des Verkehrsaufkommens in der Stadt, sondern vor allem wegen der seit Jahrzehnten unverdrossen gegen jede Vernunft agierenden Verkehrsplaner im Rathaus und in den Stuben des städtischen Verkehrsunternehmens KVG. Dort saß mit Chefplaner Alfred Märzenthal der letzte Betonkopf westlich des Urals, der unbeirrbar dem Glauben nachhing, eine Beschränkung des Individualverkehrs würde von alleine dafür sorgen, dass die Menschen auf Straßenbahnen und Busse umstiegen oder möglicherweise selbst im Winter mit dem Fahrrad auf ungeräumten Straßen Suizidversuche unternahmen. Auch darin lag eine Logik: Je mehr Radfahrer im Krankenhaus lagen, um so weniger konnten auf den Gedanken kommen, auf's Auto umzusteigen. Märzenthal war ein Ass – nur wusste niemand, wozu man beim Autoquartett ein Ass brauchte.

Er hatte die Straßenbahn zur Unterneustadt genommen, war am Unterneustädter Kirchplatz ausgestiegen und mehrfach die Leipziger Straße entlanggegangen. Die war, wie immer, Baustelle, und auch er zählte zu denen, die nicht begreifen konnten, mit welchem Recht Verkehrsplaner Millionen zum Fenster rauswerfen konnten für Projekte, die noch nie einen irgendwie zählbaren Ertrag gebracht hatten. Man durfte in dieser Stadt fest davon ausgehen: Sobald gebaut wurde, ging alles schief, und alles wurde teurer als geplant. Und hinterher war, wie bei dieser neuen Trasse für ein neues Verkehrssystem namens Regiotram, das Ergebnis nicht zu gebrauchen. Er näherte sich der Kirche, betrat den Innenhof, nachdem er festgestellt hatte, dass im Pfarrhaus kein Licht brannte. Auf dem Klingelschild stand »Drechsler« – er war also an der richtigen Stelle. Das Gelände war ideal: Die Kirche hatte an der Leipziger Straße eine Zufahrt, man konnte direkt in den schlecht beleuchteten Hof vor dem Pfarrhaus fahren. Er würde den weißen Van nehmen mit dem Caritas-Zeichen auf der Seite – kein Mensch würde Verdacht schöpfen. Er umrundete die Kirche, um auszuschließen, dass man möglicherweise den Hof als schnellen Durchgang be-

nutzen konnte. An der Rückseite gab es ein kleines Tor, aber das war verschlossen. Er näherte sich wieder dem Pfarrhaus und erstarrte. Langsam betrat eine Frau den Innenhof, blickte sich unsicher um. Im diffusen Licht von der Straße her war sie schwer zu erkennen, als sie ihr Gesicht dem Pfarrhaus zuwandt, durchfuhr in ein Schreck: Wenn nicht alles täuschte, dann war dies hier die Kommissarin, die er im Fernsehen nach dem ersten Leichenfund gesehen hatte. Warum war sie hier? Waren sie ihm bereits auf der Spur? Er hatte nichts hinterlassen, da war er sicher. Er drückte sich ganz eng hinter einen Mauervorsprung der Kirche ins Dunkel und merkte, wie er erstmals unsicher wurde. Die Frau näherte sich dem Pfarrhaus, blickte sich mehrfach um und drückte dann auf die Klingel. Nichts rührte sich. Sie schaute sich erneut um, ging ein paar Schritte in Richtung Kirche und blieb dann stehen. Von der Straße her näherten sich Schritte, die zielsicher auf den Hofeingang zusteuerten. Ein Mann bog um die Ecke und schritt auf das Pfarrhaus zu, blieb abrupt stehen, als er die Frau sah.
»Liebe Frau, Sie haben mich jetzt aber erschreckt, ich war so in Gedanken. Was suchen Sie, kann ich Ihnen helfen?«
»Das weiß ich nicht«, sagte die Frau und griff in ihre Tasche. »Mein Name ist Anke Dankelmann, ich bin Kommissarin in der Mordkommission, die im Fall der beiden toten Pfarrer ermittelt.« Sie hatte etwas in der Hand, das sie dem Mann zeigte, vermutlich ihren Ausweis. »Ich suche Henning Drechsler.«
»Der bin ich«, sagte der Mann, »kommen Sie doch mit rein.«
Er ging zur Tür, schloss sie auf und die beiden traten ins Haus.

Er beobachtete, in welchem Raum das Licht anging. Er würde versuchen zu lauschen. Seit einer Minute hatte sich die Welt, seine durchgeplante Welt, in der er sicher war, verändert. Er würde improvisieren müssen, er hasste das. Er hasste Dinge, die sich veränderten, unvorhergesehen. Er merkte, wie er zornig wurde. Er merkte, wie er aggressiv wurde. Im Zweifel würde er sofort töten müssen. Er griff in seine Jacke und fasste sein Stilett, das er in der

Dunkelheit immer bei sich trug. Er musste verhindern, dass die Kommissarin ihr Wissen weitergab. Wenn sie allein unterwegs war, dann handelte sie eventuell unabgestimmt, auf eigene Faust. Er würde auch eine Frau töten können. Seine Hand fuhr durch das Gesicht, das plötzlich brannte, wie Feuer. Er griff in den Schnee und kühlte es sich damit ab.

Anke Dankelmann blickte sich um, es war eine moderne Einrichtung, wie sie sie in einem katholischen Pfarrhaus nicht erwartet hätte. Der Mann hatte Geschmack. Oder seine Haushälterin. Anke, schäm' dich!, schalt sie ihre innere Stimme. Die war heute ungewohnt häufig aktiv.

»Ich habe das mit meinen beiden Kollegen, mit denen ich ja gemeinsam die Priesterweihe erhalten habe, natürlich mitbekommen. Und es hat mich auch tief berührt, wir hatten natürlich seit vielen Jahren immer Kontakt. Was führt sie denn jetzt zu mir?«

»Sagen wir mal: es ist eine These, eine gewagte, zugegeben. Wir haben mit unseren Experten an einem möglichen Täterprofil gearbeitet. Die Tatsache, dass Ihre Kollegen halbnackt in der Öffentlichkeit aufgefunden wurden, Frank-Peter Michel wies zudem Stichverletzungen im Genitalbereich auf, einige andere Fakten hinzugerechnet – da deutet alles darauf hin, dass jemand mit einem hammerharten Trauma zu kämpfen hat, das eventuell mit sexuellem Missbrauch in Einklang zu bringen ist. Wir haben recherchiert. In strafrechtlich bekannten und nur den Kirchenakten bekannten Fällen und sind auf ein paar Fälle gestoßen, die wir der Reihe nach abhaken konnten. Nur einer ist übrig – und der ist mysteriös. Was sagt Ihnen der Name Dirk Kullermann?«

»Ach du liebe Zeit. Kullermann. Ist das hier eigentlich ein Verhör?«

»Nein. Das ist ein informelles Gespräch – im übrigen auch für Sie, aber dazu komme ich gleich.«

»Stört es Sie, wenn ich mir eine Pfeife anstecke?«

»Nur zu. Ich fahre mal fort, okay?«

»Stopp, eines noch«, sagte Drechsler. Kann ich Ihnen was anbieten. Wasser, Wein, Bier, einen Cognac, Whisky?«
Anke Dankelmann schüttelte den Kopf, während sich der Pfarrer zwei Finger breit Whisky einschenkte.
»Nun, was ist mit Kullermann?«
»Tja«, Drechsler nahm die Pfeife aus dem Mund, hantierte umständlich mit dem Pfeifenstopfer und zündete sie dann an. Anke Dankelmann wurde unruhig. Hier ging es um Mord, und der Knabe machte einen auf englischen Lebemann in Edgar-Wallace-Filmen. Fehlte nur noch Klaus Kinski als Butler. »Kullermann war schon zu Zeiten der Priesterweihe eine ungewöhnliche Erscheinung. Ich glaube, man bezeichnet ihn am treffendsten mit arrogantes Arschloch. Verzeihung. Er war ein blendender Rhetoriker, wäre sicher ein guter Pfarrer geworden, doch damals schon war der irgendwie schräg drauf. Ein wirrer, ein irrer Blick, Augen, die von einer Sekunde auf die andere steinhart werden konnten – unheimlich. Er wirkte allerdings unheimlich gut bei Jugendgruppen – und da vor allem bei Jungen. Er begeisterte sie, sie fuhren gern mit zu Freizeiten, und auch da konnte er richtig Stimmung machen . Eine moderne Art Menschenfischer – eigentlich.«
»Gut, aber er hatte ja offensichtlich auch noch ein anderes Gesicht. Sie wissen sicher von den Vorwürfen?«
Drechsler spitze den Mund und entließ den Pfeifenrauch in regelmäßigen Stößen aus seinem Mund. Rauchzeichen wie im Winnetou-Film, dachte sich Anke Dankelmann, der die bräsige Art des Priesters immer mehr auf die Nerven ging.
»Klar. Er fummelte gern mit Jungs rum, hat ihn ja dann auch die Karriere gekostet.«
»Wenn die Vorwürfe stimmen, dann war dies nicht nur ein bisschen Fummeln. Dann hat er wohl nachweislich jemandem nachts ins Gesicht onaniert. Wie geht man denn unter Kollegen mit solchen Dingen um?«
»Das ist gar nicht so einfach, glauben Sie mir. Man schwingt sich da gern zum Moralapostel auf und erklärt, gerade katholische Prie-

ster müssten dann doch klare Verhältnisse schaffen, den Sünder verbannen und was weiß ich. Aber denken Sie mal an Ihren eigenen Beruf. Sie sind für Recht und Ordnung zuständig, und stellen Sie sich vor, einer ihrer persönlichen Weggefährten, egal, ob Sie ihn mögen oder nicht, lässt sich etwas zuschulden kommen. Da geraten Sie in Gewissenskonflikte, oder meinen Sie, den verhaften Sie dann mit Jubelgeheul? So ging es uns auch. Einerseits kollegiale Gefühle, andererseits Empörung – viele wandten sich von ihm ab, wobei sicher hilfreich war, dass er mit seiner arroganten Art so manchen vor den Kopf gestoßen hatte. Da lässt man dann im Gegenzug schon leichter jemanden fallen. Ich habe, ich gebe es zu, zu denen gehört, die lange Zeit versucht haben, ihm zu helfen. Auch noch, als er in Fulda war, und ich habe auch noch Kontakt gehalten, als er sich von der Kirche abwandte.«
»Was macht er denn heute?« Anke Dankelmann merkte, wie die innere Anspannung stieg.
»Er hat sich eine Zeitlang mit Gelegenheitsjobs über Wasser gehalten, hat sogar mal Zeitungen ausgetragen, kaum zu glauben, oder? Seit ein paar Monaten sitzt er in so einer Art Kommune im Waldecker Raum. Das ist ein großes Gut, auf dem Dutzende von Leuten leben, alternative Landwirtschaft machen, und alles kommt in eine große Kasse. Es gibt keine Gehälter, jeder nimmt sich, was er braucht. Er hat mir mal eine Ahle Wurscht mitgebracht, hat phantastisch geschmeckt. Sie machen auch Milchprodukte, scheint gut zu laufen, der Laden. Und er ist irgendwie ein neuer Mensch geworden. Man hat den Eindruck, dass er eine Menge Ballast losgeworden ist, als ob seine Vergangenheit nicht mehr existiert, als ob er ein neues Leben angefangen hat. Er hat da wohl auch einen Lebenspartner, aber er schweigt sich in der Beziehung aus.«
»Wissen Sie die Adresse, unter der er zu erreichen ist?«
»Wozu brauchen Sie die denn?«
»Werter Herr Drechsler, wir versuchen gerade zwei Morde aufzuklären. Die These, die ich Ihnen eingangs erläuterte, ist eine bloße Vermutung – aber wir haben zurzeit nichts Besseres in der Hand.

Sollte diese These halbwegs realitätsnah sein, dann hätte das zur Konsequenz, dass erstens Sie möglicherweise gefährdet sind, aber ganz gewiss Kullermann. Wir müssen ihn finden und kommen so vielleicht an den Mörder ran.«

»Wieso das?« Drechsler blickte verwundert.

»Nur eine These. Der Täter bringt zwei Menschen um, die zu Kullermanns Priesterjahrgang gehören. Beide in Kassel. Der dritte noch in Kassel lebende Priester sind Sie. Nicht ganz unwahrscheinlich, dass Sie bei ihm auf der Liste stehen. Warum auch immer ...«

Drechsler nickte, stand auf, klopfte seine Pfeife kurz über einem Aschenbecher ab und schaute irritiert in Richtung Fenster.

»Mir war, als hätte ich da eben irgendetwas vernommen, ein Geräusch, ein Schatten – Quatsch, es ist ja dunkel. Und wahrscheinlich haben Sie mich jetzt mit dem Hinweis, ich sei möglicherweise bedroht, etwas übersensibel gemacht.«

Anke Dankelmann stand auf und ging zum Fenster. Man blickte auf den Hof vor der Kirche, die Vorhänge waren nicht zugezogen. »Darf ich?«, fragte sie, wartete die Antwort nicht ab, machte ein Fenster auf und schaute vorsichtig nach draußen. Niemand zu sehen, unten am Fenster etliche Fußspuren, vermutlich schon älter. Drechsler kam aus dem Nebenzimmer zurück mit einem Zettel in der Hand. Anke Dankelmann schloss das Fenster und schaute ihn nachdenklich an.

»Ich werde mal meine Kollegen alarmieren, vielleicht ist bei den Fußspuren etwas dabei, was uns weiterhelfen kann.« Sie griff in ihre Jackentasche, tastete die anderen Taschen ab – nichts.

»Ich habe mein Handy im Auto gelassen, ich hole es mal schnell«, sagte sie und ging zur Tür.

»Sie können doch von hier telefonieren«, sagte Drechsler und zeigte auf das Telefon auf dem Tisch.

»Haben Sie die Handynummer der Spurensicherung gespeichert?« Dankelmann grinste und ging in den Flur, öffnete die Haustür und trat nach draußen. Es war wärmer geworden, rechtzeitig zu Silvester würde es richtiges Matschwetter geben, die nächste Erkältungswelle würde mit dem Jahreswechsel Einzug halten.

Er war noch zorniger als zuvor, bebte innerlich, war nahe daran, die Kontrolle über sich zu verlieren. Er hatte nur Stimmengemurmel gehört, nichts mitbekommen vom Gesagten. Dann hätte die Kommissarin ihn auch noch beinahe erwischt. Er musste jetzt handeln.

Dankelmann ging die paar Meter zum Hofeingang, trat auf den Bürgersteig auf die belebte Leipziger Straße. Der Golf stand ein paar Metern entfernt, sie öffnete die Tür und fischte das Handy von der Mittelkonsole. Auf dem Weg zurück drückte sie die Nummer der Spurensicherung und bog in den Hof ab. Die Gestalt, die sich im Schatten der Mauer zusammengekauert hatte, konnte sie nicht sehen, die Klinge des Stiletts war in der Hand verborgen.
»Anke!« Sie blieb abrupt stehen und drehte sich um. Bernd Stengel kam über die Straße gelaufen.
»Frau Dankelmann, Telefon!« Pfarrer Drechsler stand in der Tür. Dankelmann drehte sich um und erstmals erhellte die Straßenlaterne ihr Gesicht.

Er zuckte zusammen. Dieses Gesicht. So nah. »Angela«, dachte er. Nein, das konnte nicht sein. Nein, hier konnte er nicht handeln. So jedenfalls nicht. Er fasste einen Entschluss.

Aus dem Schatten der Mauer löste sich eine Gestalt, ging hinter dem Rücken an Anke Dankelmann vorbei auf den Bürgersteig, bog unbemerkt von der Kommissarin nach rechts ab.
»Mensch Anke, du kannst doch nicht in der Dunkelheit völlig allein losmarschieren, wenn dir irgendwas passiert, spinnst du eigentlich?« Stengel war sauer, oder besorgt, oder beides.
»Übertreibst du nicht ein wenig? Plassek wusste doch, wo ich bin.«
»Von dem habe ich auch die Adresse. Ich habe zehnmal versucht,

dich auf dem Handy anzurufen. Nix. Ist doch klar, dass ich mir Sorgen mache.«
Dankelmann kapierte – das Handy im Auto. Sie lächelte Stengel an, drückte ihm kurz den Arm und ging in Richtung Pfarrhaus.
»Wer ist denn dran am Telefon?«
»Ein Herr Plassek.«
»Okay, sagen Sie ihm, mir geht es gut, ich rufe gleich zurück.«
»Bernd, kannst du mal die Spurensicherung anrufen, vor diesem Fenster hat vorhin möglicherweise jemand gestanden und unserem Gespräch gelauscht. Vielleicht war es ja unsere Zielperson.«
»Schön formuliert, klar mache ich, lass' die Tür auf, ich komme gleich rein.« Dankelmann wählte Plasseks Nummer und ging ins Haus. »Mensch Anke, warum gehst du nicht ans Telefon?«
»Entwarnung, Handy lag im Auto, außerdem ist Bernd jetzt hier.«
»Ich habe mir Vorwürfe gemacht, dass ich dir das genehmigt habe, da allein hinzugehen.«
»Tief durchatmen, alles wird gut, wir kommen hier auch weiter, ich habe gleich die Adresse von diesem Kullermann. Habt ihr in Sachen Sebastian Schüler etwas erreicht?«
»Ja. Wir haben eine Adresse, haben ihn aber nicht angetroffen. Er ist gemeldet in einer Souterrainwohnung im Grünen Waldweg. Und hat einen Job: Er arbeitet bei der Barmer Ersatzkasse, ist da so was wie Sachbearbeiter.«
»Naja, dann treffen wir ihn im Zweifel da an. Ich melde mich nachher.« Sie beendete das Gespräch, Stengel kam herein, und sie machte die beiden Männer miteinander bekannt.
»Hier ist die Adresse, es ist eine Art Schloss in der Nähe von Ippinghausen, Höhnscheid heißt es.«
»Das kenne ich«, sagte Stengel. »Fahren wir los?«
Dankelmann blickte auf die Uhr. 18 Uhr 20. Okay, das konnte man wagen.
»Wer war eigentlich der Mann, der vorhin hinter Ihnen auf die Straße gegangen ist?«, fragte Drechsler.
»Welcher Mann?« Dankelmann schaute ihn irritiert an.

»Hinter dir ist vorhin jemand auf die Straße gegangen. Als ich dich gerufen habe.«
»Ich habe niemanden gesehen.«
»Als ich raus kam, stand er direkt neben dem Hofeingang, als würde er pinkeln.«
»Oder auf jemanden warten ...«, sagte Stengel und schaute seine Kollegin an. Die wirkte cool, doch in Wahrheit war sie ziemlich geschockt. Sie grübelte.
»Wir warten noch auf die Spurensicherung, erklären ihnen die Aufgabe und fahren dann nach Höhnscheid. Da vorne am Platz der Deutschen Einheit sind ein paar Pommesbuden, ich brauche eine Bratwurst.«
»Und eigentlich ein Bier und einen Schnaps, oder?«, fragte Stengel leise. Anke Dankelmann nickte und schluckte.

Als sie in Wilhelmshöhe auf die Autobahn fuhren, herrschte Stille im Auto. Sie hatten noch schnell den Golf im Kirchweg abgestellt und waren in Stengels Auto weitergefahren. Irgendwann, sie waren mittlerweile auf die A 44 Richtung Dortmund abgebogen, sagte Anke Dankelmann: »Meinst du, er war es?«
»Schon möglich. Auf jeden Fall war das sehr ungewöhnlich. Und es ist völlig richtig, dass Drechsler Schutz bekommt. Ich glaube nicht, dass er heute Nacht noch mal da auftaucht, aber der ist krank, wer weiß? Ich weiß aber auch nicht, was sein Motiv sein könnte, dir etwas anzutun – wenn er das überhaupt wollte. Vielleicht war es ja auch nur ein Handtaschenräuber.« Schweigend fuhren sie weiter. Ein komischer Abend.

Er saß in seinem Schuppen vor dem Van mit der Caritas-Aufschrift. Wenn die Polizisten die Adresse von Kullermann hatten, dann waren sie jetzt unterwegs zu ihm. Wenn sie Verdacht geschöpft hatten, würde Drechsler sicher bewacht. Aber er musste jetzt handeln. Er setzte sich ans Steuer, machte das Garagentor mit der Fernbedienung auf und fuhr hinaus in die Nacht. Es war noch keine 20

Uhr, ein normaler Arbeitstag, vielleicht würde niemand Verdacht schöpfen. Der Wagen hatte ein Kasseler Nummernschild, auch das würde beruhigen. Er schloss das Garagentor und fuhr in Richtung Kunigundishof. Es war nicht weit, aber er hatte das Gefühl, weit weg von der Lösung seines Problems zu sein. Etwas war anders geworden. Die Gewichte hatten sich verschoben. Bisher hatte er den Takt bestimmt, seit diesem Tag wurde er gehetzt. Und er hatte keinen Schimmer, wieso die Polizei ihm so schnell so dicht auf den Fersen war.

Der Wagen bog in den Kunigundishof ein, er stieg aus und klingelte. Drechsler öffnete die Tür und sah ihn an.
»Ja bitte?«
»Mein Name ist Peters, ich bin von der Caritas, Klaus Müssiggang schickt mich wegen der Kleiderspenden, er macht die Lieferung gleich am Tag nach Neujahr fertig und bittet mich, ihre Sammlung noch schnell mitzunehmen. Ich war gerade auf dem Weg von Kaufungen zurück.«
Drechsler schaute ihn skeptisch an.
»Soll ich anrufen?«, fragte er und holte sein Handy aus der Tasche.
»Nein. Ich bin heute nur etwas durcheinander. Darf ich mal Ihren Ausweis sehen?« Er zückte den Ausweis, den er Monate vorher einem Kunden entwendet und selbst nachbearbeitet hatte, und reichte ihn Drechsler. Von dem Kunden hatte er im Beratungsgespräch über einen Kurantrag auch alles über die Organisation der Kleiderspenden der Caritas erfahren. Drechsler sah auf das Dokument, nickte und gab ihn zurück.
»Okay, auf den Müssiggang ist ja auch Verlass. Kommen Sie rein.«
Die Tür schloss sich hinter den beiden, Drechsler bat den Mann um Geduld und verschwand im Nebenraum. »Ich hole die Kiste, viel ist es nicht, liegt aber hier am Stadtteil. Die Leute können hier nicht so üppig spenden wie in Wilhelmshöhe.«
Er blickte sich um. Auf dem Tisch lag ein Zettel, er ging die zwei Schritte hin und sah ihn sich an: Kullermann, Schloss Höhnscheid,

Arolsen stand darauf. Er war endlich am Ziel, er hatte, was er wollte. Und musste diesem Pfarrer wohl nichts mehr mit Gewalt entlocken. Der kam gerade aus dem Nebenzimmer mit einer Kiste. »Eigentlich sollte der Kurier ja erst am 2. Januar kommen, ist aber auch wurscht, das Zeug muss weg, blockiert mir meinen Schreibtisch.«

Er schaute den Pfarrer an, lächelte, ließ den Griff seines Messers in der Tasche los, nahm die Kiste und ging raus.

»Danke, Herr Drechsler«, rief er fröhlich zurück, winkte, setzte sich ans Steuer, als er hinausfuhr, bog gerade ein Streifenwagen auf den Hof ein.

Die Beamten schauten dem Wagen hinterher, redeten kurz leise miteinander, einer stieg aus und ging auf den Pfarrer zu, der noch in der Tür stand. Der andere Streifenwagen wendete, was im Innenhof nicht so schnell ging, und fuhr dann auf die belebte Hauptstraße hinaus.

»Guten Abend, Pfarrer Drechsler, wir sind Ihre Aufpasser, wie angekündigt. Wer war denn das eben?« fragte der Polizist.

»Ein Mann von der Caritas, hat nur Kleiderspenden abgeholt.«

»Kannten Sie den?«, fragte der Polizist.

»Nein. Aber mein Kollege Müssiggang von der Caritas hat ihn geschickt, und der Ausweis war in Ordnung.«

Der Beamte nickte nachdenklich.

»Wo ist denn der Kollege hin?«, fragte Drechsler verwundert, als er auf den leeren Innenhof schaute.

»Gleich zurück«, entgegenete der Beamte einsilbig.

Minuten später kehrte der Streifenwagen zurück. Der Kollege stieg aus.

»Keine Chance«, sagte er. »Der war schon an der Kreuzung verschwunden, als ich aus dem Hof kam. Hab' das Kennzeichen von der Kiste aber überprüft, ist vor Monaten gestohlen.«

Sie schauten sich an. »Die Fahndung ist per Funk raus.«

Er steuerte den Wagen zurück zu seinem Unterschlupf und wechselte das Auto. Seinen Pkw hatte er diesmal in einer anderen Straße abgestellt, er ging schnellsten Schrittes durch die verschneiten Wege im Industriegebiet und fuhr dann los, Richtung Höhnscheid. Die Fahrt würde er nutzen, um einen Plan zu machen. Als er in Höhnscheid ankam, hatte er zwei. Einer betraf Kullermann, ein anderer die Kommissarin, die ihm das Leben so schwer machte. Sein Gesicht brannte. Er ignorierte es. Hass war stärker als Schmerz. Warum ließen sie ihn nicht einfach seinen Seelenfrieden finden? Er würde Kullermann einfach umbringen, ihn leiden lassen, so wie er leiden musste. Erst körperlich, und dann an seiner geschundenen Seele. Er stellte das Auto auf einem Feldweg ab und ging über die Zufahrt Richtung Höhnscheid.

Als Anke Dankelmann und Bernd Stengel in Höhnscheid aus dem Auto stiegen und den erstbesten Menschen, den sie sahen, nach Dirk Kullermann befragten, kriegten sie eine mürrische Antwort: »Der ist vorn beim Essen, da hinten links rein und dann fragen.« Warum eigentlich, fragte sich Anke Dankelmann, liefen Menschen, die sich einer alternativen Lebensweise unterworfen hatten, immer herum, als müssten sie all die Last der Welt tragen? Warum hatte man immer den Eindruck, dass alternatives Leben jede Form von Fröhlichkeit, Unbekümmertheit ausschloss – wahrscheinlich sogar Lachen. Sie sah sich um. Höhnscheid war eine Perle, keine Frage. Früher mal ein Tagungszentrum, heute immer noch, allerdings in Kombination mit dieser Kommunen-Landwirtschaft. Zum schlossähnlichen Gebäude zählten einige Wirtschaftsbauten für die Viehhaltung, der Bauernhof auf der anderen Seite der B 251 zählte wahrscheinlich auch dazu. Sie war hier schon hundertmal bei Motorradtouren zum Edersee vorbeigefahren, hatte immer mal überlegt, sich den Gebäudekomplex näher anzuschauen – nun war es soweit, allerdings unter ganz anderen Vorzeichen.
Sie fragten sich nach Dirk Kullermann durch, und irgendwann trat ein Mensch durch die Tür, der Ähnlichkeit mit dem Kullermann

auf dem Foto von der Priesterweihe hatte. »Hallo, Sie suchen nach mir, ich bin Dirk Kullermann!«
Stengel und Dankelmann stellten sich vor und reichten dem Mann die Hand. Dankelmann erklärte in knappen Worten den Anlass des Besuchs. Kullermanns Miene versteinerte.
»Ich dachte, ich hätte die Vergangenheit abgeschüttelt«, flüsterte er. »Lassen Sie uns hier in einen Tagungsraum gehen, da sind wir ungestört.«
Der Raum hätte ein Konferenzzimmer im Präsidium sein können, sachlich und schnörkellos eingerichtet.
»Herr Kullermann«, begann Stengel, »wir gehen bisher nur einem Verdacht nach. Es gibt keine Spuren, keine Beweise. Aber alles, was diesen Verdacht ausmacht, erhärtet sich von Tag zu Tag. Und wir glauben, dass Sie durchaus in großer Gefahr sein können. Also helfen Sie uns bitte, schon aus Eigeninteresse.«
Kullermann nickte.
»Das verstehe ich schon. Aber wie wahrscheinlich ist es denn, dass ich für die Dinge, die mir vorgeworfen wurden, noch belangt werden kann?«
»Tolle Frage.« Anke Dankelmann setzte sich auf einen der hölzernen Stühle. Ihr Vater hatte ihr mal einen solchen gebastelt, als sie einen Schreibtischstuhl brauchte und die Familien kein Geld hatte. Nur: dieser hier war unbequemer. »Das lässt ja den Rückschluss zu, dass Sie eigentlich die Dinge, die Ihnen vorgeworfen wurden, auch begangen haben, oder? Ich kann Sie beruhigen: Die Verjährungsfristen bei sexueller Nötigung oder ähnlichen Dingen liegen bei fünf Jahren. Das Ganze ist ja länger her. Sie können unbeschwert plaudern, Ihnen kann nichts mehr passieren. Und hier leben Sie ja sowieso in einer anderen Welt, hier gelten andere Verjährungsfristen, oder?«
Sie mochte diesen Typen nicht. Er war groß, vielleicht 1 Meter 85, dunkle, mittellange gewellte Haare und gräuliche Augen, die blitzschnell, manchmal beinahe wirr im Raum umherhetzten. Seine Kleidung war durchschnittlich, allerdings trug er im Haus die in

solchen Kreisen wohl unvermeidbaren Birkenstock-Schlappen, ziemlich abgewetzt. Wahrscheinlich dienten die Dinger der Bekämpfung sexueller Gelüste: Wenn die Hormone Mambo tanzten, gab es was mit dem Schlappen auf die empfindlichen Stellen. Bernd Stengel hatte mitbekommen, dass die Chemie zwischen seiner Kollegin und Kullermann nicht stimmte. Er blickte Dankelmann an und führte die Fragerunde fort.

»Wir müssen davon ausgehen, dass eine der Möglichkeiten darin besteht, dass einer der Jungen, mit dem Sie vor Jahren Kontakt hatten, sich an Ihnen rächen will. Was genau ist damals vorgefallen? Was sagt Ihnen der Name Fabian Hempel?«

»Oder gab es auch Ärger mit Mädels?«, schob Anke Dankelmann nach. Wenn nicht, kriegst du ihn jetzt, dachte sie sich.

Kullermann bedachte sie mit einem durchdringenden Blick, atmete tief durch und räusperte sich kurz.

»Bitte verstehen Sie mich nicht falsch«, begann er, »das ist alles sehr lange her und ich habe eigentlich das meiste verdrängt. Es war eine schlimme Zeit. Ich habe irgendwann nach der Priesterweihe gemerkt, dass ich homosexuell bin. Eine aufregende Entdeckung, man stellt fest, dass man Lust daran findet, die Burschen, um die man sich bei Jungenfreizeiten kümmern soll, im Waschraum zu beobachten. Dass einem einer gefällt. Wahrscheinlich war das vorher schon so, aber ich habe mir erst nach der Weihe erlaubt, meine Gefühle, mein Anderssein zu akzeptieren. Und das vor dem Hintergrund der verlogenen Moral der katholischen Kirche. Landauf, landab gibt es Priester, die Verhältnisse mit Frauen haben, die mit ihrer Sexualität nicht zurechtkommen. Das Zölibat war für mich nie ein Problem, aber ich habe erst spät gemerkt warum.«

Kullermann ging zu einem Getränkekühlschrank und holte sich eine Seven Up heraus. »Will von Ihnen jemand was zu trinken?«, fragte er. Die beiden Polizisten schüttelten den Kopf.

»Irgendwann habe ich dann bei Jungen, bei denen ich den Eindruck hatte, dass sie ebenfalls Spaß daran hatten, eine Art Beziehung angefangen. Irgendwie war mir klar, dass das irgendwann auffliegen und mich meinen Job kosten würde. Aber die Versuchung war zu groß.

»Mit wievielen der Jungen hatten sie denn so etwas wie ein Verhältnis?« Stengel schaute Dankelmann an und versuchte die Botschaft loszuwerden, dass sie bitteschön die Klappe halten solle.

»Das waren nicht viele, vier oder fünf. Bei manchen kam es nur zu Berührungen, später dann wurden die Kontakte intensiver.

»Darf man bescheiden nachfragen, was dieses intensiver bedeutet? Hatten Sie Geschlechtsverkehr mit den Jungs?«

»Nein.« Kullermann antwortete klar und sicher. Keine Spur von Verlegenheit. Keine Spur von Reue.

»Was war es dann?«

»Ich ..., ehrlich gesagt weiß ich die Namen der Jungen nicht mehr, Fabian Hempel könnte hinkommen. So richtig kann ich mich nicht mehr erinnern.«

»Passen Sie mal auf, wir können Sie locker mit großem Getöse mit ins Präsidium nehmen. Wir sind mit Zivilfahrzeug hier, aber ich kann auch drei Streifenwagen antanzen lassen, mit Martinshorn und Blaulicht, dann gibt es hier einen dicken Auflauf und wenn Sie wieder zurück sind, gibt es Erklärungsbedarf. Lebt Ihr Lebensgefährte auch hier?« Dankelmanns Augen funkelten zornig.

»Ja, der lebt hier. Aber den können Sie damit nicht beeindrucken, ich habe ihm alles aus meiner Vergangenheit erzählt.«

»Na prima, dann ist doch nicht alles von der Festplatte gelöscht, und Sie erzählen uns, was Sie ihm erzählt haben.« Dankelmann und Stengel grinsten.

Kullermann war sichtlich irritiert.

»Was war also mit Fabian Hempel?«

»Ob er Hempel hieß, weiß ich nicht mehr. Es gab da was mit einem Fabian. Der Junge hat genau gewusst, dass ich scharf auf ihn war. Hat sich im Zimmer, als die Jungs schlafen gehen sollten, provokativ ausgezogen, wie bei einem Striptease, ich hatte Aufsicht auf dem Flur. Ich bin dann nachts in sein Zimmer und musste was gegen den Druck tun. Na, und da ist es dann passiert.«

»Was bitte ist genau passiert?« Kullermann schüttelte den Kopf, druckste rum.
»Ich kann das nicht erzählen.«
»War das der Junge, dem sie ins Gesicht onaniert haben?«
»Ja.« Kullermann brüllte die Antwort heraus. »Ich wollte das nicht, ist irgendwie passiert, aber er hat das nicht mitgekriegt, ganz bestimmt nicht. Er hat doch geschlafen.«
»Passen Sie mal auf …«, Anke Dankelmann ignorierte den warnenden Blick ihres Kollegen, »der Junge hat nichts mitgekriegt? Fabian Hempel lebt heute in Kassel, der Junge hätte sich, weil er dieses Trauma nicht überwunden hat, aus purem Ekel beinahe zu Tode gesoffen. Der liebe Gott, ein gütiges Schicksal oder das Glück – vielleicht auch alles zusammen, haben dazu geführt, dass er die Kurve gekriegt hat. Hat Ihnen das irgendjemand mal gesagt?« Kullermann schüttelte den Kopf. Doch seine Souveränität war dahin. »Ist es Fabian Hempel, der hinter mir her ist?«
»Schon möglich. Aber wir kennen die Alternativen ja nicht.«
»Wieso Alternativen?«
»Gibt es irgendjemanden dem sie ähnlich wehgetan haben, oder gibt es jemanden, der noch mehr Grund hätte, sich an Ihnen zu rächen.« Kullermann nickte. »Sagen Sie mir bitte kurz, wie meine beiden Ex-Kollegen gestorben sind«, sagte er mit leiser Stimme. Stengel schilderte die Todesfälle sehr detailreich. Als er die Genitalverletzungen von Frank-Peter Michel schilderte, schluchzte Kullermann auf.
»Hören Sie bitte auf.« Er schnäuzte sich in ein Papiertaschentuch, das er in der Hosentasche hatte. Anke Dankelmann blickte ihn komplett mitleidslos an.
»Kurze Zeit später gab es da noch einen Vorfall, bei dem weiß ich bis heute nicht, was in mich gefahren war. Ich habe einen Jungen erwischt, wie er einem Kameraden Taschengeld gestohlen hatte bei einer Freizeit.« Wer benutzte wohl heute noch das Wort Kameraden, fragte sich Anke Dankelmann, während sich Kullermann erneut schnäuzte.

»Das war einer, von dem ich den Eindruck hatte, dass er auch so homosexuelle Neigungen hatte.«
»Haben das nicht viele Jungs in dem Alter?«, fragte Stengel.
»Keine Ahnung, aber ich habe ihn dann zappeln lassen, habe ihm gedroht, in der Schule alles zu erzählen. Zuhause ging es auch drunter und drüber bei dem, sein Vater hätte ihn wahrscheinlich bis zur Bewusstlosigkeit geprügelt. Wir haben uns dann nach der Freizeit getroffen, in der Wohnung eines Freundes, der verreist war.« Der Mann rang nach Kräften, aber Stengel ließ nicht locker.
»Weiter bitte. Was passierte?«
»Ich hatte kurze Zeit vorher einen Film gesehen, aus einer Videothek, da hatte sich einer richtig aufgegeilt daran, seinen schwulen Freund zu quälen, hat ihm mit dem Messer seine Initialen in die Geschlechtsteile geritzt.«
»Wie? Und das haben Sie mit dem Jungen auch angestellt?«
»Wir waren in der Wohnung, ich habe ihm Geld gegeben und ihm gesagt, dass ich dafür versuchen wollte, Spaß zu kriegen. Ich habe ihn an einen Stuhl gebunden und dann ...«
»Und dann?« Stengel beugte sich über Kullermann, schüttelte ihn an einer Schulter.
»Ich habe ihm mit dem Messer, naja, in die, ähm ..., gestochen. Wollte das auch machen. Er hat furchtbar geschrieen, da habe ich ihm Klebeband über den Mund gezogen. Da kriegte er kaum Luft, ich hatte Angst, der erstickt, am Boden war Blut. Ich habe ihn dann in der Wohnung versorgt, habe seine Eltern angerufen, dass ihm nicht gut sei und er bei mir übernachten wolle. Denen war das recht, dann hat er wenigstens die Haushaltskasse entlastet, weil er nicht daheim aß.« Er versuchte ein Lächeln, aber als er die versteinerten Mienen der Beamten sah, schaute er zu Boden.
»Wissen Sie, diese Geschichte habe ich meinem Freund nicht erzählt, ich bin aber froh, dass ich das jetzt zum ersten Mal los werde. Denn es tut mir immer noch so leid. Ich kam mir vor wie ein Schwein, nein, ich denke immer noch so. Ich kann Ihre Abneigung verstehen, aber ich kann das Ganze nicht ungeschehen machen.

Für mich war das so eine Grenzerfahrung: Im Film hat mich das erregt, in natura habe ich gemerkt, dass ich zu weit gegangen bin.«
»Nein, ungeschehen machen können Sie das nicht. Und in Verbindung mit Körperverletzung werden die Karten bei der Strafverfolgung noch einmal neu gemischt. Damit müssen Sie rechnen. Und Sie können das beeinflussen, indem Sie uns helfen.« Dankelmanns Stimme wirkte kalt wie ein Eisklumpen. Kullermann nickte.
»Das war natürlich schwierig, der Junge war verletzt, ich wusste, ich hatte ihn erniedrigt, denn während der Freizeit habe ich ihm auch ins Gesicht, also ...«
»Weiter.« Anke Dankelmanns Stimme war angesichts dieses widerlichen, sich selbst bemitleidenden Jammerlappens wie ein Harakiri-Schwert.
»Ich bin dann kurz danach aus dem Dienst der Kirche ausgeschieden, war erst in Fulda und kam mit nichts mehr zurecht. Erstaunlicherweise hat der Junge nie etwas erzählt. Der ging zwei Tage später wieder zur Schule. Aber seine Eltern hätten ihm die Geschichte wohl auch nicht geglaubt. Ich habe immer in der Angst gelebt, dass mich das einholen könnte. Jetzt ist es also passiert. Ich habe übrigens nie mehr von ihm gehört.«
»Wie hieß der Junge denn?«
»Ich habe nur noch seinen Vornamen in Erinnerung, alle nannten ihn Basti.«
»Also möglicherweise Sebastian. Schüler mit Nachnamen?«
Kullermann nickte. »Könnte sein. Kommt mir vertraut vor.«
»Und Sie sagen, Sie habe nie wieder Kontakt mit ihm gehabt. Er hat sich nie bei Ihnen gemeldet, Ihnen gedroht oder so?« Stengel machte sich weiter Notizen.
»Nein. Da war nichts. Hat mich schon gewundert ...«
»Wundert mich auch«, sagte Anke Dankelmann und stand auf.
»Was haben Sie eigentlich genau mit dem Messer angestellt? Schauen Sie mich nicht so entsetzt an, Mann. Ich bin nicht versessen auf solche Gewaltdetails. Aber unser Profiler, der anhand der vorliegenden Fakten von den Opfern ein mögliches Tätermotiv

entwickelt hat, hat genau in diese Richtung argumentiert. Also raus damit.«
»Ich, ich kann nicht«, stammelte Kullermann. »Es war nicht so schlimm.«
»Sie haben ihm also nur die Schamhaare frisiert?«
»Anke!« Stengel ging dazwischen. »Herr Kullermann, es ist wichtig für uns. Und möglicherweise auch für Sie. Sie merken doch, was Ihnen da auf der Seele gelegen hat all die Jahre.«
Kullermann nickte. »Ja. Aber ich kann das jetzt nicht – so von jetzt auf gleich ...«
»Wir müssen die Aussagen ohnehin noch protokollieren, das macht heute wenig Sinn, und die paar Stunden gönnen wir uns noch. Können Sie morgen um 10 Uhr im Präsidium sein? Es ist zwar Silvester, aber wir sollten das hinter uns bringen.«
Kullermann nickte. »Okay. Mein Freund fährt mich sicher hin.«
»Fühlen Sie sich in dieser Umgebung hier sicher? Brauchen Sie Personenschutz? Wir werden auf jeden Fall eine Streife vor dem Haus postieren, müsste schon da sein.«
»Nein, ein Leibwächter ist sicher nicht nötig. Hier bin ich immer in Gesellschaft, hier kommt auch keiner rein. Das würde die Gemeinschaft auch sicher nicht so akzeptieren.«
»Alles klar, dann bis morgen um 10 Uhr. Wenn Sie auch nur eine Minute zu spät sein sollten, werde ich Sie mit Haftbefehl suchen lassen, ist das klar?« Stengel stand auf und folgte Anke Dankelmann, die bereits grußlos nach draußen gegangen war.
Als sie über den schneebedeckten Hof in Richtung Auto gingen, der Schnee knirschte unter den Füßen, hier im Waldeck'schen war es noch immer ein paar Grad kälter als in der Stadt, schwiegen beide. Auf dem Innenhof stand ein Streifenwagen mit zwei Beamten, die Dankelmann und Stengel zuwinkten.
Erst im Auto griff Dankelmann zum Handy und schaute auf die Uhr. »Meinst du, ich kann Neuner noch anrufen, es ist halb zehn.«
»Wir sind doch auch noch im Dienst, gute Idee.« Stengel steuerte den Wagen die Einfahrt hinunter, bog auf die B 251 in Richtung

Ippinghausen ab, Höhnscheid blieb ein spärlich erleuchteter Fleck am Waldrand. Sie fuhren durch Ippinghausen, am Café Monschein vorbei nach Bründersen, in beiden Orten war kein Mensch auf der Straße. Auf der Ortsumgehung von Istha klappte Dankelmann ihr Handy wieder zu.

»Und?«

Stengel war neugierig, hatte das Gespräch nur leicht rekonstruieren können, weil seine Kollegin zwei, drei Fragen gestellt, der Psychologe aber jeweils lange geantwortet hatte.

»Neuner meint, das könnte ganz gut passen. Im Endeffekt ist es beinahe unwichtig, ob er ihm nur die Haut eingeritzt oder die Eier abgeschnitten hat. Bei manchen reicht die Erniedrigung, verbunden mit körperlichem Schmerz, möglicherweise ohne jede Form von Therapie, also auch kein Gespräch mit Eltern oder so, völlig aus, um ein Trauma zu haben. Je nachdem, was das für ein Typ ist, kann das zu einer solchen Reaktion führen. Warum der nicht gleich auf Kullermann losging, sondern erst die beiden anderen Pfaffen getötet hat, da ist er sich nicht sicher. Ich denke mir, dass es ihm so ging wie uns. Der hat einfach keine Adresse gewusst. Das ist doch ein richtig beschissener Fall. Dieser Typ tut mir Leid, der Kullermann weniger, und unter dem Strich bleibt einem mal wieder nichts anderes übrig, als den Müll der Gesellschaft aufzukehren. Ist doch wahr. Hätte die Kirche damals anders gehandelt, wäre vielleicht alles anders gelaufen. Aber hätte, wäre ...«

Sie schaute aus dem Fenster und wollte nur noch ein Bad nehmen und ins Bett.

»Geht mir ähnlich. Wir können über den Jahreswechsel übrigens ruhig die Arbeit verteilen. Ich mache morgen das Verhör, das Protokoll kannst du ja lesen. Ich mache dann gleich eine Mail. Die anderen Cowboys kümmern sich um diesen Sebastian Schüler oder um andere Bastis, die wir an der Schule finden. Schüler arbeitet ja bei der BEK, den treffen wir dann spätestens im Büro. Zwischenzeitlich checken wir weiter seine Familie und besuchen ihn daheim. Da musst du morgen also nicht auflaufen im Büro.«

»Du bist ein Schatz«, sagte Anke Dankelmann und dachte an den Silvesterabend mit Piet Härtel. Sie brauchte jetzt in der Tat ein paar Stunden, um den Kopf frei zu bekommen.

In ihrer Wohnung ließ sie sich ein Bad ein, kurz nach 22 Uhr klingelte das Telefon. Ihr Bruder war dran, nichts Besonderes lag an, er wollte einen guten Rutsch wünschen und hatte Sehnsucht nach seiner Schwester. Sie zappte nach dem Bad durch ein paar Programme, blieb bei »Der Ölprinz« hängen. Sie liebte die Musik aus diesen Karl-May-Streifen – und die Tatsache, dass hier immer das Gute siegte. Und sie mochte, dass die Guten immer so gut aussahen. Trotz solcher Fälle hatte es doch auch Vorteile, zu den Guten zu gehören, dachte sie.

Er hatte den Weg nach Höhnscheid problemlos gefunden, das Auto in einem Waldweg abgestellt und hatte sich auf Umwegen zu den Gebäuden begeben. Hatte in der Kälte gewartet, den Streifenwagen gesehen und die beiden Kommissare, die das Haus verließen. Als sie im Auto saßen, war der Mann aus der Tür getreten. Er ging, nachdem die Polizisten verschwunden waren, über den Hof und unter einer Laterne durch. Er selbst hatte sein Fernglas dabei, und als es den Kopf des Mannes erfasste, schoss eine Mischung und Adrenalin und Eiseskälte durch seine Blutbahnen. Kullermann. Er hatte ihn gefunden. Mit schmerzverzerrter Miene schlich er zurück. Wieder brannte sein Gesicht. Diesmal störte es ihn nicht.

Es war Neujahrsmorgen. Anke Dankelmann erwachte gegen 11 Uhr, gähnte, räkelte sich noch einmal im Bett und ordnete die Gedanken. Der Abend mit Piet Härtel, die Fete im Bolero – es war ein schönes Silvesterfest gewesen. Dieser gigantische Blick von der Schönen Aussicht über das Kasseler Becken, trotz diesigen Wetters konnte man das Feuerwerk prima sehen – ein tolles Erlebnis. Sie hatten gegessen, geredet, getrunken, getanzt, sich umarmt und geküsst – und alles war überlagert gewesen von so einer Art »Ja, Aber-Sympathie«. Im normalen Leben wäre das was geworden, er würde aber in wenigen Tagen entschwinden, und sie würde sich diese emotionale Rallye nicht gestatten. Ein wenig lag ihr dieser Missstand im Magen. Sie dachte auch an das Telefonat mit Bernd Stengel, der ihr vom Verhör mit Kullermann erzählt hatte. Kullermann hatte sich offensichtlich am Abend nach ihrem Besuch betrunken und war von seinem Freund gefahren worden. »Der hatte eine Fackel wie Siegfrieds Drache«, hatte Stengel gesagt. Neues war nicht herausgekommen. Anschließend war Neuner hereingekommen und hatte seine Thesen verfeinert. Danach könnte ein Opfer, je nachdem, wie schwer und sichtbar die Verletzungen waren und wie umfassend – oder vermutlich gar nicht existierend – die Therapie gewesen war, im Laufe der Jahre einen krankhaften Hass entwickelt haben. Besessen geworden sein vom Gedanken, dass da einer völlig straffrei sein Leben fristete und sein Opfer im bedrohlichen Strudel eigener Gedanken zurückließ, und irgendwann den eingebildeten Schmerz durch eigene Gewalt kompensieren wollte.

Die Fahndung nach Sebastian Schüler war ergebnislos verlaufen, man hatte ihn zuhause nicht angetroffen, vor dem Haus parkte dauerhaft eine Zivilstreife. Familienangehörige gab es wohl nicht mehr. Seine Eltern waren tot, sein Vater, ein arbeitsloser Bauarbeiter, hatte sich zu Tode gesoffen, die Mutter, die für's Haushaltsgeld schon mal auf den Straßenstrich an der Wolfhager Straße ging, war früh an Gebärmutterhalskrebs gestorben, seine Schwester war irgendwann abgehauen – Aufenthaltsort seit Jahren unbekannt. Schüler selbst hatte die Mittlere Reife gemacht, war dann in eine Ausbildung bei der Barmer Ersatzkasse gerutscht, wo er seit Jahren als Sachbearbeiter tätig war. Unauffällig sei er, ein durchschnittlicher Mitarbeiter. Private Verbindungen zu anderen BEK-Mitarbeitern? Fehlanzeige. Irgendwelche Kenntnisse über private Vorlieben. Hobbys, Vereinsmitgliedschaften? Fehlanzeige. Wohin fuhr er in Urlaub? Angeblich blieb er in Kassel. Und er hatte am 2. Januar Dienst. Da war sich der BEK-Chef in der Treppenstraße sicher. Und ein Bild gab es, aus der Personalakte.

Ihr Privatanschluss klingelte. Es war Piet Härtel. Sie nahm ihn erstmals mit ins Bett – zumindest am Hörer. Leichtes Kuscheln über die ISDN-Leitung, moderne Technik machte es möglich. Plötzlich brummte ihr Diensthandy.

»Moment, Piet, ich muss an's andere Telefon.«

Auf dem Display leuchtete die Nummer von Bernd Stengel.

»Hallo Bernd, Alles Gute im neuen Jahr. Was gibt es denn, ich telefoniere auf der anderen Leitung?«

»Ja, dir auch alles Gute. Ich mach' es kurz. Kullermann ist tot.«

»Wie bitte? Wie, wann, wer, wo?«

»Vom Auto auf einem Feldweg überfahren, schwer verletzt, entweder erfroren oder daran gestorben oder auch einfach erwürgt, er hatte Male am Hals. Er liegt unten, der Doc hat ihn in der Mache.«

»Ja und wann?«

»Wissen wir nicht, vermutlich war er wieder voll, irgendwann heute Nacht. Und wer es war? Keine Ahnung, vielleicht unser Mann?«

»Okay, ich komme ins Büro, sind die anderen informiert?«

»Nein, nur Plassek und du. Mache ich aber jetzt. Ich denke mal, wir treffen uns in einer Stunde, okay?«

»Bin unterwegs.«

Sie beendete das Gespräch mit Härtel, duschte und zog sich an. Es war 11 Uhr, um 12 Uhr war Lagebesprechung der Mordkommission. Komisch, dachte sie, in letzter Zeit muss ich die Jungs in meinem Leben immer rausschmeißen, weil es andere Männer in meinem Leben gibt. Die sind aber alle tot. Irgendwas stimmte da nicht.

Im Präsidium machte die Truppe einen müden Eindruck. Vor allem der Staatsanwalt hatte ein zerknautschtes Gesicht. Sie hatten sich irgendwie alle den Stress von der Seele gefeiert. Und mussten verkatert feststellen, dass das Verbrechen keine Auszeiten nahm. Als Pianka hereinkam, verstummte die Runde, der Doktor trank ein Glas Wasser in einem Zug, einen Kaffee auf Ex und trug dann kurz und knapp vor. Danach war Kullermann von einem Auto angefahren, aber nicht lebensbedrohlich verletzt worden. Der linke Arm war gebrochen, Prellungen am Körper. Er hatte 2,8 Promille im Blut gehabt – »er ist definitiv mit einem Stück Tuch erdrosselt worden. Todeszeitpunkt: zwischen 3 und 4 Uhr heute Nacht.«
»Wer hat ihn denn gefunden?«, wollte Anke Dankelmann wissen.
»Ein Spaziergänger mit Hund.« Plassek schaute in die Unterlagen, der Leiter der Mordkommission war der einzige, der irgendwie nach einem gesunden neuen Jahr aussah.
»Wieso haben die Kollegen nichts mitgekriegt?«
»Die haben natürlich nicht nur im Auto gesessen, doch der Kullermann wird einfach ein hinteres Fenster genommen und sich dann heimlich verdrückt haben. Trotz der vollen Birne.« Plassek zuckte mit den Schultern. »Wir können so ein Haus ja nicht umstellen.«
»Was hat die Spurensicherung gefunden?«
»Anke, du nervst. Lass' mich doch einfach mal vortragen, und dann stell' kluge Fragen, kannst du doch auch, oder?«
Muffkopp, dachte sich Anke Dankelmann, schwieg aber.
»Wir haben Glassplitter, Plastikteile und Lackspuren, das Ganze deutet auf einen Golf oder einen Passat hin, jedenfalls: Den Lack verwendet nur VW. Der muss wahrscheinlich vorn vorn rechts eine dicke Beule im Blech haben. Fußspuren im Schnee – der Abgleich zeigt: identisch mit denen unter dem Fenster im Kunigundishof.

Reifenspuren natürlich auch – aber wir suchen jetzt einen roten VW, die Fahndung ist raus.

»Ist auf Sebastian Schüler ein roter VW zugelassen?«, fragte Anke Dankelmann.

»Na bitte, da ist doch schon mal deine erste gute Frage im neuen Jahr!« Plassek grinste. »Keine Ahnung, so weit haben wir noch nicht gedacht. Wer kümmert sich? Unser edler Ritter?«

Schevallje grinste. Er hatte wirklich einen dämlichen Familiennamen erwischt. Seine Vorfahren hatten wohl Chevalier geheißen, und die nordhessische Mundart hatte rigoros aus diesem wunderschön geschwungenen Namen ein Wort mit hoher Punktzahlgarantie für's Namens-Scrabble gemacht.

Stengel trug die Fakten über Schüler erneut zusammen. Sein Bild wurde über Beamer an die Wand projiziert. Ein Jüngelchen, dachte sich Dankelmann. Arme Sau. Hätte sie von einem Mörder nie denken dürfen. Wenn er es denn war. Ein Looser, der eigentlich mit seinem Job Glück gehabt hatte. Und vermutlich einer der einsamsten Menschen in Kassel war. Und nachts vermutlich Höllenqualen litt. Wenn die Gedanken kamen und nicht zu bremsen waren. Es war eigentlich unvorstellbar: Da wird ein Kind sexuell genötigt, missbraucht, körperlich verletzt – und niemand interessierte sich dafür. Sie schaute zur Tür, als Schevallje hereinkam.

»Bingo. Erstmals ein Treffer. Roter Golf, Kennzeichen KS-KM 556. Fahndung ist raus.«

»Okay«, sagte Plassek. »An die Arbeit. Raus an die frische Luft. Bringt mir Schüler!«

»Einen Moment noch.« Dr. Neuner hob die Hand. »Bei dem, was wir über ihn wissen und schlussfolgern können: Ich weiß nicht, wie er sich verhalten wird, wenn er in die Enge getrieben wird. Vorsicht also – der kann gewaltbereit sein, sich aber auch verhalten wie ein verängstigtes Kätzchen. Wir haben es mit einem schwer angeschlagenen Menschen zu tun.«

Auf dem Weg ins Büro fragte Dankelmann: »Wie war dein Silvester?«

»Meine Frau war sauer, ich habe dreimal *Dinner for one* geguckt und mit meinem Sohn ein Riesensilvesterfeuerwerk gemacht. Hab' dann noch irgendwelche abgehalfterten Oldie-Stars im Fernsehen angeschaut und bin mit der Bierpulle in der Hand eingepennt. Hab' den Teppich bekleckert, meine Hose bekleckert, mich insgesamt nicht mit Ruhm – und Steffi fragte heute Morgen lauthals, warum sie einen solchen asozialen Säufer geheiratet hat.« Stengel grinste.

»He, altes Haus, so kenne ich dich gar nicht. Willkommen im Club!«

»Und wie war es bei dir?«

»Ach, Bernd, die Liebe ist ein seltsames Spiel – wer hat das eigentlich gesungen? Mary Roos?«

»Ne, Connie Francis.«

»Du bist halt ein alter Sack. Und fängst dann noch mit dem nächtlichen Trinken an.«

»Mit anderen Worten: Es gibt da mal wieder einen, der es aber auch nicht ist, und du suchst weiter, und wir haben weiter ein Gesprächsthema. Warte noch 'ne Weile, dann kannst du meinen Sohn heiraten.«

»Hab' nix gegen jugendliche Lover. Die auch nicht gegen mich im übrigen!« Sie griff zum Telefon und versuchte Sebastian Schüler über die Handynummer zu erreichen, die sie ermittelt hatten. Es war abgestellt.

Er saß immer noch in seinem Golf und verarbeitete die letzten Stunden. Er musste dringend pinkeln, hockte aber stocksteif auf dem Fahrersitz und stierte an das geschlossene Tor. Eigentlich war es einfach gewesen. Er war noch einmal nach Höhnscheid gefahren, nachts, wollte einfach die Lage sondieren oder irgendwie ein Gefühl haben, näher am Ziel zu sein. Irgendwann war eine Gestalt über die Straße in den Feldweg getorkelt, anders als im Kasseler

Becken war es hier eine klare Nacht gewesen, die Sterne und ihr Widerschein im Schnee hatten für eine ausreichende Beleuchtung gesorgt. Er hatte Kullermann sofort erkannt. Hatte kurz gewartet, ob ein Polizist ihm folgte. Das war nicht der Fall, dieser Idiot war wahrscheinlich aus einem Fenster geklettert.
Und dann hatte er nicht mehr überlegt. All die jahrelangen Rachepläne waren in Sekunden zu Makulatur geworden. Kullermann war in seinen Gedanken tausendmal gestorben. Doch niemals auf diese Art. Er hatte den Motor angelassen, hatte Gas gegeben und den Mann über den Haufen gefahren. War ausgestiegen und hatte sich über ein wimmerndes, besoffenes, stinkendes Etwas gebeugt. Es war Kullermann, keine Frage. Der hatte Schmerzen, sah ihn aber an und erkannte offenbar, wer sich da über ihn beugte. Der besoffene Blick versuchte mehrfach, ihn zu fixieren, der Versuch, etwas zu sagen, endete im ekelhaften Lallen. Er hatte sein Tuch vom Hals genommen und ihn erdrosselt. Ohne ein Wort zu sagen. Ohne ein Gefühl dabei zu haben. Und jetzt saß er in seinem Auto und erkannte, dass die Tat ihn nicht befreit hatte. Sein Gesicht hatte auf der Heimfahrt höllisch gebrannt. Er hatte den Wagen am Stadtrand abgestellt, um Alkoholkontrollen der Polizei zu entgehen und ihn morgens, als es hell wurde, geholt. Er spürte immer noch Druck und das immer sicherer werdende Gefühl, dass es nur einen Ausweg, eine Fluchtmöglichkeit geben konnte. Aber vorher hatte er noch einen Besuch vor sich.

Piet Härtel hatte sie gefragt, ob sie ihm beim Packen helfen wollte. Sie hatte auf die Fahndung verwiesen und gesagt, sie wisse nicht, ob es klappen würde. Jetzt war sie froh, den Abend frei zu haben. Die Suche nach Sebastian Schüler hatte sie nicht weitergebracht. Die Vernehmung der Bewohner in Höhnscheid war ergebnislos verlaufen – es war eine rauschende Silvesterparty gewesen, im weitläufigen Areal war an verschiedenen Stellen gefeiert worden. Niemand hatte gesehen, wie Kullermann gegangen war. Und seinen Lover hatten sie wecken müssen, der Mann war zugekippt wie die

Edertalsperre nach der Schneeschmelze. Der hatte noch gar nicht gemerkt, dass Kullermann weg war. Die Anwesenheit der unbekleideten Dame an seiner Seite konnte er nur mit einem Missverständnis erklären. Sie auch nicht anders. Sie mussten also auf den nächsten Tag hoffen, den Besuch bei der BEK würden sie abwarten und dann offiziell nach Schüler fahnden.
Sie stellte den Wagen am Kirchweg ab und ging ein paar Schritte um's Karree. Friedensstraße, Kohlenstraße – in einigen dieser kleinen Kneipen war sie noch nie gewesen. Aber es brannte Licht. Also ging sie in die Wagenrunge, setzte sich an die Theke und bestellte ein Bier. Ein paar müde Gestalten hingen herum, vermutlich die, die hier immer saßen, und beäugten sie interessiert.
Ihr Vater hatte eine Stammkneipe in Borken, sie war schon als Kind gern mit ihm hingegangen und wusste, dass sich richtige Stammkneipen nie richtig veränderten. Diese hier wohl auch nicht. Sie quatschte ein wenig mit den Männern, und bevor es zum Flirtversuch kommen konnte, zahlte sie und ging hinaus in die immer noch frische Luft.
Der Schneematsch war geschmolzen, das gestreute Granulat knirschte unter den Sohlen und würde wieder unter ungezählten Haustüren hängenbleiben, Türen blockieren, Schleifspuren verursachen und die Menschheit zum Wahnsinn treiben. Der Zwischenstopp hatte sie auf andere Gedanken gebracht, als sie die Tür zum Mehrfamilienhaus im Kirchweg aufschloss, das Licht einschaltete und die Treppen zu ihrer Wohnung hochging. Sie steckte den Schlüssel ins Schloss, öffnete die Tür und schaute irritiert auf, als plötzlich ein Mann im Laufschritt die Treppen heruntergaloppierte, ihr blitzschnell ein Messer an die Kehle setzte und sie zur Tür hineinschob. Sie hatte keine Chance. Mit dem Fuß schloss er die Tür, sagte zu ihr: »Kein Mucks, ich mach' dich sonst alle!« Sie nickte, er setzte die Klinge von hinten an der Halsschlagader an, presste ihr den Oberkörper zusammen, in der linken Hand hatte er plötzlich ein Klebeband mit Abrollautomatik, das er ihr über den Mund zog. Leichte Panik kroch in ihr hoch, sie hasste es, nicht

durch Mund und Nase atmen zu können. Sie schloss die Augen und versuchte, ihre Emotionen zu kontrollieren. Ruhig, Mädel, sagte sie sich. Du kriegst deine Chance ...
Er drückte sie zu Boden, schnappte die Arme und verschnürte sie ebenfalls. Sie wurde über den Boden geschleift und auf einen Küchenstuhl gesetzt, die Vorhänge wurden geschlossen.
Danach schaltete er das Licht ein, zog den Parka aus und die Pudelmütze ab. Das musste Sebastian Schüler sein, das war er ganz bestimmt.
Er schaute sie minutenlang an. Er bewegte die Augenlider kaum. Anke Dankelmann fand ein wenig zu professioneller Ruhe zurück. Zeit, den Mann zu beobachten. Ein Jüngelchen, dachte sie sich, immer noch ein Jüngelchen. Blonde Haare, konservativ frisiert, nicht lang, nicht kurz, unauffällig. Ein bleiches Gesicht und braune Augen, die sie beinahe ausdruckslos musterten. War das wirklich ein Killer?
»Was denkst du?«, fragte der Mann. Sie zuckte mit den Schultern, wollte antworten. Doch dann merkte sie, der Mann wollte nicht mit ihr reden. Er wartete auf keine Antwort.
Pause. Unendliche Sekunden.
»Ich kann mir denken, was du denkst, weißt du das? Du hast Angst, fragst dich, wer ich bin. Willst wissen, ob ich dir was tue. Fragst dich, ob ich es war, der diese Scheiß-Pfaffen in die Hölle befördert hat. Stimmt's?«
Anke Dankelmann nickte. Ihre Handgelenke schmerzten, sie waren zu eng gefesselt, sie merkte, wie ihre Fingerspitzen kribbelten, die Blutzufuhr war abgeschnitten.
»Okay.« Die Augen des Mannes wurden plötzlich lebhaft.
»Okay, ich sage es dir. Ich habe die Pfaffen umgebracht. Auch dieses Schwein Kullermann. Aber dir tu' ich nichts. Willst du wissen, warum?«
Anke Dankelmann nickte leicht. Und erleichtert.
»Weißt du, damals am Kunigundishof, da hätte ich dich erstochen, ohne zu zögern. Aber als ich an dir vorbeigelaufen bin, da habe ich

mich richtig erschreckt. Denn du siehst aus wie meine Schwester. Ich hatte nämlich mal eine Schwester. Was heißt ich hatte, ich habe sie vielleicht noch. Wir sind zusammen aufgewachsen. Angela. Sie war ein Jahr älter als ich. Sie war wunderschön. Scheiße, ich rede von ihr, als sei sie tot. Ich habe Angela angehimmelt, und dann hat sie mich und meinen Bruder in dieser beschissenen Familie zurückgelassen. Ist abgehauen. Ich habe nie wieder was von ihr gehört. Weißt du eigentlich, wer ich bin?« Anke Dankelmann kriegte kaum noch ausreichend Luft durch die Nase. Das Klebeband vor ihrem Mund wölbte sich mit den Atemzügen, ihr stand Schweiß auf der Stirn. Der Mann sah das und stand auf.
»Pass' mal auf: Wenn du mir versprichst, nicht zu schreien, nehme ich dir das Klebeband vom Mund. Wenn du schreist, bist du tot. Ich habe nichts mehr zu verlieren. Haben wir einen Deal?«
Sie nickte. Der Mann beugte sich hinunter und riss ihr mit einem Rick das Klebeband vom Mund. Es tat höllisch weh, sie verzog das Gesicht. Als sie hochschaute, grinste der Mann.
»So geht es mir seit Jahren. Immer Schmerzen im Gesicht. Seit dieser Drecksack von Kullermann mir da regelmäßig reingewichst hat.« Anke Dankelmann holte ein paar Mal tief Luft.
»Sind Sie Sebastian Schüler?«
Der Mann lachte mit einem irren Laut auf.
»Ich habe wirklich nicht gedacht, dass ihr mir so schnell auf die Spur kommt. In der Zeitung stand praktisch nichts mehr über die Fahndung, alles schien nach meinem Plan zu verlaufen. Ich habe lange gearbeitet an diesem Plan, willst du ihn wissen?«
»Sind Sie Sebastian Schüler?«
Die Gesichtszüge des Mannes versteinerten.
»Pass' mal auf, du kannst mich hier nicht verhören. Ich habe hier die Macht. Wenn ich was von dir hören will, sage ich das, wenn nicht, hältst du die Klappe, klar?«
Anke Dankelmann nickte. Sie hatte keine Chance. Sie hörte aus dem Flur das Geräusch eines vibrierenden Handys. Dort lag ihre offene Handtasche, aus der sie den Wohnungsschlüssel genommen

hatte. Der Mann ging raus auf den Flur und kam mit dem Handy wieder. »Wessen Nummer ist das?«
Sie schaute auf das Display.
»Mein Kollege, der, mit dem ich zusammen ermittle.«
»Musst du zurückrufen?«
»Keine Ahnung. Ist sicher besser.«
»So ein Quatsch. Der spricht doch erstmal auf die Mailbox. Warten wir ab.« Er legte das Handy auf den Küchentisch.
»Du bist schlau, sehr schlau sogar.«
Er stierte gegen die Wand, wollte keine Antwort.
»Du hast eine große Ähnlichkeit mit Angela, ich dachte erst, ich sehe meine Schwester im Fernsehen. Angela ..., ich habe mich oft gefragt, was sie wohl macht, warum sie mich alleingelassen hat in dieser Hölle in Helleböhn. Hölle B habe ich immer gesagt statt Helleböhn, diese Scheißbude in diesem Scheißstadtteil musste gleich nach der Hölle kommen. Gut, was?«
Er blickte sie an.
»Naja, mittlerweile soll alles ein bisschen besser geworden sein. Weißt du eigentlich, warum ich das hier alles gemacht habe?«
Anke Dankelmann schüttelte mit dem Kopf.
»Ich erzähle es dir. Ich habe irgendwann einmal, als ich einen anderen Ausweg als die anderen Jungs aus einer kaputten Familie suchte, in der besoffene arbeitslose Väter ihre Frauen prügelten und ihre Kinder regelmäßig verwamsten, Kontakt zu dieser Jugendgruppe gekriegt. War ganz toll, viele gemeinsame Spiele, Lieder singen am Lagerfeuer, Übernachtung im Zelt oder in einem Jugendheim. Eigentlich wundert es mich, dass meine Eltern das mitgemacht haben. Und woher sie das Geld dafür nahmen. Quatsch, eigentlich weiß ich es ja, Mama ging ja unregelmäßig anschaffen. Dann kam sie heim, Vater lag besoffen auf dem Sofa, und sie steckte mir das Geld für eine Freizeit zu. Aber es war nie viel. Eines Tages, da hatten wir einen anderen Jungen auf dem Zimmer, der war zum ersten Mal dabei. Der hatte reiche Eltern, und eigentlich sollten alle nur 50 DM Taschengeld mitbringen. Die wur-

den dann in eine Kasse eingezahlt, wie bei einer Bank, und dann konnte man sich was kaufen. Aber der hatte mindestens 200 dabei. Die Kohle steckte in seinem Kulturbeutel. Und an einem Tag habe ich 20 DM draus geklaut. Und wie ich mich umdrehe, steht Kullermann in der Tür. Von dem haben sowieso alle gedacht, er ist schwul. Der guckte die Jungs beim Umziehen immer so an ... Hast du was zu trinken?«
»Im Kühlschrank ist Bier und Weißwein, in der Speisekammer bestimmt Mineralwasser.«
»Ich habe lange kein Bier getrunken. Trinkst du eins mit?«
Er wartete die Antwort nicht ab, nahm zwei Flaschen naturtrübes Bier aus dem Kühlschrank und öffnete die Bügelverschlüsse.
»Die Hände bleiben gefesselt, ich halte dir die Flasche an den Mund.«
Wieder vibrierte das Handy. Die Mailbox. Er nahm das Handy und hörte ab – der Lausprecher war an.
»Hallo Anke, hier ist Bernd. Ruf' mich doch bitte noch mal dringend zurück. Es hat sich jemand gemeldet, ein Bekannter von Sebastian Schüler. Der ist gegenwärtig für vier Monate in Norwegen und zufällig über die Homepage der HNA auf unsere Fahndung aufmerksam geworden. Er hat gesagt, Schüler solle auf seine Wohnung aufpassen, in der Ortelsburger Straße. Wir haben eine Streife hingeschickt, niemand daheim – eine Zivilteam überwacht jetzt das Haus. Wenn ich nichts mehr von dir höre, melde dich aber bitte sofort morgen früh.«
Schüler war in sich zusammengesackt.
»Jetzt ist die Fluchtburg auch aufgeflogen. Was willst du jetzt noch machen?« Erstmals hatte sie ihn geduzt, unbewusst, es passte einfach. Er tat ihr Leid, so wie ihr selten ein Täter Leid getan hatte. Als er sie anblickte, hatte er Tränen in den Augen. Und dann fing er mit leiser Stimme an zu erzählen. Seine Geschichte. Und die drehte sich nur um Kullermann und was der aus ihm gemacht hatte. Und was er, Sebastian Schüler, mit seinem Leben angestellt hatte. Die Erpressung durch den Pfarrer, wie er gezwungen war,

bei der Selbstbefriedigung zuzuschauen. Wie Kullermann nach dem Anschauen von Videos mit einem Messer versucht hatte, ihn für immer mit Narben zu versehen, die wie seine Initialen aussahen. Wie Schüler unfähig gewesen war, irgendjemandem davon zu erzählen. Wie er sich in sich verkroch und der Rachegedanke aufkeimte und immer stärker wurde. Seine Unfähigkeit zu persönlichen Bindungen, mit der Ausnahme von Sven Färber, jenem Studenten, der Aushilfe bei der BEK gewesen war und mit dem er so etwas wie eine kumpelhafte Freundschaft unterhielt. Und dann immer wieder: Das Brennen im Gesicht. Tränen liefen ihm über's Gesicht, die Augen verquollen, Anke Dankelmann blickte so tief in eine geschundene Seele, wie es ihr vorher noch nie passiert war. Ein zerstörtes Leben, das durch die Bluttaten vollkommen ruiniert war. Er erzählte wieder von seiner Schwester, die er vermisste, die anscheinend die einzige Person war, zu der er sich hingezogen fühlte. Wie er in St. Michael an einem Gottesdienst teilgenommen hatte und der Pfarrer mit Kopien des Bildes seiner Priesterweihe etwas über christliche Gemeinschaft und verlorene Schafe erläuterte – denn einige der Pfarrer waren mittlerweile in anderen Berufen tätig. Wie er Kullermann erkannt hatte. Und seinen Plan gefasst hatte, die Pfarrer nach seinem Verbleib zu fragen.

»Warum hast du das niemandem erzählt, deinen Eltern, in der Schule?«, fragte Anke Dankelmann, als er irgendwann aufhörte zu reden.

»Ich hatte mich selbst da reingeritten, hatte die Kohle geklaut. Da wollte ich es auch wieder selbst ausbügeln. Mein Vater hätte mich windelweich geprügelt, meine Mutter wäre noch depressiver geworden, als sie es ohnehin schon war. In der Schule lief es ja eigentlich ganz gut, da dachte ich, ich würde das schaffen. So kann man sich irren, was?«

»Wie hast du das mit den Autos hingekriegt?«

Er berichtete von den Diebstählen, wie er Nummernschilder geklaut hatte und von dem Schuppen in Bettenhausen. »Gute Arbeit«, sagte sie anerkennend, und er freute sich über das Lob. Er

erzählte von den Morden, von seiner Gefühllosigkeit dabei, als er andere Menschen umbrachte. Vom Nervenkitzel, als er die beiden ersten Leichen an ihre Fundorte brachte.
Und wie leicht es war, mitten in der Nacht einen toten Mann auf's Dach eines Hotels zu bringen. Und dass ihm keiner der Toten auch nur ansatzweise leid tat.
Dann wollte er von Anke Dankelmanns Leben wissen, sie erzählte ein wenig, und er schien es zu genießen, von Eltern zu hören, die sich heute noch um ihre erwachsenen Kinder kümmerten. Konnte gar nicht genug bekommen von diesem Bild der Harmonie. Lächelte bei Erzählungen wie der vom letzten Weihnachtsfest. Hing an ihren Lippen, wenn sie von ihrem Job erzählte, der wahrscheinlich abwechslungsreicher war als der eines Sachbearbeiters der BEK. Aber auch gefährliche, wie man sah.
Irgendwann stand Schüler auf, führte Anke Dankelmann auf die Toilette. Er nahm das Klebeband ab, zog den Türschlüssel heraus und entließ sie ins Bad. Sie überlegte kurz – gab aber den Gedanken auf, ihn zumindest zu überwältigen zu versuchen. Er würde ihr nichts tun, sie musste abwarten.
Danach fesselte er sie an den Herd, ließ aber den Mund frei. Er legte sich auf den Küchenboden und schloss die Augen. Es war vier Uhr morgens, und Anke Dankelmann wusste, dass sie sich nicht befreien konnte. Irgendwann musste sie trotz der unbequemen Lage eingepennt sein, wurde vom Vibrationston des Handys geweckt. Er ging nicht ran, kurze Zeit später meldete sich wieder die Mailbox. Es war Piet Härtel. Er wollte nur sagen, dass er heute, am 2. Januar, gegen die Mittagszeit fahren würde. Wie wäre es mit einem letzten Lebewohl? »Ist das dein Freund?«
»Hm, wir sind befreundet, aber er ist nicht mein Freund, zumindest nicht in dem Sinne, den du meinst.«
Er nickte. »Hast du was zu essen?«
»Der Kühlschrank ist voll. In Wahrheit leben Kommissare genauso wie andere Menschen, leere Kühlschränke und verwahrloste Küchen gibt es nur bei TV-Kommissaren.«

Er schaute in den Kühlschrank und nahm sich eine Packung Bönsels Kochkäse heraus. Holte einen Löffel und aß die Packung auf.
»Ohne Brot?«, fragte Dankelmann irritiert.
»Mache ich immer so.« Das Handy vibrierte erneut. Kurze, schweigsame Minuten später kam die Mailbox.
»Anke, warum gehst du nicht ran? Ruf' bitte sofort zurück!« Bernd Stengel klang besorgt.
»Wenn ich nicht zurückrufe, wird er in ein paar Minuten hier auftauchen und im Zweifel die Tür aufbrechen.« Sie blickte auf die Uhr – es war halb zehn und allerhöchste Eisenbahn für sie, ein Lebenszeichen von sich zu geben.
Schüler sah sie an. Dachte nach. Nickte kurz und sagte: »Dann ist es jetzt wohl höchste Zeit. Mach's gut, Schwester. War schön mit dir. Wir sehen uns im Hotel.«
»Was willst du machen?«, fragte sie – doch er war schon im Flur, und wenige Sekunden später schloss sich die Tür hinter ihm.
Sie saß da, gefesselt am Herd, ohne jede Chance, sich zu bewegen. Sie musste auf's Klo und hoffte inständig, dass Bernd Stengel bald auflaufen würde. Ihre besorgten Gedanken kreisten um Sebastian Schüler. »Wir sehen uns im Hotel« – was wollte er ihr sagen?
Fast eine halbe Stunde verging, das Handy vibrierte mehrmals, auch ihr Festnetzanschluss meldete sich. Plötzlich hörte sie Schritte mehrerer Personen im Treppenhaus, leise Stimmen.
Bitte nicht die Tür eintreten – dachte sie verzweifelt.
Sie hörte ein knirschendes Geräusch, die Tür war mit einfachen Hilfsmitteln zu öffnen, und dass Sicherheitsschloss hatte Schüler nicht abgeschlossen. Dann flog die Tür auf, eine Handvoll Personen in Schutzkleidung stürmte die Wohnung.
»Sicher!«, hörte sie eine Stimme aus dem Wohnzimmer brüllen, die Tür zur Küche flog auf, ein Mann mit gezückter Waffe checkte den Raum, ignorierte die Frau am Herd und prüfte die Speisekammer. »Sicher! Hier ist sie!«, brüllte er.
Die Wohnung war in wenigen Sekunden durchkämmt worden, dann stürmte Bernd Stengel herein.

»Anke, wie geht es dir?«
»Alles okay. Mach mir die Fesseln ab, ich muss auf's Klo!«
Stengel schaute sie an und lachte. »Mann, bin ich froh. Scheiße, ich hätte nicht so lange warten dürfen ...«
»Ist schon in Ordnung, Bernd. Ich erzähle gleich alles.« Sie klopfte einem der SEK-Jungs auf die Schultern, bedankte sich und verschwand im Bad. Stengel hörte das Geräusch der Dusche, Minuten später war sie wieder da. Sie berichtete in wenigen Sätzen, was passiert war. Stengel präzisierte danach die Fahndung anhand der neuen Personenbeschreibung.
»Was meinst Du, hat er jetzt vor?« Stengel schaute sie an.
»Wir sehen uns im Hotel, hat er gesagt. Keine Ahnung. Stopp!« Ein Geistesblitz durchzuckte sie. »Los, lass' uns zum Hotel Kurfürst. Vielleicht irre ich mich, aber ich denke, da ist er hin.«
Sie informierten kurz das Präsidium, stürmten die Treppe hinunter und liefen auf die Straße. Es war ein strahlend schöner Wintermorgen, die Einsatzfahrzeuge versperrten die Straße, eine Reihe Schaulustiger betrachtete sich das Ganze. Sie achteten nicht auf die Menschen um sie herum, stiegen in Stengels Auto, der startete den Motor, setzte Blaulicht und Martinshorn in Gang – und ab ging es quer über den Wehlheider Platz, der eigentlich nur Fußgängern vorbehalten war, in Richtung Wilhelmshöher Allee.
Blaulicht und Signalton erfüllten ihre Wirkung, sie querten die Kreuzung Willi-Allee / Germaniastraße / Wittrockstraße und bogen ein in Richtung Wilhelmshöhe. Nach wenigen hundert Metern standen sie im Stau.
»Los, ab auf die Straßenbahnschienen«, sagte Stengel und lenkte das Fahrzeug auf den mittleren Teil der Allee, der den Straßenbahnen vorbehalten war. In Höhe Rotes-Kreuz-Krankenhaus sah Anke Dankelmann, was ihnen blühte: Auf dem Metallbett hoch auf dem Turm des Hotels Kurfürst Wilhelm kletterte ein Mensch herum.
»Oh nein, Bernd, schau dir das an.« Der nickte, und langsamer mussten sie sich dem Hotel nähern. Einige Schaulustige hatten den

Mann oben auf dem Turm bemerkt, die Gruppe der Neugierigen wuchs von Minute zu Minute. Dankelmann hatte die Leitzentrale informiert, die hatten aber schon aus dem Hotel einen Anruf bekommen.

Sie parkten auf dem Vorplatz, gleichzeitig trafen zwei Streifenwagen aus dem Revier an der nahegelegenen Rolandstraße ein.

»Kollegen, holt noch Verstärkung, wir müssen den Platz absperren und die Straße auch.« Stengel teilte den Beamten die Aufgaben zu und blickte Anke Dankelmann an, die nach oben blickte. Aus dieser Perspektive war wenig zu erkennen.

»Bernd, ich gehe hoch, vielleicht kann ich was bewirken.« Aus dem Hintergrund kamen Fahrzeuge mit Martinshorn näher, diesmal war es die Feuerwehr mit einem Rettungswagen. Sie hatten die große Drehleiter dabei.

»Okay, sag' bitte Bescheid, was los ist. Hast du dein Handy dabei?«

»Ja.« Sie zog es aus der Tasche. »Scheiße, der Akku ist fast leer. Hoffentlich reicht es. Bringt mir im Zweifel ein anderes Handy hoch, aber bitte mit deiner Nummer gespeichert, ich kann mir die nicht merken.«

Stengel nickte, und Anke Dankelmann stürmte ins Hotel. Sie nickte dem Portier zu, den sie vom ersten Weihnachtstag kannte, aber sich an den Namen nicht mehr erinnerte, nahm den Fahrstuhl und fand zielsicher den Weg bis zum Fenster, aus dem Schüler offenbar wieder ausgestiegen war.

Knapp acht Meter über ihr, auf dem Bett, saß Sebastian Schüler und stierte in die Tiefe. Die transportable Leiter, die nach oben führte, steckte in der Verankerung.

»Basti, was willst du hier oben? Lass' das, komm runter!«

Er schaute in ihre Richtung und lächelte.

»Das ist das beste an den letzten Tagen, dass ich dir nichts getan habe. Aber einer Schwester tut man ja auch nichts. Komm bitte nicht rauf. Ich weiß, was ich tue. Sag deinen Kollegen, sie sollen diese Scheiß-Leiter wieder runterkurbeln, sonst springe ich sofort.«

»Okay.« Sie informierte Stengel, wenige Augenblicke später verschwand die Leiter, die eben Dachniveau erreicht hatte, wieder in die Tiefe.
»Was machst du verdammt noch mal hier oben? Komm runter. Du hilfst doch niemandem, wenn du da jetzt runterspringst oder so.« Hinter ihr tauchte Detlef Neuner auf, der Psychologe. Wie war der so schnell hierher gekommen?
»Reden Sie einfach weiter mit ihm, los, machen Sie schon.«
»Wenn du vor Gericht stehen musst, mein Gott, wenn einer Anspruch auf mildernde Umstände hat und alles, was dazugehört, dann doch du. Gib' nicht auf, verflixt.«
»Wer sollte mich vermissen, Schwester? Und wenn die im Knast meine Geschichte mitbekommen, dann weiß ich doch jetzt schon, was mir blüht. Ich bin dann nichts anderes als der Wichsgehilfe des Pfaffen, da habe ich doch gar keine Chance.«
»Wer sagt denn, dass du in den Knast musst?«
»Tolle Aussichten, Schwester. Dann statt Knast die Klapse. Und was ist daran lebenswert? Mir tun die Pfaffen nicht Leid, aber es hat mir nichts gebracht, rein gar nichts. Bemüh' dich nicht, mich vom Leben zu überzeugen, wenn das Sterben mein Ziel ist. Und wenn es falsch ist: Ich habe noch nicht so viel richtig gemacht in meinem Leben. Wäre doch nur konsequent, oder?«
»Und deine Schwester?«
»Ach, hör' auf damit. Keine Ahnung, ob die noch lebt. Keine Ahnung, ob die das interessiert. Sagen wir es mal so.« Er stand auf und hielt sich an dem wackelnden Bett fest. »Ich habe vielleicht gleich die Chance, Kullermann beim Schmoren in der Hölle zu helfen. Danke, Schwester, für den Versuch. Es ist nicht deine Schuld.«
Er wich einen Schritt zurück, nahm Schwung und sprang ab.
»Basti!«, rief sie und schaute ihm den Sekundenbruchteil hinterher, den er noch in ihrem Sichtfeld verblieb. Sie glaubte, zwischen dem tausendstimmigen Aufschrei des Entsetzens von unten eine heisere Lache zu hören, mit der er in die Tiefe sprang. Den Aufprall des Körpers auf der Wilhelmshöher Allee konnte man nicht

hören. Sie schlug die Hände vor's Gesicht und atmete tief durch. Neuner wollte sie in den Arm nehmen, doch sie schüttelte ihn fort. Langsam ging sie zurück zum Fahrstuhl, im Inneren traurig und leer. Unten angekommen nahm der Polizei-Alltag seinen Lauf. Einige Beamte schirmten das Gelände vor Schaulustigen ab. Viele, die den jungen Mann in den Tod hatten springen sehen, stand das Entsetzen ins Gesicht gemeißelt. Manche telefonierten, und merkwürdigerweise war noch niemand von der Presse da – doch, Hans Leicht mit Fotograf schlich über's Gelände, aber es interessierte sie eigentlich nicht. Bernd Stengel sah sie an, sie schüttelte den Kopf. Nein, da war nichts mehr zu retten gewesen. Hier gab es nichts mehr zu tun, die formale Befragung des Hotel-Personals – das hatte jetzt keine Eile, konnten andere machen. Sie fuhren ins Präsidium, erledigten ihre Berichte, anschließend sollte sie zum Präsidenten kommen.

Als sie in dessen Büro eintrat, stand Clüver auf und ging auf sie zu. »Ich kann mir denken, dass Sie das, was ich sagen will, nicht hören wollen. Aber Sie haben gute Arbeit geleistet. Habt ihr alle. Tolle Ermittlung – und auf Ihre Spürnase ist ja wirklich Verlass. Aber eine Bitte habe ich: Nehmen Sie jetzt mal eine Auszeit, so etwas steckt man nicht so schnell weg. Los, abhauen, oder muss ich Sie suspendieren?«

Sie nickte, informierte Plassek und Stengel, der nur sagte: »Ich brauche jetzt auch mal einen Tag Ruhe. Wir sehen uns morgen oder so.« Er ging auf sie zu, und sie umarmten sich. Diesmal ging es nicht mehr: Sie heulte ein paar einsame Tränen in den Stoff seines Parkas.

Sie fuhr durch die sonnenerhellte Innenstadt zurück zum Kirchweg, packte ein paar Sachen ein und startete Richtung Borken. Auf der Ludwig-Mond-Straße dachte sie an Piet Härtel, dessen Möbelwagen in der Esmarchstraße gerade gepackt wurde. Ein letztes Lebewohl? Nein, dachte sie sich, ich habe heute schon einmal lebewohl sagen müssen. Sie fuhr auf die Südtangente und freute sich auf Borken. Ihre Mutter war vormittags selten daheim. Wenn sie klingelte, würde ihr Vater öffnen. Der brauchte nur eine Sekunde, um zu wissen, dass was mit seiner Tochter war, dass etwas nicht stimmte. »Komm rein, mein Mädchen«, würde er sagen. Sie in den Arm nehmen. Vermutlich würde sie dann heulen wie ein Schlosshund – aber das auszuhalten, dazu waren Väter ja da. Sie würde ihm alles erzählen. Bastis Morde, Bastis Tod und auch von Piet Härtel. Was den betrifft, da wusste sie, was ihr Pa sagen würde. Das, was er immer sagte, wenn sie Liebeskummer hatte: »Vergiss' den einfach, du hast doch mich.« Zum ersten Mal an diesem Tag gelang ihr ein Lächeln.

Dankeschön an:
Bernd – für die polizeiliche Überwachung des Ganzen.
Andreas – für die gewichtigsten Ratschläge aus juristischer Sicht.
Hedda – ohne deren psychologisches Einfühlungsvermögen und Fachwissen nicht nur dieses Buch ein anderes geworden wäre.
Tine, Claudio, Peter, Frank, Emil – die als Testleser ein kritisches und hilfreiches Team waren.
Biene – ohne die es dieses Buch nie gegeben hätte.

Horst Seidenfaden, Jg. 1956, ist seit 2002 Chefredakteur der Tageszeitung Hessische/Niedersächsische Allgemeine (HNA) in Kassel. Nach Volontariat und kurzem Studium der Wirtschaftswissenschaften wurde er zunächst Redakteur im Wirtschaftsressort, später in der Lokalredaktion der HNA. Sein Debut als Krimiautor gab er mit dem Roman »Fullewasser« (zusammen mit Frank Thonicke).

1. Auflage 2007

Satz: B&S Siebenhaar
Druck und Bindung: Offizin Andersen Nexö, Leipzig
Umschlaggestaltung: TOONCAFE, Berlin
Umschlagmotiv: Susanne Seidenfaden

ISBN 978-3-936962-47-5
Printed in Germany

www.siebenhaar-verlag.de